Alexander Kronenheim

Rom im Untergang

Band 5: Aetius – Roms letzter Adler

Bibliografische Information der Deutschen Nationalbibliothek:
Die Deutsche Nationalbibliothek verzeichnet diese Publikation in der Deutschen Nationalbibliografie; detaillierte bibliografische Daten sind im Internet über http://dnb.dnb.de abrufbar.

© 2015 **Alexander Kronenheim** ; 2. Auflage

Herstellung und Verlag: BoD – Books on Demand, Norderstedt

ISBN: 9783738635034

Inhaltsangabe

1. Kapitel .... Seite 4
2. Kapitel .... Seite 22
3. Kapitel .... Seite 43
4. Kapitel .... Seite 61
5. Kapitel .... Seite 84
6. Kapitel .... Seite 102
7. Kapitel .... Seite 120
8. Kapitel .... Seite 138
9. Kapitel .... Seite 172

Erstes Kapitel

Über die herbstlichen Gefilde des südlichen Pannonien schnob rauh und eisig der Sturm; von ihm gepeitscht, flogen die Wolken in wilder Hast am Firmament einher. Kein wärmespendender Sonnenstrahl durchdrang ihre ewig wechselnden Gebilde. Höher, als gewöhnlich, gingen die Fluten der schäumenden Donau, das Schilf an ihren Ufern mit dem weißen Gischt der brandenden Wellen netzend. Die grauen Möwen flatterten, aus ihren Nestern aufgescheucht, mit klagend langgezogenem Schrei über den Wassern; und nur die unwirtlich nackten Felsen, die sich unerschüttert in die Lüfte reckten, boten den Leichtbeschwingten einen willkommenen Ruhepunkt.

Hastig schritten am Gestade des Grenzflusses die römischen Wachtposten auf und nieder, gegen den schneidenden Nordwind dichter in den schützenden Mantel gehüllt. Auf dem Wachtgang begegneten sich zwei von ihnen, ein alter bärtiger Germane, der im Dienst der weltbeherrschenden Roma lange schon die heimatliche Waldhütte vergessen hatte, und ein junger Römer von reckenhaftem Wuchs, dessen Wiege unter den Pinien des palatinischen Hügels gestanden hatte.

Wegen einer Unbotmäßigkeit aus den bevorzugten Truppen der kaiserlichen Garden in das ferne Pannonien verbannt, hatte Lucilius oft vergeblich nach der milderen Sonne Italiens geseufzt. Auch heute musste er sich den Spott seines im Schlachtenlärm ergrauten Kameraden gefallen lassen, der, in seinem zottigen Bärenfell jeder schlechten Lage des Wetters trotzend, ihn mit gutmütigem Lachen fragte, ob er nicht Lust hat, ein erfrischendes Bad in der Donau zu nehmen.

Stumm schüttelte der Römer das Haupt, der andere aber fuhr fort: „Lass dir den guten Mut nicht rauben, Lucilius! Wenn mich nicht alles täuscht, wird uns bald von drüben her heiß genug gemacht werden."

Und als der junge Krieger den Alten fragend ansah, ergänzte dieser seine Bemerkung mit den Worten: „Unsere vormals so unruhigen Nachbarn, die Hunnen, haben zu lange schon Frieden gehalten; das ist mir ein Zeichen, dass ihr König Attila zu neuen Unternehmungen frische Kräfte sammelt.

Mögen sie nun dem feigen Weiberknecht zu Byzanz, oder dem unmündigen Knaben in Ravenna gelten, — ich denke, wir werden bald unsere Speere mit den Lanzen der Barbaren kreuzen."

Das freie Wort des Germanen schien den Römer zu verärgern und mit leisem Tadel widersprach er: „Du redest unehrerbietig von Theodosius und Valentinian. Noch erhebt sich die Macht des Ostreiches ungebrochen; auch der Sohn des Konstantius wird zum Mann reifen. Um seine Mutter, die erlauchte Placidia, scharen sich genug Helden; und wären unsere Feinde auch so zahlreich, wie es Säulen und Statuen auf den sieben Hügeln gibt, — dem unsterblichen Rom brauchte vor ihnen allen nicht zu bangen!"

„Ich höre die junge Drossel pfeifen, wie man es ihr im goldenen Käfig vorgezwitschert hat!" antwortete Hadubrand, der Germane. „Die Melodie wollt' ich loben, wenn sie nicht falsch wäre. Aber fern von dem trügerischen Schimmer deiner Vaterstadt wird euch ein anderes Lied gesungen. Willst du es hören, so leihe dein Ohr den neuen Genossen! Sie werden dir sagen, dass das Schwert der Weltbeherrscherin stumpf geworden und ihre Kraft und Hoheit geschwunden ist. Der große Alarich hat ihr jenes aus der Hand geschlagen und ihrer alten Würde hat sie sich selbst entäußert. An die Stelle der Stärke ist Verweichlichung getreten: der Mut, welcher einst die ganzen Völker bezwang, ist der Kampfscheuheit und die Einigkeit der Zwietracht gewichen. Vor dem wilden Übermut des Hunnenkhans beugt sich Theodosius, vor der Gier des Vandalenkönigs zittert das Westreich. Bonifatius, der tapfere Comes von Afrika, musste vor den Horden Geiserichs fliehen, die er verblendet selbst angerufen hatte —"

„Wozu mir das alles?" unterbrach Lucilius gereizt den Sprecher. „Nicht an der Grenzwacht wird das Geschick des Reiches entschieden, nicht von hier aus vermagst du die Weisheit der Höfe von Byzanz und Ravenna zu beurteilen. Noch stehen die Mauern Roms, noch lebt der Stolz und die Hoffnung des abendländischen Reiches, Aetius, der mösische Held!"

Da erschallte aus dem Mund des Germanen ein kurzes, rauhes Lachen; und den jüngeren Genossen vertraulich am Arm fassend, sprach Hadubrand leiser: „Willst du die neueste Geschichte hören, so vernimm: Aetius und Bonifatius, die erbittertsten Nebenbuhler um die Gunst Placidias und das Patriziat, sind mit ihren Heeren gegen einander gezogen. In Gallia Cisalpina[1] kam es zur Schlacht;" — der Römer horchte hoch auf — „Aetius, der Held, dessen Speer den Gegner tödlich traf, wurde von Sebastian, dem Schwiegersohn des Bonifatius, durch den Arm gotischer Auxiliären geschlagen."

„Aetius geschlagen? — du irrst, es ist unmöglich!" widersprach Lucilius erregt und voll Eifer.

Doch gelassen entgegnete Hadubrand: „Geschlagen und landflüchtig vor seinen racheschnaubenden Verfolgern. Du aber glaube, was dir gefällt, bis dich die Zeit weiser macht!" Damit wandte er jenem den Rücken und schickte sich an, seinen Wachtgang fortzusetzen.

---

[1] Oberitalien

Er hatte nur wenige Schritte getan, als er plötzlich stehen blieb und gespannt in die Ferne, gen Westen, spähte. Seinem Beispiel folgte unwillkürlich Lucilius, und die beiden erblickten nun einen Reitertrupp, der in scharfer Gangart gegen das Gestade der Donau herangesprengt kam.

Noch tauschten sie ihre Vermutungen über das Vorhaben der Nahenden, als diese auch schon, bei den Wächtern angelangt, ihre Pferde zügelten. Prüfend betrachtete sie der Germane; mit Gold und Edelsteinen verziertes Saumzeug schmückte die Rosse, und die glänzenden Rüstungen einzelner Reiter, sowie der Reichtum ihrer Tracht und Waffen, ließ auf den hohen Rang jener schließen.

Das Haupt der Ankömmlinge war ein Mann in der Vollkraft seiner Jahre, um dessen Schultern ein purpurfarbiger Mantel, das Zeichen des Befehlshabers, flatterte. Sein bloßer Blick schien einem Gebot gleichzukommen; er winkte den beiden, und als nun Hadubrand grüßend an seine Seite trat, redete ihn dieser an: „Wir müssen heute noch den Grenzstrom kreuzen. Schafft eine Anzahl Nachen herbei und bringt uns wohlbehalten an das andere Ufer. Ihr sollt den Dienst nicht umsonst tun!"

Hätte Hadubrand auf seinen Gefährten geachtet, so wäre ihm das Erstaunen, welches sich im Antlitz des jungen Römers ausprägte, schwerlich entgangen. Allein ihn nahm der gebieterische Zuruf des Mannes im Purpurmantel ganz in Anspruch; und während er über die Ausführbarkeit nachsann, antwortete er, mit der Rechten nach Osten über die brausende Donau deutend:

„Drüben weiden die schnellen Rosse der hunnischen Horden und das Lager Attilas ist nur wenige Tagemärsche von uns entfernt. Auch reißt die Strömung heute gewaltig —"

Doch ungeduldig erwiderte der Fremde: „Wir fürchten weder die barbarischen Reiter, noch ihren König, wir trotzen dem Wüten der tosenden Wasser. Du aber erfülle deinen Auftrag und lass auch die Hände deines Gefährten sich regen!"

Da weigerte sich der Germane nicht länger, sondern rief dem Kameraden ein paar Worte zu, erbat sich die Hilfe einiger Diener aus dem riesigen Zug und eilte dann mit ihnen an den Strand hinab.

Befestigt durch Eisenketten an die Stämme uralter Weiden, lagen hier zwei geräumige Nachen, die für eine geringe Anzahl Reiter samt den Pferden Platz boten. Nachdem die Fahrzeuge von kräftigen Armen an eine Stelle des Ufers geschafft waren, welche die Einschiffung der dampfenden Rosse und beladenen Maultiere ermöglichte, bestiegen die hervorragendsten Berittenen zuerst die Boote.

Hochaufspritzend schlugen die Wellen über die ächzenden Planken und die Ruder bogen sich unter der Wucht des Anpralls. Die Strömung riss zwar die schwerfällige Last weit aus der geraden Richtung fort; aber gerade wenn die stärksten Arme erlahmen wollten, spornte sie der Zuruf des Führers zu neuen, gewaltigen Anstrengungen an und endlich erreichten die kühnen Schiffer das erstrebte Ziel.

Dreimal mussten sie das Wagnis wiederholen, bis die neuen Ankömmlinge alle übergesetzt waren. Darauf ließ der Befehlshaber einen goldenen Solidus in die Hand des Germanen gleiten, gebot seinem Zug sich zu ordnen, und schlug den Weg in das feindliche Gebiet furchtlos ein.

Hadubrand steckte die seltene Gabe schmunzelnd in seine Ledertasche; dann sprach er, den Enteilenden nachsehend: „Wir haben heute mit einem stolzen und tapferen Römer zu tun gehabt; glichen die anderen alle diesem einen, so brauchten sich die Enkel des großen Theodosius um die Zukunft der Weltbezwingerin nicht zu sorgen."

„Fürwahr, mich wundert, dass du solches zugibst!" entgegnete Lucilius. „Doch sprich, interessiert es dich nicht, den Namen des Feldherrn, dem wir zur Flucht in das Hunnenreich verholfen haben, zu erfahren?"

„Zur Flucht in das Hunnenreich?" wiederholte Hadubrand. „Jüngling, du willst meine Augen Lügen strafen! Der Mann, dem wir gerade als Fergen dienten, sah keinem Flüchtigen ähnlich."

„Und doch war es ein solcher. Du selbst hast wahr gesprochen; im Osten stand seine Wiege und Aetius ist sein Name!"

„Aetius?" — Nun war die Reihe an den Germanen gekommen zu staunen und mit einer hastigen Bewegung fuhr er fort: „Ich hätte es mir denken können! So muss das Auge des Mannes blitzen, der die kriegerischen Franken, Juthungen und Westgoten bezwungen und Bonifatius mit eigener Hand erschlagen hat. Doch du, weshalb hast du geschwiegen, so lange er uns nahe war?"

„Ich war im Anfang meiner Sache nicht sicher; und als alle Zweifel geschwunden waren, da ich nicht an deiner kaum vernommenen Worte dachte. Du schienst dem geschlagenen Feldherrn feindlich gesonnen, du hättest ihm vielleicht ein Hindernis bereitet —"

„Schmach über mich, wenn ich dazu fähig wäre!" fuhr Hadubrand auf. „Meinst du, dass mich der Preis gelockt hätte, den sie zu Ravenna auf das Haupt des Gestürzten setzten, — meinst du, dass ich —? Bei Thor und Wotan, denen meine Urväter opferten, du kennst die Germanen schlecht, wenn du denkst, dass wir vergessen könnten, was ein tapferer Mann einem anderen schuldig ist!"

Grollend sprang er auf den Rand des Nachens und stumm folgte ihm Lucilius. Sie stießen vom hunnischen Ufer ab; doch erst lange, nachdem sie das römische wieder erreicht und ihr altes Wachterritorium aufgesucht hatten, gelang es dem Jüngling, den murrenden Alten versöhnlicher zu stimmen.

Inzwischen setzte der kühne Reiter mit der kleinen Schar seiner Gefährten den Ritt durch das Gebiet der Hunnen unbeirrt fort. Es war in der Tat kein anderer als Aetius, welcher nach der jüngst erlittenen Niederlage als Rebell von den siegreichen kaiserlichen Legionen verfolgt wurde und seine nächste Zuflucht nun bei den verschlagensten Feinden Roms suchte. Von jedem anderen wäre ein solches Unterfangen Wahnsinn gewesen; nur ein so entschlossener und vielseitig begabter Kopf, wie der des römischen Feldherrn, durfte sich von dem ungeheuren Wagnis Erfolg versprechen. Ihm, der seine Jünglingsjahre als Geisel am Hof des Hunnenkhans Rugilas verlebt und unter den Barbaren manchen Freund und Bewunderer gefunden hatte,

— ihm, der vor nahezu einem Decennium im Auftrag des Usurpators Johannes ein hunnisches Heer geworben und für diesen nach Italien geführt hatte,

— ihm allein konnte der Gedanke kommen, die unbändige Kraft der barbarischen Tribus seinen Zwecken dienstbar zu machen.

So trug er in seinen Mienen trotz des Schlages, der seine Hoffnungen scheinbar auf immer vernichtet hatte, ruhige Zuversicht zur Schau. Ernst, doch ohne Befangenheit, erteilte er den Freunden genaue Vorschriften für den Verkehr mit den wilden Nachbarn; heiter scherzte er mit seinem jugendlichen Sohn Carpilion, der an des Vaters Seite zum ersten Mal die Beschwerden des Feld und Lagerlebens hatte teilen müssen, während

Gaudentius, der jüngere, mit seiner Adoptivschwester Hildegund bei Livia, der edlen Gattin des Aetius, im narbonensischen Gallien zurückgeblieben war.

Aber die Dunkelheit, die er mit Glück aus seinem Antlitz verbannt hatte, umfing umso drückender die Seele des geschlagenen Feldherrn. Er grollte, weil das alte Schlachtenglück ihn zum ersten Mal verlassen hatte, — er grollte der Kaiserin, die ihre Gunst aufs Neue dem einzigen Nebenbuhler zugewandt hatte, welcher den Vergleich mit Aetius nicht zu scheuen brauchte, — er grollte mit sich selbst! Wohl war Bonifatius nach tapferer Gegenwehr im Kampf gefallen; aber sein Tod musste den Unmut Placidias nur mehren, der Sieg seiner Anhänger den Sturz des Besiegten nur noch empfindlicher gestalten.

Mahnend regte sich einige Augenblicke lang im Herzen des stolzen und hochstrebenden Mannes, dessen verzehrender Ehrgeiz in beständigem Kampf mit seiner glühenden Vaterlandsliebe lag, das erste Gefühl einer Schuld, von der er sich hätte freihalten können, wenn es ihm gelungen wäre, seine Herrschsucht zu zügeln und sich einem anderen unterzuordnen.

Er hatte es nicht getan, nicht tun dürfen um des tiefen Zwiespalts willen, der ihn samt seinen Plänen für die Zukunft des Reiches von Bonifatius trennte. Allein das Mittel, welches diesen stürzen sollte, war ein verwerfliches gewesen; und wenn Aetius sich desselben auch nur auf eifriges Zureden seiner eigenen Parteigänger bedient hatte, so war er doch Mann genug, sich selbst die Verantwortung für sein Tun aufzuerlegen.

Und nun, da dieses Mittel seine Wirkung verfehlt hatte, Bonifatius erst zur Rebellion gezwungen und den Verlust Afrikas, der üppigen Kornkammer Roms, an die Vandalen zur Folge gehabt hatte, — nun, da dem reuig heimkehrenden Bonifatius dennoch Verzeihung gewährt und dieser sterbend noch der Überwinder seines Gegners geworden war, — nun bäumte sich der Stolz des Mösiers umsonst gegen die Erkenntnis, dass er geirrt und irrend schwer gefehlt hatte. Seiner eigenen Hand war die Macht entwunden und die Hand des Nebenbuhlers moderte im Staub. Niemand war unter den Siegern, der die Erbschaft des Toten anzutreten fähig und würdig gewesen wäre. Aber ringsum rüsteten sich die Feinde gegen die sinkende Macht Roms; und selbst für jene, welche der Arm des Aetius bezwungen hatte, gab es keine Bürgschaft, dass sie nicht mit der nächsten Gelegenheit ihre Waffe trotzig gegen die alternde Weltbeherrscherin erheben würden. Ihr drohender Ansturm barg die furchtbarste Gefahr, welche der flüchtige Feldherr selbst wider Willen heraufbeschworen hatte. Um sie bannen zu können, musste er nun versuchen, die verlorene Macht wieder zu gewinnen, — und deshalb sollte eine Spanne Zeit zum schlimmsten Bedränger seines Vaterlandes werden!

Seines Vaterlandes? — Die Vorstellung trieb ihm das brennende Rot der Scham auf die Wangen. — Doch nein, nicht seines Vaterlandes, sondern nur derjenigen, deren Ohnmacht und Verderbnis das gewaltige Rom auf die abschüssige Bahn geführt hatte, deren Neid und Hass ihn selbst gereizt und verfolgt hatte. Und dieser Gedanke erfasste ihn immer mächtiger, er schloss, wie in einen magischen Ring, in sich jegliches Gefühl, das der Liebe zu Rom, wie das der Vergeltung an allen Widersachern. Mochten sich ihm jetzt auch Berge entgegentürmen und Legionen ihn bekämpfen, — Aetius wollte und musste, von dem einen Gedanken erfüllt und getragen, diese niederwerfen und jene kühn übersteigen!

Zweimal schon hatten die Römer auf feindlichem Boden nächtliche Rast gehalten, ohne des hunnischen Lagers ansichtig geworden zu sein. Nur einzelnen streifenden Wächtern begegneten sie, nur Trümmerhaufen und ungeheuren Schlachtfeldern, auf denen Menschen und Tiergebeine im

Herbststurm bleichten und Kunde von dem wilden Ringen gaben, mit welchem Hunnen, Goten und Alanen sich gegenseitig zerfleischt hatten.

Als der dritte Tag zur Küste ging und die Sonne purpurglühend hinter den Gebirgen des Westens versank, glaubte Aetius in der Ebene, welche sich vor seinen Blicken ausbreitete, die Zelte der Barbaren zu erkennen. Aber der Abend war nicht die rechte Zeit, um vor das Angesicht Attilas zu treten; und wenn den Hilfesuchenden die innere Ungeduld auch fast zu verzehren drohte, musste er sie doch hier stark zügeln und seinem Drang zu tatfreudigem Handeln gebieterisch Zwang antun. Er befahl deshalb seinen Untergebenen, auf der sanft geneigten Anhöhe, auf welcher sie sich befanden, die eigene Lagerstatt aufzuschlagen.

Schon hatte Optila, einer der dem Feldherrn treu gebliebenen gotischen Auxiliären, das Gepäck von dem Rücken der Maultiere abladen lassen, — schon begannen die Diener Pflöcke und Pfähle, an denen die Zelte befestigt werden sollten, in den Boden zu rammen, als eine Gruppe hunnischer Reiter mit verhängten Zügeln und eingelegten Lanzen hügelan sprengte. Aetius sah jene kommen, mit ihm sahen es die Seinen und der erste Gedanke der kleinen Schar war auf schleunige Abwehr eines feindlichen Angriffes gerichtet.

Doch die Klugheit gebot ein anderes; auf Befehl des Feldherrn ließen seine Mannen die Schwerter in den Scheiden und die Schilde auf dem Rasen, während an ihr Ohr schon der drohende Ruf der Hunnen schallte: „Was treibt ihr hier, — was führt euch her? Wie könnt ihr wagen, eure Zelte auf der Höhe zu errichten, wenn das unseres Königs sich in der Ebene befindet?" Feindselig umringten sie gleichzeitig die Fremden und ihre kleinen, tiefliegenden Augen warfen gierige Blicke auf den Reichtum, welchen die Römer zur Schau trugen.

Diese hatten mittlerweile die Barbaren schärfer betrachtet. Kurz und untersetzt waren die Gestalten der Letzteren; die plattgedrückten Nasen und hervortretenden Wangenknochen gaben den gebräunten, narbendurchfurchten Gesichtern etwas unsagbar Widerwärtiges. Mäntel aus zusammengenähten Wildfellen hingen um ihre Schultern; ein dunkelfarbiges, halbzerfetztes Unterkleid umschloss den Körper, während ein platter Lederhelm das Haupt bedeckte und die Beine mit Bockshäuten umwickelt waren. Drohend trugen sie auf den Schultern Bogen und pfeilgespickte Köcher und an der Seite das kurze Messer neben dem ledernen Wurfriemen, welcher bestimmt war, den arglosen Feind blitzschnell zu umgarnen und wehrlos zu machen.

Die Stunde schien gefahrbringend; doch von dem Geschrei der Barbaren unbeirrt, trat Aetius auf jene zu und rief ihnen, stolz in Haltung und Rede zu: „Bevor ich euch Antwort gebe, sagt erst, wer euch gesendet hat. Ich kann es nicht glauben, dass König Attila einen Helden, der zu ihm als Gast kommen möchte, so feindselig begrüßen lässt. Darum gebt acht auf eure Zungen und hütet eure Lanzen vor Römerblut; denn, bei dem Andenken des Mundzuch, wir müssten Hunnenblut dafür fordern!"

Aufgrund der selbstbewussten Antwort stutzten die barbarischen Reiter; sie hatten mit Erstaunen aus dem Mund des Römers hunnische Worte vernommen und schienen nun unschlüssig, was sie dem Sprecher der Fremden entgegnen sollten.

Das erkannte und benutzte Aetius schnell, indem er fortfuhr: „Wir sind Gesandte, die nur demjenigen Rechenschaft zu geben haben, an welchen ihr Auftrag lautet. Der unsere geht an euren Khan Attila; morgen um die Zeit der zweiten Tagwache könnt ihr wiederkehren, um uns vor das Angesicht des Mannes zu führen, dem ich selbst seit langen Jahren ein Wohlbekannter bin."

Das Erstaunen der Hunnen wuchs und einer von ihnen, welcher der Anführer des Haufens schien, erwiderte jetzt: „So verweilt in Frieden an dieser Stelle! Wir werden unserem Gebieter euer Kommen verkünden und euch seine Antwort bringen. Eines aber sollt ihr heute schon wissen: Der große Attila lässt sich von keinem Staubgeborenen den Tag und die Stunde vorschreiben, wenn er ihn würdigen will, seine Botschaft entgegenzunehmen. Seht euch vor, dass ihr nicht allzu kühn auf seinen Schutz baut!" Damit warf er sein Pferd herum und jagte mit seinen Begleitern pfeilgeschwind von dannen.

Sie entschwanden in der zunehmenden Dämmerung rasch dem Gesichtskreis der ihnen Nachschauenden und an ihr Ohr schlug nicht mehr der Ausruf, mit welchem Carpilion dem Vater gegenüber seiner Verwunderung über die ihm neue Erscheinung Ausdruck gab.

Aetius lächelte und antwortete dem Sohn: „Du wirst noch mehr Besonderheiten bei den Barbaren finden und ihre Reiterkünste erst ganz kennen und würdigen lernen, wenn du sie einmal im Kampf sehen konntest. Sie sind starke Verbündete und furchtbare Feinde; Kaiser Theodosius könnte davon erzählen. Aus fernem Westen kamen sie herangezogen, einem Heuschreckenschwarm vergleichbar; ihr Ursprung ist geheimnisvoll und niemand weiß zu sagen, wo sie einst eine dauernde Stätte suchen werden."

Da trat Optila mit einer Frage vor den Gebieter; der gotische Krieger hatte die letzten Worte des Feldherrn gehört und als dieser sich den Untergebenen zuwandte, um seine Anordnungen selbst zu erteilen, sprach Optila zu Carpilion: „Ihr möchtet mehr über die Hunnen erfahren? — So wisst dass in meinem Volk die Sage umgeht, dass sie Nachkommen jener Alrunen sind, welche unser König Vilimir aus dem Heer verbannte und tief nach Scythien jagte. Dort gesellten sich den verworfenen Zauberinnen unreine Geister und tückische Dämonen; aus ihrer Umarmung entsprossen die Hunnen, halb Tiere, halb Menschen, im Sumpf geboren, klein, hager, abschreckend und nur durch die Gabe der Rede dem menschlichen Geschlecht angehörig."

Er hatte kaum zu Ende gesprochen, als neben ihm ein spöttisches Lachen laut wurde. Es kam aus dem Mund des Eunuchen Heraklius, jenes Griechen, welcher das besondere Vertrauen, ja die Freundschaft des Mösiers genoss und wie er aus seiner hervorragenden Stellung am Hof des Valentinians gestürzt und landflüchtig geworden war. Der schlichte, tapfere Gote war dem schlauen Hellenen nicht sonderlich gewogen; er wandte sich jetzt schnell zu diesem um mit der Frage, ob das befremdliche Gelächter vielleicht einen Zweifel an seiner Aussage bedeuten sollte?

Heraklius tat jedoch, als hätte er die Anrede überhört und seine Worte galten Carpilion, als er nun sprach: „Seltsam wird es meinen jungen Freund am Hof des Hunnenkönigs erscheinen. Zwar fehlt es nicht an byzantinischen Gold im Schatz Attilas; doch weder die byzantinische noch die römische Üppigkeit findest du dort. Sie ist dem Sohne des Mundzuch nicht fremd geblieben, während er als Geisel seine Jugend zu Rom verbrachte. Aber seine barbarischen Sinne waren zu stumpf für den Reiz unserer verfeinerten Sitten, und seinen Horden ist der alltäglichste Begriff von Anstand und Ehrbarkeit niemals aufgegangen. Darum leben sie, den wilden Tieren gleich, jedem ihrer barbarischen Triebe blindlings frönend. Heiden sind sie, vom Licht des Evangeliums noch nicht erleuchtet, ungläubig und verdammt. Ihre Sprache tönt wie das Heulen des Schakals; Das Wort Attilas ist ihnen Orakel und Furcht kennen sie nur vor den Geistern, mit denen sie Luft und Wasser,

Schlucht und Wildnis bevölkert wähnen. Goldgier ist ihre höchste Leidenschaft; sie macht sie treulos, käuflich und falsch gegen einander."

Ein Diener nahte den Dreien und teilte Heraklius mit, an die Seite des Feldherrn zurückzukehren. Langsam entfernte sich der Grieche und befremdet sprach Carpilion zu Optila: „Ich hörte wenig Gutes von den Barbaren, — und dennoch nahm mein Vater zu ihnen den Weg?! Was suchen wir, die Geschlagenen, am Hof des Mannes, den nur Gold gewinnen kann? Mir schwant, uns wäre besser gewesen, im Kampf einen rühmlichen Tod zu suchen, als uns hier den Demütigungen, welche Attila über uns verhängen könnte, auszusetzen!"

Doch Optila entgegnete ihm: „Die Gedanken des Feldherrn reichen weiter, als die unseren, und nicht dem Sohn kommt es zu, seinem Erzeuger die Richtung vorschreiben zu wollen. Der überlegenen Klugheit erliegen die rohen Triebe, — das verschwieg euch Heraklius, er, der jeden Erfolg in seiner unrühmlichen Laufbahn allein seiner List und Schlauheit verdankt. Ihr aber lasst euch in dieser Stunde warnen! Er rühmt sich seines Glaubenseifers, er schmäht uns, die Goten, als homöerische Ketzer; und keiner verletzt die Gebote des Evangeliums durch sein Tun schamloser, als Heraklius. Seit vielen Jahren besitzt der Ränkevolle das Ohr und das Herz Eures Vaters; lasst ihn niemals auch das eure gewinnen!"

„Er wird es nicht, es sei denn, dass meine Gedanken über ihn eine vollständige Wandlung erfahren sollten!" erwiderte Carpilion. „Habe Dank für die Mahnung, Optila! Und wenn dir der Grieche jemals feindselig begegnet, denk daran, dass ich in dieser Stunde deine furchtlose Treue ganz erkannt und deine offene Rede schätzen gelernt habe!" Mit diesen Worten reichte er dem gotischen Krieger die Rechte und war im Begriff in das Zelt zu treten, welches die Begleiter ihm und dem Feldherrn bereitet hatten.

Der volle Mond war inzwischen aufgegangen, mit seinem weißen Licht den Hügel und die weite Ferne geisterhaft beleuchtend. Die Römer hatten den Aufbau ihres Lagers vollendet und schickten sich eben an, von den Resten ihrer Vorräte ein schlichtes Mahl zu bereiten, als sie wiederum einige hunnische Reiter in mäßiger Eile hügelan traben sahen. Die Erscheinung derselben war wesentlich von der ihrer Vorgänger verschieden. Sie mussten hervorragende Stellungen in der Umgebung Attilas einnehmen; denn ihre Kleidung bestand aus kostbaren Stoffen, wie sie auch am Hof zu Byzanz üblich waren. Hinter den hunnischen Würdenträgern trieben deren Diener einen feisten Stier, andere trugen Körbe voll Wildbret und Fischen, welche den Fremdlingen vom Hunnenkhan gesandt wurden.

Aetius, dem die Ankunft der Barbaren gemeldet worden war, trat ihnen vor seinem Zelt entgegen. Er erkannte nun in dem einen der Berittenen den Pannonier Orestes, der sich schon vor zwei Jahrzehnten um dieselbe Zeit, zu welcher Aetius als Geisel bei den Hunnen weilte, das Vertrauen Attilas zu erwerben gewusst hatte. — Römer seiner Abstammung nach, hatte der Pannonier, von der wilden Größe Attilas angezogen, Dienste bei den Hunnen genommen und sich im Lauf der Jahre zu der einflussreichen Stellung des obersten Geheimschreibers emporgeschwungen. Sein Ehrgeiz und das Gefallen an einem abenteuerlichen Leben fanden hier überreiche Befriedigung; seine Kenntnisse und vielseitige Bildung, mit hoher diplomatischer Gewandtheit verbunden, sicherten ihm den dauernden Besitz des hohen Amtes. Attila bedurfte seiner für den Verkehr mit den ränkevollen Höfen zu Byzanz und Ravenna; den Barbarenfürsten erfüllte es mit Genugtuung, Männer solchen Schlages zu seinen ergebensten Werkzeugen rechnen zu dürfen. Aber selbst die Gunst des allmächtigen Häuptlings vermochte diesen nicht vor dem Neid zu schützen, mit welchem die hervorragenden Hunnen auf den Überläufer blickten.

Und dennoch war es einer der Letzteren, der sich ihm zugesellt hatte, Edecon, der Oberste der Leibwachen Attilas. An Haupteslänge die meisten seiner Stammesgenossen überragend, trug er ein starkes Selbstbewusstsein zur Schau, das, mit einem barschen und hochfahrenden Wesen verbunden, den Eindruck seiner Persönlichkeit nur noch abstoßender machte. Wenn er heute dennoch Seite an Seite mit Orestes ritt, so trieb ihn die Neugier, wer die Fremdlinge sein mochten, trieb ihn die Habsucht nach den Geschenken, mit welchen die Gesandten anderer Fürsten sich den Zutritt zu seinem Gebieter erkaufen mussten.

Misstrauisch und überrascht blickte er auf den Begleiter, welcher, dem hunnischen Brauch zuwider, vom Pferd gestiegen war und nun mit einem freudigen Gruß auf Aetius zueilte und dessen Rechte schüttelte. Doch vergebens bemühte sich Edecon, den in griechischer Sprache geführten, hastigen Gedankenaustausch der beiden zu verstehen. Und da ihm seine Würde und sein Barbarenstolz verboten, mit einem Geringeren, als dem Haupt der Fremdlinge zu verhandeln, musste er, seiner Ungeduld zum Trotz, harren, bis der Zeitpunkt gekommen war, seinem unerwarteten Besucher entgegen zu kommen.

Kaum hatte Aetius durch Orestes den Namen und Rang Edecons erfahren, als er sich beeilte, dem mächtigen Würdenträger zu nahen und ihm die Ehren zu erweisen, auf welche jener Anspruch erhob. Ohne der Verdolmetschung durch den Pannonier zu bedürfen, wandte er sich mit dem Ausdruck seines Dankes für die mitgebrachten Gaben an den Hunnen.

Den Ungeschlachten nahm, gegen seinen Willen, die kluge Geschmeidigkeit des Römers gefangen und er erwiderte: „Der erhabene Attila will nicht, dass ein Fremder, der ihm als Gast naht, auf seinem Boden Mangel leidet. Lasst euch schmecken, was er euch großmütig zuweist!"

„Wir wissen so viel Gastfreundschaft zu würdigen." entgegnete Aetius. „Erlaubt deshalb, dass ich euch, dem Überbringer, meine Erkenntlichkeit beweise!" Er rief seinem Sohn und wies ihn an aus dem Gepäck zwei silberne Schalen herbeibringen. Die größere reichte er dem Hunnen, dessen Auge die beiden Gefäße schon nach ihrem Umfang und Metallwert geprüft zu haben schien; die kleinere, aber durch plastischen Schmuck ausgezeichnete, bot er Orestes, der Kenner genug war, um den Wert eines Kunstwerkes vollauf zu schätzen.

Die beiden Würdenträger Attilas händigten die kostbaren Gaben ihren Dienern ein; dann umritt Edecon mit spähenden Blicken die Lagerstatt der Römer. Auf einen Wink des Mösiers schlossen sich Heraklius und Carpilion dem Barbaren an und der Feldherr benutzte die kurze Frist, um zu erforschen, ob die Kunde seiner Niederlage schon bis an den Hof Attilas gedrungen sei. Er atmete auf, als die Antworten, welche Orestes ihm gab, das Gegenteil bewiesen. Dennoch hielt er es für geraten, den Geheimschreiber bei Zeiten in sein eigenes Missgeschick einzuweihen; denn Orestes sollte ihm bei seinen Unterhandlungen mit dem furchtbaren Steppenfürsten als stärkster Rückhalt dienen.

Ruhig und ohne mit einem Wort zu verraten, wie tief er selbst von dem Niedergang seines Sternes getroffen war, verkündete Aetius, was ihn veranlasst hatte, den Hunnenkhan aufzusuchen. Dem Feldherrn entging nicht der tiefe Eindruck, welchen seine Mitteilungen auf Orestes machten, und er las in dessen Mienen die Größe des eigenen Wagnisses. Dock die offen erhobenen Bedenken des Pannoniers schlug jener mit überzeugender Beredsamkeit aus dem Feld. Und als nun Edecon seinen Umritt vollendet hatte und zu den beiden zurückkehrte, war ihre Verständigung so weit gediehen, dass Orestes versprach das Jüngstvernommene zu verschweigen, so lange es notwendig war, und das Vorhaben des Mösiers in der Stille zu fördern.

Der Oberste der Leibwächter schien inzwischen seinen Zweck erreicht zu haben. Er gebot seinen Dienern, den Rückweg anzutreten, und wandte sich darauf an Aetius mit den Worten: „Der Pfad zu Attila soll seinem Gast offenstehen. Doch nicht im Lager wird der Unbesiegte dich empfangen, sondern an seinem Königssitz. Morgen, wenn das große Jagen ein Ende nimmt, begibt er sich dorthin; halte dich bereit, ihm dann zu folgen!"

Gern hätte Orestes dem wiedergefundenen Jugendfreund noch manchen Rat erteilt. Allein sein längeres Verweilen würde den Argwohn des Hunnen geweckt haben; deshalb verließ der Pannonier mit jenem das römische Lager und sprengte im Geleit seiner Sklaven von dannen. —

Auf dem Hügel loderten schon die Feuer empor, an welchen die Diener des Mösiers das ihnen unverhofft beschiedene Mahl bereiteten. Trefflich mundete es den Römern nach der schmalen Kost der letzten Tage. Als die Flammen in Asche sanken, streckte sich die Mehrzahl des riesigen Zugs zu guter Rast auf den weichen Rasen nieder, während die Übrigen Wache hielten.

Erquickender Schlummer umfing bald auch Carpilion. Aber während ihn die Gedanken im Traum nach Gallien und auf die Schlachtfelder zurückführten, auf denen die hochstrebenden Pläne seines Vaters ein jähes Ende gefunden hatten, saß Aetius in seinem Zelt noch lange grübelnd wach. Nicht Furcht umschwebte ihn mit unheimlichem Flügelschlag; und dennoch schlug sein Herz hörbar, wenn er an den kommenden Tages dachte, an welchem die Würfel über die Gestaltung seiner Zukunft, über Leben und Tod fallen sollten!

Zweites Kapitel.

Hörnerschall und verworrener Lärm, der aus der Ferne zu den Römern herüberdrang, weckte am nächsten Morgen den Feldherrn aus seiner spät gefundenen Ruhe. Er fragte nach der Bedeutung und erfuhr durch Optila, dass eine lebhafte Bewegung der Hunnen stattfindet.

Bald war Aetius selbst zum Aufbruch gerüstet; eilig trat er vor sein Zelt und war Zeuge, wie das Lager Attilas im Licht der aufgehenden Sonne abgebrochen wurde. Gleich einem aufgewühlten Ameisenhaufen wimmelte alles durcheinander; und als endlich Ordnung in die gehrenden Massen kam, wälzte sich der ganze Zug nach Norden, dorthin, wo sich am Gestade der Donau der Palast des Steppenfürsten erhob.

Da befahl Aetius auch den Seinen, die Zelte schnell zusammen zu packen, um den Barbaren in angemessener Entfernung folgen zu können. Während seine Untergebenen den Befehl vollzogen, traf ein Bote von Edecon ein; er hatte den Auftrag, den Römern als Führer zu dienen und versprach, sie um die neunte Stunde nach römischer Zeitrechnung[2] in den Palast Attilas zu bringen.

Der Leitung des Hunnen folgend, durchzog Aetius mit seinen Mannen Steppen und Wälder, den jagenden Schaaren manchmal näher, manchmal ferner. Für seinen Lebensunterhalt sandte ihm Orestes Teile von der Ausbeute der Jagd, welche schon den dritten Tag dauerte, heute aber mit der Rückkehr in den Wohnsitz Attilas ihren Schluss finden sollte.

Und endlich stieg in der Ferne der Palast des Großkhans vor den Blicken der Römer empor. Auf dem Gipfel eines Hügels gelegen, beherrschte er die ganze ihn umgebende Ansiedelung und zog schon von weitem durch seine

---

[2] 3 Uhr Nachmittags

gewaltigen Türme und Massen die Aufmerksamkeit auf sich. Ihn umschloss ein weiter, durch eine hölzerne Umfriedigung begrenzter Raum, welcher eine Anzahl einzelner Gebäude in sich fasste; sie dienten der Lieblingsgemahlin Attilas, Königin Kerka, einigen seiner Söhne, sowie den Leibwachen zur Wohnstatt. Das Haus des Fürsten, aus Holz gleich allen anderen, lag in der Mitte und war durch einen Zaun aus glänzend gebohnten Planken von den übrigen abgesondert. Es entsprach durch seine Größe und mächtigen Verhältnisse der Bedeutung seines Bewohners, während der Palast Kerkas von leichterer Bauart und mit Holzschnitzereien verziert war.

Außerhalb der Umfriedigung, aber dem Palast am nächsten, stand das Haus des Oneges; sein Inhaber, ein geborener Grieche, nahm im Hunnenreich den höchsten Rang nach dem König als dessen erster Ratgeber und persönlicher Vertreter ein. Er war der Erbauer des Ganzen; ihm beugten sich ohne Murren selbst die stolzesten hunnischen Größen, denn er hatte die glänzendsten Proben kriegerischer Tapferkeit auf dem Schlachtfeld, persönlichen Mutes seinem Fürsten gegenüber bewiesen. Wo alle anderen sich schweigend fügten, wagte er allein gegen die gewalttätigen Entschließungen und wilden Triebe Attilas anzukämpfen. In Ravenna wie in Byzanz galt Oneges als die tüchtigste Stütze der Römer bei dem Steppenfürsten, nicht aus Käuflichkeit, sondern um seines lauteren Charakters willen, zu dem sich hohe politische Einsicht gesellte!

Noch aber waren die Römer der Umfriedigung fern, denn Attila selbst ritt an der Spitze seiner Männer eben erst durch die Gassen der Ansiedelung. Ihm kamen in feierlichem Aufzug die Frauen und Töchter seiner Günstlinge und Würdenträger entgegen. In zwei Reihen einherschreitend, hielten sie über ihren Häuptern weiße Schleier, unter welchen, wie unter einem

Baldachin, Gruppen junger Mädchen gingen, die mit heller Stimme Lieder zum Preise des Königs sangen.

Nachdem Attila mit den Würdeträgern seiner Begleiter vorübergezogen war, drängte sich die Menge des Volkes, der Weiber und Kinder heran, mit gellenden Jubelrufen die Träger der Jagdbeute begrüßend. Der mächtige Bär und der trotzige Ur, der unförmliche Elch und das scheue Reh, das Geflügel der Lüfte und die Fische, welche Ströme und Bäche bevölkerten, — sie alle hatten den Pfeilen, Speeren, Schlingen und Netzen der Hunnen erliegen müssen. Auf hunderten von Tragbahren, aus grünen Zweigen geflochten, wurde das Wild herbeigeschleppt und mit vollen Händen warfen die Diener Attilas das kleinere Getier unter die lärmende Menge. Aber stumm bei allen Freudenäußerungen der Seinen, setzte der Steppenfürst seinen Weg fort und verließ erst am Tor der inneren Umfriedigung sein Reittier, um sich in seinen Palast zu begeben.

Im gleichen Moment wurde der Blick der Römer auf eine kleine Anzahl von Fremdlingen gelenkt, die in rein byzantinischer Tracht hinter den Großen des Hunnenreiches einherritten; drei von ihnen trugen blinkende Helme und Harnische unter den roten Mänteln, — sie mussten die Führer der anderen sein.

Hatte es der Zufall gewollt, dass jene gleichzeitig mit Aetius bei den Barbaren eingetroffen waren, — oder kamen sie, sein Vorhaben erratend, um das Beginnen des flüchtigen Feldherrn zu durchkreuzen? — Er brannte vor Begier, dem Hunnenkhan und seinen Gästen ohne Zögern zu folgen; allein die höfische Sitte hielt ihn davon zurück, welche bei Attila streng beobachtet wurde, und er musste sich in Geduld fassen.

Deshalb traf Aetius zunächst Anordnungen für sein Unterkommen und ließ seine Zelte an einem Ort aufschlagen, der gleich weit von dem Haus des

Oneges und dem Palast des Königs entfernt war. Haufen neugieriger Barbaren umringten binnen kurzem die römische Lagerstatt und begehrliche Blicke richteten sich auf das Eigentum der Fremden. Nur auf den Boten, der ihn vor das Angesicht Attilas bescheiden sollte, wartete Aetius vergebens, und doch war die neunte Stunde längst verronnen.

Der Unmut des Mösiers wuchs mit seiner Ungeduld; er war nicht gewohnt, lange zu warten, und als die Schatten länger wurden, ohne dass Edecon seinen Diener schickte oder selbst erschien, umfingen sorgenvolle und argwöhnische Gedanken das Haupt des Feldherrn. Der Verkehr zwischen ihm und Attila war in vergangenen Zeiten ein in gewissem Sinn freundschaftlicher gewesen. Sollte der Sohn des Mundzuch, seit er König geworden war, gleich manchem anderen Thronerben seine Gesinnung geändert haben, sollte er im letzten Augenblick Kunde der kriegerischen Vorgänge auf römischem Boden erhalten haben? War die Freundschaft des Orestes nur eine scheinbare, verbarg sich hinter der Gefügigkeit Edecons Arglist und Verrat? Und waren jene Oströmer um des Landflüchtigen willen, ihm zum Heil oder Unheil, vor Attila getreten?

Der Abend brach herein und die quälende Ungewissheit wuchs. Da trat dem Feldherrn die Versuchung nahe, im Dunkel der Nacht seine Stätte zu verlassen, wo seinen gewagten Hoffnungen so wenig Aussicht auf Erfüllung winkte. Doch schon fühlte er, dass ihm mit dem ersten Schritt auf hunnischem Boden der Rückweg verlegt war. Feinde standen hinter ihm auf, — Feinde erwarb er sich, wenn er heimlich aus dem Lager der Barbaren wich. Sein Mannesstolz sträubte sich gegen den Gedanken der Umkehr und ein Augenblick peinlicher Ruchlosigkeit stellte sich ein. .

Aber als sich Aetius, von Zweifeln erfüllt, ins Freie begab, sah er in der Nacht einen Lichtschein, der sich näher bewegte. Bald erhellte derselbe die ärmlichen Hütten in der Umgebung und der Mösier erkannte nun zwei

Hunnen, welche brennende, mit Unschlitt getränkte Rohrstengel in Händen trugen; zwischen ihnen schritt der Geheimschreiber Attilas. Freundlich erwiderte er den Gruß des Landflüchtigen, dann betrat er mit diesem das römische Zelt.

Die Nachrichten, die er brachte, waren hochbedeutsam; nichts Geringeres, als das Eintreffen einer Gesandtschaft des byzantinischen Hofes, hatte den Hunnenkhan seit der Rückkehr in seinen Palast in Anspruch genommen. Zwar verriet Orestes nicht, welche Nachrichten überbracht wurden, aber allein aus den kleinen Andeutungen des Pannoniers, schloss der Scharfsinn des Römers mit Sicherheit auf die Tatsachen. Und mit Genugtuung erfüllte ihn die förmliche Einladung des Hunnenkhans durch den Mund seines Geheimschreibers auf den folgenden Tag um die sechste Stunde.

Früh sah der nächste Morgen den Feldherrn sich vom Lager erheben. Denn es galt, dem Ziel so nahe, mannigfache Vorbereitungen treffen, um im letzten Moment keinen neuen Hindernissen zu begegnen. Zu diesen Handlungen gehörte die Auswahl einer Anzahl wertvoller Geschenke für Oneges, die Königin Kerka und für den Steppenfürsten selbst. Trotz der Niederlage, die er erlitten hatte, war es Aetius gelungen, einen Teil seines Kriegsschatzes zu retten; er sollte ihm auf den Rat des Pannoniers nun gute Dienste leisten.

Dem Gebot des Vaters gehorchend, reichte Carpilion jenem eine Sammlung silberner und goldgeschmückter Gefäße. Die wertvollsten und ansehnlichsten stellte Aetius für Attila zurück, die zierlichsten bestimmte er für Kerka, die übrigen, den ersten an Wert und Schönheit nur wenig nachstehend, für Oneges. Köstliche Gewänder aus bunten, seidendurchwirkten Stoffen, mit indischen Perlen besetzt, purpurrote Wolle, Datteln und andere getrocknete Früchte vervollständigten die für die

Königin ausgewählten Gaben; tropische Gewürze und kostbare Waffen mehrten den Anteil des Oneges.

Aber für Attila selbst füllte der Feldherr die goldverzierten Schalen mit silbernen und goldenen Münzen, weniger um damit die Gunst des Steppenfürsten zu erkaufen, sondern um vor jenem und dessen Vertrauten nicht als ein Mitteloser, sondern als ein mit stattlichen Reichtümern Ausgerüsteter zu erscheinen.

Nachdem er alles wohl geordnet und sich selbst mit allen Zeichen seiner Feldherrnwürde bekleidet, sowie seine Begleiter Carpilion, Heraklius und Optila den reichsten, kriegerischen Schmuck hatte anlegen lasten, begab er sich auf den Weg. Zunächst lenkte er die Schritte zu dem Palast des hochgestellten Griechen; Heraklius sollte an des Freundes statt der Überbringer seiner Geschenke und Achtungsbezeugungen sein. Der Mösier selbst wandte sich mit Carpilion und Optila samt den anderen, gabentragenden Dienern weiter, bis er innerhalb der großen Umzäunung das Haus der Kerka erreicht hatte.

Das Nahen des glänzenden Römers und seiner nicht minder stattlichen Begleiter rief hier eine lebhafte Bewegung hervor und auf die Frage des Feldherrn wurde ihm ohne Säumen Bescheid gegeben, dass Kerka bereit sei, ihren tapferen Gast zu empfangen.

Haushofmeister der Königin führten Aetius und sein kleines Gefolge in das Innere des reichverzierten Palastes. Hier saß die Lieblingsgemahlin Attilas auf einem Kissen aus Otterfellen; ein schmaler Goldreif glänzte in ihrem tiefschwarzen Haar, goldene Ketten und Spangen umwanden ihren Hals und ihre Arme, sowie die Fußgelenke. Die üppigen Formen ihres Körpers verhüllte ein weites, wollenes Gewand von weißer Farbe, mit bunter Seide und goldenen Sternen verziert. — Im weiten Kreis um die Herrin kauerten ihre Frauen und bewaffneten Diener, die Männer auf der einen, die Weiber auf der anderen Seite.

Mit vollendet höfischer Sitte begrüßte Aetius die kleine, nicht unschöne Frau. Gewandt wusste er Worte der Bewunderung zu äußern, die nicht wie Schmeicheleien klangen und dennoch solche waren; mit Eifer pries er die rühmlichen Eigenschaften Attilas, während sein Blick mit Blitzesschnelle den Eindruck seiner Worte auf die Königin prüfte, ob diese sich für seine Pläne gewinnen lassen würde und von tiefgehendem Einfluss für seine Zwecke sein könnte.

Die Antwort, die er erhielt, ließ ihn bald genug erkennen, dass Kerka nichts mit jenen stolzen und üppigen, ebenso herrschsüchtigen wie leidenschaftlichen Römerinnen gemein hatte, deren dämonischen Gelüste oft genug verderblich in die Schicksale des römischen Reiches eingegriffen hatten. Allein Aetius war erfahren genug, sich zu sagen, dass von dem Eindruck, den er auf Kerka mache, vielleicht mehr abhängen könnte, als von den ernstesten Beratungen mit dem Hunnenkhan selbst. Und mit einem Lächeln auf den Lippen bezwang er das tragikomische Gefühl, das sich seiner bemächtigen wollte, wenn er daran dachte, dass er, der vormals allmächtige Günstling einer Kaiserin, sich hier aus freien Stücken vor einer Barbarin demütigte, deren Gedankenkreis kaum über die Freude an der Gunst des Mächtigsten ihres Stammes, über das Gefallen an einem bunten Kleid oder glänzenden Geschmeide hinaus ging!

Der Zeitpunkt, zu welchem Aetius vor Attila stehen sollte, rückte inzwischen immer näher und die Römer verließen den Palast Kerkas, um sich in denjenigen ihres Gemahls zu begeben. Zwei Untergebene Edecons geleiteten den Feldherrn und seine Begleiter in den Raum, in welchem der Hunnenkhan auf einem Ruhebett in sitzender Stellung seine Gäste erwartete, während Orestes, Edecon und andere Würdenträger ihn stehend umgaben.

Beim Eintritt des Mösiers begegneten sich seine Blicke mit denen Attilas und dieser erkannte seinen ehemaligen Jugendgenossen ohne Mühe wieder. Das war die kurze, untersetzte Gestalt mit der breiten Brust und dem großen Haupt, welche als Typus der hunnisch mongolischen Art in ihren Eigentümlichkeiten bei dem Herrscher besonders stark ausgeprägt erschien. Aber aus dem tiefbraunen Antlitz mit der plattgedrückten Nase und dem spärlichen Bartwuchs funkelten in tiefen Höhlen unter buschigen Brauen Augen gleich denen eines Tigers, und hinter dem mächtigen Schädel reiften Gedanken von einer wilden Kühnheit und Größe, von einer kalt berechnenden Schlauheit, wie in keinem anderen Hunnenkopf.

Stolz und gebieterisch war die Haltung des Steppenfürsten; man sah ihm an, dass er der wirkliche König seines Volkes war, der jeden Stammesgenossen in geistiger Beziehung riesengroß überragte. Allein statt des fürstlichen Prunkes, mit welchem er seinen Hof und seine Würdenträger auszustatten liebte, bewahrte er an sich selbst die größte Einfachheit, als ob er zeigen wollte, dass er keines äußeren Glanzes bedarf. Weiß und fleckenlos war sein wollenes Gewand; außer ihm trug ein ähnliches nur die Lieblingsgemahlin, so dass ihn jeder von fern schon erkennen musste. Doch während Gold und Seide die Säume am Kleid Kerkas einfasste, war jede derartige Zier von dem des Königs verpönt. Nur sein Haupt umschloss beim Empfang fremder Gesandtschaften und hoher Gäste als Zeichen seiner Herrscherwürde ein Goldreif, in welchem der blitzende Glanz edler Steine mit dem Feuer seines Blickes wetteiferte.

Mit einem kurzen Kopfnicken erwiderte Attila den Gruß des Feldherrn, dann sprach er, während die Römer ihre Geschenke vor ihm niederstellten: „Viele Winter sind vergangen, seit Aetius mit den Reiterschwadern meines Verwandten Rugilas südwärts zog; damals beugte sich der römische Held vor einem siebenjährigen Knaben und einem ränkevollen Weibe. Aus dem Knaben ist jetzt ein schwachmütiger Jüngling geworden und Placidia, seine Mutter, nahm mit dem Alter nicht an Weisheit zu. In der starken Hand des Aetius, so hörte ich, liegt die Zukunft des abendländischen Reiches. Welches Ereignis führt dich heute denn aus dem üppigen Rom oder dem fruchtbaren Gallien in die rauheren Lande des Hunnenreiches?"

Voll geheimer Spannung hatte der Feldherr die Anrede Attilas vernommen. Von der Begegnung hing alles ab; die Frage war kurz und bündig gestellt, — sie ebenso zu erwidern, lag nicht in der Absicht des Mösiers.

Doch Dieser fühlte, dass dem durchdringenden Scharfsinn Attilas gegenüber ein noch so gewandtes Spiel mit Worten zu keinem Resultat führen würde. Nicht wie ein Geschlagener, — gleich einem Sieger musste er sich gebärden, der seinem neuen Bundesgenossen gewaltige Aussichten eröffnet. Deshalb beschloss er, von der Tradition der römischen Politik abweichend, offen und freimütig auf sein Ziel loszusteuern.

Und er sprach, ein leichtes Lächeln auf den Lippen: „Der große Attila ist selbst viel zu weise, um einem Feldherrn zürnen zu können, der seiner Tapferkeit die Klugheit gesellte und durch letztere zu siegen sucht, wo ihn jene allein nicht ans Ziel führt. Leicht ist der Sinn eines Knaben zu lenken, wenn ihm eine starke Hand den Zügel hält, und auch der Weiberlaune weiß ein kluger Mann Richtung und Streben selbstbewusst vorzuschreiben!"

„So senden dich Valentinian und Placidia, oder vielmehr du gebotest ihnen, dich an Attila zu senden? — Lass hören! Es muss ein wichtiges Anliegen sein, sonst hätte wohl ein Geringerer das Antlitz Attilas aufsuchen müssen!"

„Deinem Falkenblick bleibt nichts verborgen!" entgegnete der Mösier. „Du durchschaust und erkennst die Kräfte, die im Geheimen walten, du errätst die Gedanken derjenigen, welche dir grüßend nahen. Doch bevor ich dir alles eröffne, vergönne mir, Deinen Schatz mit den Gaben zu mehren, welche ich dir zur Lust herschaffen ließ!"

„Sie sollen mir willkommen sein," erwiderte Attila, „weil deine Hand mir sie bietet; doch nicht als Ersatz für jene, deren Rückerstattung Valentinian mir noch schuldet!" — Flüchtig streifte sein Blick die glänzenden Kunstwerke; dann gebot er seinen Dienern, sie beiseite zu tragen.

Aetius aber gab dem Steppenfürsten zur Antwort: „Nicht als Ersatz für die Gunst Valentinians! Denn Aetius, das wisse, König Attila, Aetius naht dir aus eigenem Antrieb und als sein eigener Bote, trotz Valentinian und Placidia!"

„Trotz Valentinian und Placidia?" Dem Hunnenkhan gelang es doch nicht, sein Erstaunen über diese unerwartete Enthüllung ganz zu verbergen, und auch in den Mienen seiner Vertrauten, mit Ausnahme des Orestes, sprach sich allgemeine Überraschung aus.

Eben erst war Oneges, nachdem er den Eunuchen empfangen hatte, an die Seite des Gebieters getreten und fragend sah dieser den Griechen an, während Aetius fortfuhr: „In Placidia siegte das Weib über die Kaiserin. Sie wollte das Vertrauen und die Machtfülle, die sie mir bisher allein geschenkt hatte, einem zweiten zuwenden; sie gestattete dann diesem, nach eigenem Ermessen zu handeln, ohne meinen Rat einzuholen. Das konnte, das wollte ich nicht dulden, denn Aetius teilt mit keinem anderen seine Macht. Von jenem Tag an standen sich zwei Feinde schroff gegenüber!"

„Und wer war dieser andere?" — unterbrach Oneges den Feldherrn.

Aetius zögerte einen Augenblick, dann sprach er entschlossen: „Der Comes von Afrika, Bonifatius!"

„Ein tapferer Mann!" fiel Attila ein. „Stünde Aetius nicht vor mir, ich sähe keinen anderen lieber an seiner Stelle, als Bonifatius!"

„Doch erlag er der wilden Macht des Vandalenkönigs Geiserich!" bemerkte Orestes.

Und Aetius setzte hinzu: „Bonifatius fiel in Gallia Cisalpina durch meinen Speer!"

Mit festem Blick begegnete der Mösier dem Auge Attilas, welcher halblaut vor sich hinmurmelte: „So sei sein Andenken ausgelöscht; mit dem Schatten eines Helden habe ich nichts zu schaffen!" Dann wandte er sich an Aetius mit der Frage: „Du hast dem Nebenbuhler besiegt und Placidia muss sich mit ihrem unmännlichen Sohn Deinem Willen wieder beugen. Was suchst du dennoch bei mir, der Augusta und ihrem Mitregenten zum Trotz?"

„Den Nebenbuhler erschlug ich, aber seine Legionen waren den meinen überlegen. Sie dürfen sich des Sieges rühmen; Sebastian, der Schwiegersohn des Bonifatius, rächte den Gefallenen!"

„Und dein Begehr?" forschte der Steppenfürst weiter und lauernd streifte sein Auge den kühnen Römer.

Da antwortete Aetius: „Dasselbe, das ich einst im Namen des Usurpators Johannes an Deinen Verwandten Rugilas stellte!"

„So willst du mit hunnischen Scharen die Macht, die du verloren hast, wiedergewinnen?"

„Ich will es!"

„Und wenn ich mein Ohr deiner Bitte verschließe?"

„So suche ich den Verbündeten auf einem anderen Thron! Du aber wärst nicht der große Attila, als welchen dich die Freunde preisen und die Gegner fürchten, wenn du mich mit abschlägigem Bescheid ziehen lassen würdest!"

Attila überlegte einen Augenblick, dann entgegnete er: „Was kannst du den meinen, was mir selbst bieten? Berge und Täler werden mit Blut getränkt, wenn wir unsere siegreichen Waffen gegen das gewaltige Rom tragen!"

„Frage den Schatten deines Verwandten, wem er den unbestrittenen Besitz Eures Anteils an Pannonien verdankt; es lebt keiner, der sich mit Recht über den Undank des Mösiers beklagen dürfte!"

„Und wenn dein Unternehmen misslingt?" wandte Edecon auf die stolze Antwort des Feldherrn ein.

„Mit den Reitergeschwadern des unbezwingbaren Attila?" Über das Antlitz des Mösiers zuckte ein unsagbares Etwas, aus Erstaunen und Spottlust gemischt, während der Steppenfürst die Stirn runzelte und dem Obersten seiner Leibwache zurief: „Kann ein Hunne in den Sieg seiner Brüder Zweifel setzen?" — Dann wandte er sich an Aetius mit den Worten: „Nicht heut' erwarte meine Zusage. Verweile als Gast inmitten meines Volkes, bis ich Deinen Antrag sorglich geprüft habe; dann soll dir Bescheid gegeben werden!"

Mit Genugtuung vernahm es Aetius; der kluge Römer wusste gut genug, dass der Aufschub nur dazu dienen sollte, den Preis für die Hilfeleistung zu steigern. Mit seinen Genossen wartete er auf das Zeichen, das ihn auffordere, den Raum zu verlassen; allein Attila gab es nicht, gebot vielmehr Edecon, die byzantinischen Gesandten nun vorzuführen. Die Anwesenheit des Mösiers bei den Verhandlungen mit jenen widersprach allem herkömmlichen Brauch; doch Aetius war sich sofort darüber klar, dass der Hunnenkhan dazu seine besonderen Gründe haben musste.

Sie sollten bald genug deutlich zu Tage treten! Denn als die Erwarteten eintraten, vollzog sich in dem Benehmen des Steppenfürsten eine auffallende Veränderung. Eine zornige Wallung schien sich seiner zu bemächtigen und mit drohender Stimme und Gebärde rief er den Nahenden zu: „Ich ließ euch Frist zum Überlegen; gebt mir nun unzweideutige Antwort, ob euer Gebieter meine gerechte Forderung erfüllen wird oder nicht?"

Der Führer und Sprecher der Gesandtschaft, der mit Erstaunen auf den Weströmer und sein Gefolge geblickt hatte, erwiderte dem grollenden Steppenfürsten: „Du weißt, dass Theodosius bereit ist jeden deiner gerechten Wünsche ohne Säumen zu erfüllen; nur wenn wir uns erkühnen würden ihm deine neuen Bedingungen zu unterbreiten, würden wir seiner Würde, Größe und Erhabenheit nicht entsprechend handeln!"

„Seiner Würde und Erhabenheit?" — Attila stieß ein kurzes, rauhes Lachen aus und sprach dann, herben Spott auf den Lippen: „Fürwahr, es muss um die Würde Eures Gebieters zu Byzanz seltsam stehen, wenn ein Barbar, wie ich, ihm nachweisen kann, dass sie ein Trugbild ohne Kern und Inhalt ist! — Oder nennt ihr Feigheit die Würde eines Königs? — Dann ist Theodosius würdig, wie kein anderer! — Nennt ihr es groß, sich von Weibern, Pfaffen und Eunuchen gängeln und beherrschen zu lassen? — O, dann ist Theodosius größer, als jeder seiner Zeitgenossen! — Und nennt ihr Lüge und Verworfenheit, Treubruch und Verrat erhaben, ihr Byzantiner, dann darf sich mit Eurem Augustus kein Sterblicher messen!"

Bestürzt vernahmen die Gesandten den heftigen Ausfall; es wäre ihnen nicht schwer geworden, den Hunnenkhan selbst manchen Vertragsbruchs, mancher völkerrechtwidrigen, blutigen Gewalttat aufzuzeigen. Aber dafür fehlte ihnen vor dem zürnenden Attila der hohe Mut; sie erkannten zu ihrem Schrecken, dass der Steppenfürst von den geheimsten Vorgängen ihres Hofes genaue Kenntnis hatte, und schweigend ließen sie seinen Zorn über sich ergehen, dem verächtlichen Beispiel ihres Kaisers folgend, der mit immer größeren Opfern an Ehre und Gold den Frieden mit Attila zu erkaufen suchte.

Der Steppenfürst hielt einen Augenblick inne, als wollte er eine Entgegnung abwarten. Als sie nicht erfolgte, fuhr er fort: „Was ich euch gestern durch den Mund des Oneges verkünden ließ, wiederhole ich selbst euch heute: Zurückgeben sollt ihr alle römischen, ohne Lösegeld von uns entwichenen Gefangenen, oder für jeden einzelnen acht Solidi entrichten; keinem mit uns in Feindschaft lebenden Volk, ob euren Grenzen nah oder fern, sollt ihr Beistand leisten; und euer Kaiser soll sich endlich verpflichten, den jährlichen Tribut von dreihundert und fünfzig Pfund Gold auf das Doppelte zu erhöhen!"

In den betroffenen Mienen der Oströmer drückte sich das Entsetzen über die Forderung Attilas nur allzu deutlich aus und auch Aetius empfand zum ersten Mal ein seltsames Grauen, als er die vom Gefühl wilder Übermacht eingegebenen Worte des Hunnenkhans vernahm.

Allein das Unerhörte der Zumutung schien endlich den Führer der Gesandtschaft zum Bewusstsein seiner Mission zu bringen und er sprach mit mühsam unterdrücktem Unmut: „Theodosius nahm deinen Verwandten Rugilas in Sold. Das Gold, das der Sohn des Arcadius diesem gewährte, will er auch dir zuwenden, nicht weniger, noch mehr! Sein Schatz ist wohl groß, doch keineswegs unerschöpflich. Dir aber, der du so hoch von der Würde eines Fürsten denkst, stünde es wohl an, selbst fürstliche Großmut zu üben!"

„Großmut dem Ränkevollen?" — Um die Brauen Attilas zuckte es gewitterschwül und er fuhr fort: „Ich begehre nicht nach dem Sold deines Kaisers, denn ich bin nicht sein Diener. Attila, der Sohn des Mundzuch, und Theodosius sind beide die Sprossen edler Väter. Ich bin des meinen würdig geblieben; der Sohn des Arcadius aber hat sich herabgewürdigt und mir Tribut geleistet!"

Mit Gewalt hatte der Steppenfürst sich zu äußerer Ruhe gezwungen und unter kühler Verachtung seinen Grimm verborgen. Nun aber durchbrach dieser alle Schranken und flammensprühenden Blickes rief Attila den Byzantinern zu: „Mein Sklave ist er geworden, — hört ihr's, — mein Sklave, der vor jedem Wink meiner Rechten zittert und erbebt, wie ihr! Und dieser verworfene Knecht will mir trotzen? Wohlan, so soll er wissen, dass meinem Gebot Heerführer gehorchen, die ich höher schätze, als die Kaiser von Byzanz und Rom. Darum kündet dem euren, dass ich mit meinen Geschwadern aufbrechen werde. Aber spornt eure Rosse zur Eile! Denn ehe ihr selbst in Konstantinopel den Staub von den Füßen schüttelt, will ich an seine Tore pochen und kein römisches Heer soll mir den Weg verlegen!"

Der Hunnenkhan hatte sich von seinem Lager erhoben und mit gebieterischer Handbewegung bedeutete er die Gesandten, dass sie entlassen sind.

Doch schon war der Mut des Widerstandes geschwunden und ihnen nichts als Erniedrigung geblieben. Sie sparten keine Bitte, kein Flehen; aber rauh und hochfahrend ließ Attila ihnen nur die Wahl zwischen dem Eingehen auf seine Bedingungen oder dem Krieg, und das Ende war die bedingungslose Zusage aller Forderungen des Steppenfürsten.

Der Vertrag wurde von beiden Seiten beschworen und die Würdenträger des morgenländischen Reiches stellten als Bürgen zwei vornehme

Jünglinge, welche sich im Gefolge der Gesandtschaft befanden. Die beiden, Söhne barbarischer, den Römern verbündeter Fürsten, wurden sofort den Händen Edecons überantwortet, während Orestes die Boten des Theodosius hinweg geleitete.

Das niederdrückende Gefühl der schonungslosen Überhebung des Barbaren lastete schwer auf Aetius. Tiefe Erkenntnis aller jener schlechten Eigenschaften, welche das ungeheure Rom an den Rand des Verderbens gebracht hatten, und grenzenlose Verachtung seiner feigen und unmännlichen Kaiser, — das war der Grundton jeder Äußerung Attilas. Auch wenn diese Gesinnung den Plänen des geschlagenen Feldherrn gerade rechtkamen, Aetius war doch Römer genug, um die Schmach zu empfinden, welche in den Gesandten des Ostreiches jedem Römer angetan wurde.

Und in den Tiefen seiner Mannesbrust regte sich der berechtigte Stolz auf die große Vergangenheit seines Volkes, auf die unvergänglichen Geistestaten seiner Dichter und Weisen, die gewaltigen und üppigen Werke seiner Künstler, die weltbezwingenden Siege seiner Heerführer. Er selbst war mit der ganzen Bildung seines Zeitalters ausgerüstet und strebte den großen Vorgängern in seiner Weise nach; er entsann sich, dass auch Attila die Mehrzahl jener Eigenschaften, welche seine wilde Größe allen Gegnern zwiefach überlegen machte und ihn über die Gesamtheit seines eigenen Volkes erhob, in Rom erworben hatte. Dort hatte er die Gebrechen, an denen das Weltreich krankte, mit Eifer und Scharfsinn entdeckt und verfolgt. Er war nicht der Erste, der aus einer Geisel zum Befehler oder Beherrscher Roms geworden war; aber weder Armin, der heldenhafte Cherusker, noch Stilicho, der große Vandale, hatte Rom, die Amme seiner geistigen Größe, so mit Füßen getreten.

Wenn Attila vergaß, was er der Weltbeherrscherin verdankte, so dachte Aetius, dann würde auch das Bündnis, welches er hier zu knüpfen versuchte, nicht von ewiger Dauer sein. Aber er hütete sich, seine Gedanken durch ein Wort oder einen Blick zu verraten.

Mit den Begleitern wollte sich auch der Mösier nun entfernen; da hielt ihn der Zuruf Attilas zurück: „An deiner Seite sehe ich einen Jüngling, dessen Schwert im Kampf erst wenig Scharten empfangen haben mag. Wie nennt er sich?"

Unbefangen antwortete Aetius: „Dein Auge ruht auf meinem ältesten Sohn. Erst im Kampf gegen Bonifatius lernte er das Toben der männermordenden Feldschlacht kennen. Es ist nicht blinde Vaterliebe, wenn ich ihm vor Deinem Angesicht das Lob erteile: Er hat sich brav gehalten!"

„In jungen Jahren stähle sich, wer als Mann die Geschicke der Völker lenken will!" entgegnete Attila. Dann winkte er Carpilion zu sich heran und fuhr fort: „Wie behagt es dem Sohn des Feldherrn im Reich der Hunnen?"

Die Frage war verfänglich. Leidenschaftlicher, als in den Adern des Vaters, floss das Blut in denen des Jünglings, und auch dieser empfand es als tiefe Kränkung, was dem römischen Namen widerfahren war. Dennoch war es nur ein schwacher Widerhall des Unwillens, der ihn erfüllte, als er jetzt antwortete: „Fremd sind eure Sitten den unseren, rauh und feindselig erscheint mir eure Art; ich müsste mich einer Lüge schuldig machen, wenn ich sagte, dass sie meinen Beifall haben!"

Missbilligend sah Aetius auf den Unbesonnenen; aber mit vieldeutigem Lächeln rief Attila: „Kinder und Toren sprechen, wie es der Augenblick ihnen eingibt! Den Füchsen band ich brennende Ruten an die Schweife, — Carpilion hätte sie vielleicht mit goldenen Hühnern beschenkt. Wohlan, er kehre mit seinem Erzeuger und deinen Freunden wieder, wenn das

Tagesgestirn sich zum Untergang neigt; dann wird es sich zeigen, ob es ihm bei Attila nicht besser gefällt, als es jetzt den Anschein hat!"

Und der Steppenfürst wandte sich an Aetius: „Auch mir ist eine Schaar stattlicher Söhne erblüht. Nicht an jedem Reis hat der Gärtner gleiches Gefallen, nicht jedes gedeiht ihm zur Freude. Glücklich derjenige, der auf viele starke Erben seiner Macht vertrauend blicken darf!"

„So ist Attila als der Glücklichste zu preisen!" entgegnete der Mösier. „Denn ich hörte sagen, dass deine Kinder an Zahl fast ein Volk bilden."

„Nach seiner Fruchtbarkeit schätzen wir den Baum. Die königliche Eiche trägt tausendfältig!"

„Und hundertfältig geht ihre Saat auf und jeder junge Stamm wird zu einer neuen Stütze deiner Macht!"

„Mögest du wahr gesprochen haben!" erwiderte Attila feierlich. Dann winkte er und Aetius verließ mit seinem Gefolge das Gemach und den Palast.

Der Hunnenkhan entließ darauf auch die Mehrzahl seiner Würdenträger; nur Oneges und dessen Schwager Scotta, der inzwischen zurückgekehrte Orestes und Berich, ein alter hunnischer Edler, blieben bei dem Gebieter.

In ihrem engen Kreis tat Attila seiner wilden Natur weniger Zwang an, als in Gegenwart der Römer und der Menge seiner eigenen Beamten. Sein Ruhebett verlassend, trat er unter diese und begann: „Ihr habt die Vorschläge gehört, mit welchen Aetius mir nahte. Welcher kluge König würde einem Feldherrn, der, von seinem Nebenbuhler geschlagen, alles verloren hat, Hilfe leisten? Würde es nicht bedeuten Korn in die Donau zu schütten und umsonst auf die Ernte zu warten? Doch Attila denkt anders und anders darf er handeln! Groß ist heute noch die Macht und Zukunft des Mösiers, obwohl ihn auch ein anderer aus dem Sattel stieß. Das weiß Aetius und das gab ihm den Mut, um meine Hilfe zu werben. Ungebeugt erhebt er das Haupt, klug versteht er die Worte zu fügen; aber der Ausdruck seiner Bewunderung ist nur ein Mittel mehr, um ihn ans Ziel zu führen. Und wenn er dieses erreicht hat, wer bürgt uns, dass er dann seiner Bundesgenossen, deren Beistand er nicht mehr bedarf, noch gedenkt?"

„Betrug und Verrat ist römische Art." warf

Berich ein. „Darum soll er uns den Preis ausliefern, bevor wir ihm mit unseren Scharen folgen!"

Doch Oneges entgegnete: „Unter jedem Volk gibt es Helden und Feiglinge, Ehrliche und Betrüger. Den tapferen, römischen Feldherrn mit dem gleichen Maß wie die Gesandten des Byzantiners zu messen, hieße die Rechnung falsch beginnen!"

Und Orestes fiel ein: „Den Preis, welchen unser erhabener Gebieter fordern wird, vermag Aetius schwerlich heute schon zu geben; er wird in einem Anteil desjenigen bestehen, das der römische Feldherr mit unseren Armen erst wiedergewinnen will!"

„So ist es!" bestätigte Attila. „Durch Aetius wurde meinem Verwandten Rugilas das Gebiet am linken Ufer der Donau in Pannonien zugewandt; durch Aetius soll mein Reich sich gegen Westen ins Unermessliche ausdehnen und Gallien unser Ziel sein, der Preis, um welchen unsere Horden gegen Rom ziehen!"

„Und warum forderst du nicht Rom selbst?" fragte Berich. „Wenn wir mit Aetius Rom besiegt haben, wollen wir es auch mit ihm teilen!"

Mit einem halb erstaunten, doch wohlgefälligen Blick sah Attila auf den Alten, der jenen geheimsten Gedanken, von denen die Brust des Hunnenkhans bewegt war, den kürzesten Ausdruck verliehen hatte. Aber der Sohn des Mundzuch war bei allem Ungestüm zu vorsichtig, seine eigene Existenz durch ein Wagnis aufs Spiel zu setzen, das selbst für seine Vermessenheit jetzt noch zu gefährlich schien. In allen seinen Leidenschaften aber, stellte er über den Krieg die diplomatische Gewandtheit; den Berechnungen der Schlauheit und Hinterlist gab er den Vorrang und schätzte sie höher, als die Gewalttat.

Und er antwortete dem alten, tatendurstigen Berater: „Wer denkst du ist der Weisere, derjenige, der sein Ziel klug vorbereitet und den Felsen, den er stürzen will, geschäftig unterwühlt, — oder der, der tollen Mutes gegen das Hindernis anstürmt und seine Kraft vielleicht vergeblich daran erschöpfen würde? — Kühner Mut ziert den Krieger, Mut mit Kraft und Weisheit gepaart, ist das Zeichen des Herrschers!"

„Und in diesem Zeichen wirst du siegen!" schmeichelte Scotta dem Gebieter.

„Du wirst es!" stimmte Berich zu. „Mich aber bekümmert nur eines: Mein Arm wird müde und mein Blick stumpf geworden sein, bis wir vor den Toren Roms stehen!"

„So sollst du deine Brüder pflegen und dich am Schall ihrer Jubellieder berauschen!" Rief Orestes dem Alten zu, doch dieser erwiderte: „Ein schlechter Trost für mich, den Hochbetagten!"

Da sprach Attila: „Du musst Deinen Söhnen auch etwas zu tun übrig lassen!" Dann wandte er sich an Oneges mit den Worten: „Ein Adler hat seinen Schlachtruf bei uns erhoben. Gute Beute verheißt die Herde, die er überfallen will. Doch ich kenne seine scharfen Fänge. Wir müssen ihm eine Fessel schmieden, damit er sich nie über uns erheben und unser niemals spotten kann!"

„Wer vermag zu sagen, wem der bessere Teil zufallen wird, wenn Bär und Adler zusammen jagen?" bemerkte Oneges. „Doch die Pranken des Bären sind stark genug, die Beute auch dem Adler zum Trotz festzuhalten!"

Und Attila fuhr fort: „So ist es dein Rat, Aetius Beistand zu leihen?" .

Ihm antwortete der Grieche: „Nicht um unseres Vorteils willen suchte dich der Römer auf, nicht aus Dankbarkeit wird er nach erkämpftem Sieg mit uns teilen. Aber wie ihn jetzt der heiße Drang nach Vergeltung leitet, so wird es später die Klugheit tun!"

„Wohlan, so soll er uns bereit finden! Freie Hand für Attila in Gallien und Aquitanien bis an die Fluten des Ozeans soll der Preis unserer Waffen, sein Sohn Carpilion wird die Geisel für die Treue des Vaters sein. Wie Aetius mag der Jüngling lernen, seinen römischen Hochmut vor den rauheren Sitten der Hunnen zu beugen!"

„Und wenn Aetius auf das Letztere nicht eingeht?" fragte Oneges.

„So wird er den Weg aus meinem Reich niemals zurückfinden!"

Drittes Kapitel

Voll gesteigerter Hoffnungen war Aetius mit den Seinen in das Zeltlager zurückgekehrt und von Sorgen freier vergingen ihm die Stunden bis zum Abend. Zwar war das Bündnis noch nicht fest geschlossen, noch konnte das Lebensschiff des kühnen Römers an tausend Riffen scheitern; aber ein günstiger Wind schwellte die Segel und am Ruder stand ein Steuermann, der festen Blicks in die Nähe und Ferne schaute und Klippen wie Untiefen klug zu umschiffen verstand.

Endlich nahte der Abend und Aetius machte sich mit den Seinen auf den Weg in den Palast Attilas. Ehe sie sich der inneren Umfriedigung näherten, lenkten zwei hochaufgerichtete Kreuze die Blicke der Römer auf sich. Und als diese schärfer hinsahen, erkannten sie zu ihrem Entsetzen, an die Kreuze geschlagen, jene beiden Jünglinge, welche die Gesandten des Theodosius als Geiseln zurückgelassen hatten.

Ein Schauer überlief Carpilion, Mitleid und Grimm erfassten ihn wechselseitig und selbst der mösische Held, an den Anblick Toter und Sterbender gewöhnt, konnte sich eines Gefühls der Bestürzung nicht erwehren. Legte der Hunnenkhan so wenig Wert auf die Geiseln des Ostreiches, schätzte er zwei blühende junge Menschenleben so gering, dass er sie seiner Verachtung erbarmungslos opferte? Fürwahr, es konnte für den Feldherrn keine eindringlichere Mahnung geben, einem so furchtbaren Verbündeten gegenüber auf der Hut zu sein, kein Zagen zu kennen und keiner List zu erliegen!

In ernster Stimmung betrat Aetius mit seinen Begleitern den Palast. Leibwächter Attilas brachten die Römer bis in den Prunksaal, in welchem das Gastmahl abgehalten werden sollte. Er bildete ein großes, längliches Gemach; hölzerne Stühle und ebensolche kleine Tische, an denen je vier bis fünf Personen Platz finden konnten, waren in Menge darin aufgestellt. Auf hohen, reichverzierten Candelabern spendeten zahlreiche Lampen aus Bronze oder Terrakotta, die Arbeit römisch-byzantinischer Künstler, ihr gelbes Licht. Ein Stimmengewirr von hunnischen, lateinischen und gotischen Lauten schallte den Eintretenden entgegen, denn alle drei Sprachen wurden am Hof Attilas gebraucht und verstanden.

Neugierig ließen Heraklius und Optila die Blicke durch den weiten Raum schweifen. Doch auch Aetius sah zu seiner Überraschung, wie sehr die häufige Berührung mit den hochzivilisierten Römern die Sitten des barbarischen Nomadenvolkes seit den letzten Decennien beeinflusst hatte. Eine Erhöhung inmitten des Saales trug den Tisch Attilas und seinen Ruhesitz, aus welchen der Steppenfürst sich niedergelassen hatte. Schon war die Mehrzahl der Würdenträger versammelt. Auf dem Ehrenplatz rechts von der Erhöhung erkannten die Römer Oneges, welchem zwei von den Söhnen seines Gebieters gegenüber saßen. Neben Oneges wurde der Stuhl dem Mösier und seinem Sohn zugewiesen.

Heraklius und Optila dagegen führte man an die Tafel zur Linken des Herrschers. Hier fanden sie Orestes und Berich, während Edecon sich mit Scotta und anderen Großen an dem folgenden Tisch niederließ. Ellak, der älteste Sohn Attilas, nahm auf dem Ruhebett zu Füßen seines Vaters Platz; dort verweilte er mit niedergeschlagenen Augen und behauptete während der Dauer des Mahls eine ehrfurchtsvolle und bescheidene Haltung. —

Nachdem sich alle gesetzt hatten, hieß Attila mit der weingefüllten Schale seine Gäste willkommen und Aetius erwiderte die feierliche Begrüßung in derselben Weise. Fleißig füllten die Schenken die Trinkgeräte, dann nahten die Haushofmeister mit dem zum Mahl bereiteten Fleisch in hölzernen Schüsseln. Auch dem König genügte das schlichte Gerät mit seinem ungewürzten Inhalt, während den römischen Gästen Brot und Speisen aller

Art in silbernem Geschirr aufgetragen wurden und ihre Trinkschalen aus Silber oder Gold bestanden. Jeder nahm nach Belieben; und wenn das Mahl auch mit der auserlesenen Pracht und Üppigkeit einer Coena nach römischer Weise nicht verglichen werden konnte, so mussten die Gäste doch gestehen, dass ihr fürstlicher Wirt es nach hunnischem Brauch an nichts hatte mangeln lassen.

Nur Carpilion schwebte das Bild der beiden unschuldigen Opfer barbarischer Politik unablässig vor Augen und es bedurfte der ernsten Zurede seines Vaters, um ihn für die Genüsse der Tafel nach und nach empfänglicher zu machen.

Der erste Gang war vorüber und aufs Neue warteten die Schenken ihres Amtes. Aber noch immer thronte der Steppenfürst unnahbar auf seinem erhabenen Sitz! Er hatte ja seinem Vertrauten Oneges den Befehl erteilt, über die Einzelheiten des Bündnisses mit Aetius zu verhandeln; Oneges mochte die rechten Worte suchen, wo es seinem Gebieter nicht angemessen schien, selbst zu reden.

Der Grieche machte kein Hehl aus der Bereitwilligkeit Attilas, die erbetene Hilfe zu leisten; aber er verschwieg auch die weitgehende Forderung des Hunnenkhans nicht. Aetius musste geloben, den Eroberungsgelüsten Attilas gegen Westen kein Hindernis zu bereiten, dessen Pläne auf Gallien und Aquitanien vielmehr durch entsprechende Maßnahmen heimlich nach Kräften zu fördern. Dagegen erhielt der Mösier den von ihm verlangten Oberbefehl über ein hunnisches Heer von sechzigtausend Reitern, demjenigen gleich, welches er vor Jahren gegen Rom geführt hatte.

Das Verlangen des Steppenfürsten nach dem Besitz der genannten Provinzen überraschte den Mösier nicht. Längst hatte Aetius erkannt, dass die ungeheure Ausdehnung des römischen Reiches eine nie versiegende

Quelle steten Missgeschicks war. In unendlichen Kämpfen um einen schwankenden, selten unbestrittenen Besitzstand wurde die beste Kraft vergeudet. Zwar reiften in der rauhen Schule des Krieges viele der großen Männer, welche entscheidend in die Geschicke Roms eingegriffen hatten, aber allein die Tugenden des Soldaten deckten sich nicht in allen Fällen mit denen des Staatsmannes, und es waren nicht immer die edelsten Eigenschaften, die hier auf Kosten anderer genährt wurden und das Individuum bald übermächtig beherrschten. Aber die innere Fäulnis wucherte ungehindert weiter; die Siege der Feldherren mehrten sie nur und steigerten sie zu bacchantischen Ausbrüchen ihres wollüstig-grausamen Taumels. Jede Niederlage dieser zeigte sie in ihrer Rat- und Hilflosigkeit, ein widerliches Bild sittlicher Verkommenheit und weibisch-greisenhafter Schwäche. Hier den Hebel anzusetzen und mit ernstem Willen und neugewonnener Kraft läuternd und heilbringend einzuwirken, das war das Ziel, der Anstrengungen von Aetius.

Aber wenn das Ziel erreicht würde, wenn aus einer Nation, die in ihrer Mehrzahl aus Schlemmern und Prahlern, Feiglingen und Verworfenen bestand, wieder ein gesundes, kern- und heldenhaftes Volk geworden war, dann könnte die alte römische Legende wieder aufleben. Nicht mehr mit Hilfe barbarischer Söldner, deren Fußtritte am Tiber, an der Donau, in den Kaiserpalästen, als auch in den Grenzstädten widerhallten, sollte dann der römische Adler siegen — nein, aus eigener Kraft und neu verjüngt die glorreichen Bahnen der Vergangenheit einschlagen!

Nur eine Frage warf sich jetzt schon drohend auf. Aetius konnte sich nicht verhehlen, dass das neue Bündnis den Keim des Zerwürfnisses in sich trug. Mit den Grenzen des römischen Reiches parallel dehnten sich weithin diejenigen des hunnischen Besitzes; dort musste es früher oder später zum vernichtenden Zusammenstoß kommen. Doch der tapfere Feldherr glaubte ihn dann nicht mehr fürchten zu müssen; ja, es regte sich in ihm der geheime Wunsch, dass es ihm selbst dann vergönnt sein sollte, den Barbaren zu zermalmen, dessen Beistand er jetzt notgedrungen anrief!

Unterdessen hatten die Sklaven Attilas die Tafeln zum dritten Mal mit Schüsseln voll des verschiedenartigsten Inhalts besetzt. Der Wein, welcher abwechselnd mit Met und gegorener Stutenmilch, den Lieblingsgetränken der Hunnen, gereicht wurde, begann schon seine Wirkung zu entfalten und immer eifriger leerten Römer und Barbaren ihre Schalen.

Allen voran der Sohn des Mundzuch, denn Trunk und Weiber waren seine Leidenschaft; aber ernst und würdevoll blieb seine Haltung, keine außergewöhnliche Bewegung, keine auffallende Gebärde verriet, was in ihm vorgehen mochte. Ebenso teilnahmslos verharrte er, als zwei Kriegsgefangene römische Sklaven eintraten, welche in hunnischer Sprache Verse sangen, in denen die Krieger und Herrschertugenden Attilas gefeiert wurden.

Ihre Gesänge riefen bei der barbarischen Zuhörerschaft einen Freudentaumel hervor, der sich bis zur Raserei steigerte. Die Augen leuchteten, die unschönen Züge nahmen einen furchtbaren Ausdruck an; Viele weinten, die Jüngeren Tränen freudigen Verlangens, die Greise Tränen des Schmerzes, weil ihnen selbst die Waffen zu schwer und die Glieder für den Kampf zu ungelenk geworden waren.

Doch auch für Attila sollte der Augenblick kommen, der ihn aus seiner majestätischen Gelassenheit weckte. Von den Leibwächtern wurde ein hunnischer Ochsenhirt herbeigeführt, der in seiner Rechten ein von Rost angefressenes Schwert trug. Verwundert sahen Römer und Hunnen auf den neuen Ankömmling; dieser aber näherte sich dem Lager Attilas und warf sich vor demselben nieder.

„Was ist dein Begehr?" fragte der Steppenfürst und der Hirte entgegnete, sich halb vom Boden aufrichtend: „Großer Attila, König aller Könige, leihe mir gnädig Gehör! Weit von hier in den pontischen Ebenen liegen die Weideplätze meines Stammes. Vor kurzem trieb ich die Herden über Trift und Heide, als mir auf einmal ein junger Stier gelähmt wurde. Sein Fuß war zerschnitten, sein Blut netzte die Gräser; ich folgte der Spur und entdeckte, unter hohen Kräutern verborgen, ein scharfes Eisen, dessen Spitze aus dem Boden hervorragte. Da grub ich die Erde ringsum auf, zog dieses Schwert heraus und eilte damit tagaus, tagein, bis ich vor das Angesicht dessen, den ich suchte, geführt wurde. Dir biete ich die Waffe, das Heiligtum der Völker, die vor uns waren!"

Der Hunnenkhan hatte den Worten des Hirten in lebhafter Erregung gelauscht; ein Ausdruck stolzen Triumphes beherrschte seine Züge, er ließ sich die unscheinbare Waffe reichen, hob sie hoch empor und rief mit freudiger Stimme: „Ihr Söhne der Zauberinnen! Der Name, mit dem uns Neider und Feinde zu schelten wähnen, soll fortan die höchsten Ehren in sich schließen. Seht dieses Schwert — das Schwert des Mars nannten es die Römer! Das war die Gottheit, zu welcher die Scythen vor Zeiten beteten. In die Erde war es vergraben und nur die Spitze desselben dem Volk sichtbar. Der scythische Boden ist unser, unser ist heute ihr Heiligtum geworden, ein Geschenk der Götter für Attila, ein Zeichen, das mir Macht und Herrlichkeit über alle Völker des Erdkreises gibt, wohin ich immer meine Schritte lenken will. Meine Hand allein soll es künftig führen; Götterkraft in der Faust Attilas zeigt euch die Bahn zum Sieg!"

Brausender Jubel übertönte die letzten Worte des Gewaltigen und heiße Kampflust flammte aus allen Augen. Da erhob sich Edecon, vom Wein glühend, und rief mit lallender Zunge: „Heil Attila und Verderben all' seinen Feinden! Schmeichlerisch drängen sie sich heran, Demut in Worten und

Blicken, aber Falschheit und Verrat im Herzen. Ihre Sänger und Weisen tragen die Fesseln Attilas und verkünden seinen Ruhm; bald wird er auch ihre Kaiser in den Staub werfen. Verderben ihnen allen, ob sie aus Ost oder West kommen. Sie sollen vergehen, wie das dürre Gezweig vor der Flamme, wie die Spreu vor dem Sturmwind!"

Wieder erschallte lauter Zuruf, doch kam er nicht von allen Seiten. Befremdet und zornblitzenden Auges sah Aetius sich um, und auch Oneges und Orestes runzelten die Stirnen. Von seinem Sitz hatte Carpilion sich ungestüm erhoben; er wollte seiner inneren Empörung Ausdruck geben, doch der Arm des Vaters zog ihn stark zurück und ein strenges Mahnwort bewahrte den Jüngling vor unüberlegtem Handeln.

Allein an dem Tisch, an welchem Edecon zunächst stand, lenkte kein Aetius die Geister; Heraklius, der sonst so gefügige und schlaue, verlor, voll süßen Weines, die Herrschaft über sich selbst und rief dem Obersten der Leibwache zornig zu: „Was du uns wünschst, geschehe dir und jedem, welcher deines Sinnes ist, du hunnischer Prahler!" Zugleich ergriff er seine Trinkschale und warf sie vor die Füße Edecons.

Das unbedachtsame Wort entfesselte einen Sturm des Unwillens. Von Rachsucht erfüllt, war die Mehrzahl der Hunnen aufgesprungen; wildes Geschrei erschallte von allen Seiten, tadelnd schüttelte Optila den Kopf, Aetius eilte auf den Eunuchen zu, um ihn zum Schweigen zu bringen und umsonst bemühten sich Oneges und Orestes, Berich und Scotta, die Aufgeregten zu beschwichtigen.

Aber wie viele ihn auch drohend umringten, Heraklius rief nur noch lauter: „Barbaren seid ihr, beutegierige Räuber und armselige Hungerleider! Jeder Römer aus dem morgen und abendländischen Reich ist euch gegenüber ein Gott an Wissen und Können!" — Er wollte noch mehr sagen; doch Aetius, jetzt neben dem Griechen stehend, rief ihm ein mühsam gedämpftes, zornknirschendes: „Schweig, Wahnsinniger!" zu.

Auch Attila, der nach seiner begeisterten Anrede die alte Stellung wieder eingenommen hatte, erhob sich jetzt von seinem Ruhebett. Unheimlich funkelte sein Auge und seine ganze Gestalt schien zu wachsen, als er plötzlich aus der Hand eines seiner Leibwächter, die bei Beginn des Lärmes an die Seite ihres Gebieters geeilt waren, einen Speer riss. Mit kraftvollem Arm schleuderte er die todbringende Waffe mitten unter den tobenden Haufen und sicher traf sie ihr Ziel. Wie vom Blitz erschlagen, wälzte sich Edecon im nächsten Moment auf dem Estrich; aber tiefe Stille herrschte mit einem Mal und nur das dumpfe Stöhnen des Opfers war noch vernehmbar.

Auf einen Befehl Attilas trugen die Wächter ihren sterbenden Häuptling von dannen; der Steppenfürst aber begann mit donnernder Stimme: „So richtet Attila über den Störer des Friedens! Er sank hin, wie das welke Gras, vor der Geißel meines Zornes!" — Und sich zu Heraklius wendend, fuhr er fort: „Dich schützte nur das Gastrecht vor gleichem Los. Aber hüte deine Zunge, dass sie dein falsches Herz nicht ein weiteres Mal verrät!"

Schnell ernüchtert, musste der vor dem Grimm Attilas zitternde Eunuch sich an seinem Sessel halten, um nicht umzusinken; eine dumpfe Schwüle lastete auf allen und nur Orestes mochte heimliche Genugtuung über den Fall seines Neiders empfinden.

Der Hunnenkhan aber forderte Aetius auf, sich ihm zu nähern, und sprach halblaut zu ihm: „Der Streit der Knechte soll die Gebieter nicht entzweien? Du kennst die Bedingungen, welche ich dir durch Oneges mitteilen ließ. Eine noch füge ich hinzu; wenn du diese verwirfst, verwerfe ich die anderen alle. Der Mund deines Freundes hat mich mit Misstrauen erfüllt, deshalb begehre ich eine Geisel zur Bürgschaft für alles das, was du eingegangen bist!"

Die Forderung war vorauszusehen gewesen und Aetius antwortete unbefangen: „Wähle aus der Schar meiner Begleiter; nur keinen von den Dreien, welche heute mit mir deine Gäste find: Carpilion, Heraklius und Optila!"

„Den Goten begehre ich nicht," erwiderte Attila, „mehr noch trüge ich nach dem Eunuchen Verlangen?!" — Sein Blick weilte hasserfüllt auf Heraklius; doch lauernd fuhr er fort: „Nur einen achte ich für würdig, den tapferen Verbündeten am Hof Attila's zu vertreten; dieser eine ist dein Sohn!"

„Mein Sohn?" — Fragend wiederholte der Mösier die Worte. Er hatte die drei genannten ausgenommen, um Heraklius, seinen Freund, der sicheren Rache des ergrimmten Hunnenkhans zu entziehen; und nun wurde ihm unerwartet die schwerere Prüfung auferlegt! Stark bekämpfte er die Besorgnis und Unruhe, die ihn erfassen wollten, und entgegnete: „Carpilion ist jung an Jahren und sich der Bedeutung, welche deine Wahl ihm bemisst, kaum bewusst. Willst du dein Auge auf keinen anderen lenken?"

Doch der Steppenfürst schüttelte das Haupt und entgegnete: „Keinen anderen! In der Stunde, in welcher du mit meinen Reitern aufbrichst, bleibt Carpilion wohlbehütet an meiner Seite. Er wird bei uns zum Mann reifen, wie sein Vater!"

„So sei es! Nur wollen wir darüber schweigen, bis diese Stunde kommt!"

„Die Geheimnisse der Gebieter teile kein Unbefugter. Wenn diese Stunde kommt, dann gedenke deines Wortes, wie ich!"

Vom Ruhebett Attilas begab Aetius sich an seinen Sitz zurück. In schmerzlicher Bewegung vermochte er Carpilion kaum anzusehen und die ahnungslosen Blicke des Jünglings trafen ihn wie glühende Pfeile. Mit Mühe beteiligte sich der Mösier noch an der Unterhaltung, die Oneges mit Geschick fortzuführen versuchte. Der Letztere wusste nur zu gut, was seinen Gast so schwer bedrückte; um dessen Sorgen zu erleichtern, pries der einflussreiche Grieche beredt die Größe seines Herrn.

Schweigend hörte Aetius zuletzt nur noch zu. Er wollte sich nicht anmerken lassen, wie stark sein innerer Kampf war. Aber der Frohmut und die Zuversicht, die sich bei beim Feldherrn vor der blutigen Unterbrechung eingestellt hatten, waren verschwunden, ohne wiederkehren zu wollen; und grübelnd saß er da, sich den Anschein lebhafter Teilnahme an allem Gebotenen nur mit Widerwillen gebend.

Immer neue und derbere Lustbarkeiten hatten mittlerweile die Hunnen ergötzt; doch Aetius fand kein Gefallen mehr daran und so entfernte er sich mit den Seinen gegen Mitternacht unter dem Vorwand, genug getrunken zu haben, während Attila und seine Hunnen bis zum Anbruch des folgenden Tages des Zechens nicht müde wurden. —

Stumm legten die Römer den Weg zu ihrer Zelt zurück. Dem tollen Mut des Eunuchen war einem Gefühl schuldbewusster Beklommenheit gewichen und er empfand gut genug, dass sich hinter dem drückenden Schweigen des Feldherrn und Freundes nur der Unmut über das gerade Erlebte barg.

Sie hatten sich dem Lager bis auf wenige Schritte genähert, als der Grieche den Bann, der auf allen lastete, brach, indem er an Aetius die Worte richtete: „Von vielen Seiten hat sich Attila dir heute gezeigt; hast du noch immer das Verlangen, das Bündnis mit ihm zu schließen?"

„Es ist bereits geschlossen," entgegnete Aetius, „wenngleich deine Unklugheit es in letzter Stunde fast zum Scheitern gebracht hätte!"

„Meine Unklugheit?" Die Anklage aus dem Mund des Freundes konnte der Schuldbewusste nicht ertragen. Er wollte aufbrausen, doch der Feldherr hielt ihn davon ab mit den Worten: „Nicht hier, wo bald die Lauscher in Menge auf uns achten würden. Folge mir in mein Zelt. Carpilion wird heute Nacht bei Optila bleiben; ich habe mit dir ernste Zwiegespräche zu führen!"

Heraklius wollte Einspruch erheben; aber der gemessene Befehl, welchen Aetius seiner Bitte folgen ließ, ließ ihn verstummen. Gemeinsam betraten die beiden das Zelt und noch einmal begann der Eunuch: „Du beschuldigst mich der Unklugheit! So wisse, diesen Vorwurf gestatte ich nur dem klügeren Mann. Solange die Folgen deines Tuns im Schoß der Zukunft ruhen, hast du kein Recht, dich deiner Weisheit vor mir zu rühmen!"

„Du baust der Torheit goldene Brücken!" erwiderte Aetius mit unverhohlener Grimmigkeit. „Die Weisheit nenne ich geringwertig, mit der sich nach errungenem Erfolg prahlen lässt. Mich aber soll diejenige leiten, die das Vergangene wie das Gegenwärtige sorglich erwägt, nichts außer Acht lässt und mit weitschauendem Blick ihre Schlüsse für die Zukunft zieht! Aber das hast du nicht getan, obwohl wir, die Gäste des Barbaren, auf seinen Schutz, seine Freundschaft und Hilfe angewiesen sind!"

„Mich verärgerte das prahlerische Verhalten Attilas, mich empörten die feindseligen Worte Edecons." lenkte Heraklius ein. „Die Ehre Roms —"

Aber rasch unterbrach ihn der Mösier: „Die Ehre Roms sollte keiner zu behüten versuchen, der seiner Sinne nicht mächtig ist! Auch in meinen Adern rinnt Römerblut, auch mein Stolz bäumte sich unter den Stachelreden der Hunnen. Aber ich dachte an die Zukunft und schwieg. Du aber, hast dich berufen gefühlt, voll unbegreiflicher Verblendung in der Höhle des Bären seinen Zorn zu reizen. Messe dein Tun an deiner eigenen Lehre, siehe die Früchte an, die es hervorbrachte, und du wirst dir selbst eingestehen müssen, dass es keines Mannes würdig war!"

Mit der letzten Wendung hatte Aetius den Eunuchen an seiner verwundbarsten Stelle getroffen. Verbissene Wut in den Zügen, wandte sich Heraklius dem Ausgang zu und schneidend lautete seine Entgegnung: „Der vielbeneidete Held Aetius hörte Jahre lang auf meinen Rat und schöpfte seine Weisheit aus der meinen. Dem Gestürzten stünde es heute besser, sich jener Zeit zu erinnern, als sie um des Barbaren willen zu verleugnen!"

Damit machte Heraklius Anstalten, das Zelt zu verlassen. Doch Aetius, von dem höhnischen Ton des Eunuchen gereizt, von der Erinnerung seiner alten Schuld unablässig verfolgt, trat ihm in den Weg und sprach mit steigender Erregung: „Woran mahnst du mich? Du warst es, dessen doppelzüngige Sophistik mich in Zwiespalt mit meinen eigenen Gedanken und Beschlüssen brachte. Dich überhäufte ich mit Ehren und Schätzen; dafür hast du in meine Brust das Misstrauen gegen Bonifatius gesät! Blind folgte ich, im Wahn recht zu handeln, Deinen unseligen Ratschlägen — und Bonifatius fiel in die Schlinge, welche du ihm durch mich gelegt hast! Damals triumphiertest du, betrogener Thor! Bonifatius rief die Vandalen zu Hilfe — und Afrika ging dem Reich verloren! Der Geschlagene kehrte reuevoll zu Placidia zurück — und ein wilder Bürgerkrieg entbrannte. Landflüchtig weile ich mit den letzten Treuen am Hof Attilas, — Alles, alles ist die Frucht deiner Weisheit! Rühme dich ihrer doch, wenn dir vor ihr noch immer nicht graut. Und nun, da ich den kühnen Schritt zu neuen Taten begonnen habe, da sich mir, dem Geschlagenen, die ungeheure Macht des Hunnenkhans zur Verfügung stellt, — nun ist es abermals deine Weisheit, die, vom Genuss des Weines verwirrt, ziel und schrankenlos dahinstürmt und alles gefährdet!"

Heraklius wollte den Mund zur Erwiderung öffnen, aber Aetius fuhr zornerfüllt fort: „Der Vertrag war geschlossen, mein Wort stand gegen das des Barbaren. Deinem Rasen allein habe ich zu danken, dass Attila meinen Sohn Carpilion als Geisel fordert! Du hast keine Kinder, du weißt nicht, was ein Vater empfindet, der sein jugendliches Ebenbild in den Händen des Verbündeten lassen muss, eines Verbündeten, der einst sein Feind werden wird, sein Feind, hörst Du?"

Heraklius fuhr zusammen, als er den neuen Vorwurf vernahm; er konnte sich nicht verhehlen, dass diese eine Forderung Attilas ihm selbst die Versöhnung mit Aetius erschweren, wenn nicht unmöglich machen werde. In seinem verschlagenen und treulosen Sinn hatte er schon zu Anfang des jäh entbrannten Streits die Abkehr von dem Freund erwogen; jetzt stand er bei ihm fest. Neumütige Rückkehr zu Valentinian und Placidia, schonungsloses Enthüllen aller Pläne des Feldherrn, das war der Weg, welchen der Eunuch einschlagen wollte, um trotz Aetius zu neuen Gütern und Würden zu gelangen.

Aber zunächst musste das Misstrauen des Zürnenden eingeschläfert werden, deshalb gab sich Heraklius den Anschein tiefer Reue und antwortete zerknirscht: „Mein Unrecht, ich fühl es, ist groß; ich beklage es doppelt um seiner Folgen willen! Deine Verzeihung habe ich nicht verdient; ich bitte dennoch darum, aber ich werde versuchen, das Verlangen Attilas rückgängig zu machen."

Aetius schüttelte den Kopf: „Du versprichst zu viel! Dem Hunnenkönig gelüstet es nach Deinem Kopf und er wird jetzt auch nicht mehr von meinem Sohn lassen wollen!"

Die neue Mitteilung des Mösiers war für den Eunuchen nur ein Grund mehr, dem heißen hunnischen Boden möglichst bald den Rücken zu kehren. Dennoch antwortete er mit scheinbarer Zuversicht: „Er wird und muss es; nicht eher sollst du mir verzeihen!"

„So willst du den Versuch wagen?"

„Ich bürge dir dafür mit meinem Kopf!

Lass Deinen Groll die Nacht nicht überdauern; morgen schon sollst du mich tätig sehen, den harten Sinn des Hunnenkhans zu wenden."

Aetius rief sich die Worte ins Gedächtnis zurück, welche er von Oneges gehört hatte und erwiderte: „Attila ist weicheren Regungen nicht unzugänglich; aber ich will dein Opfer nicht, die Freiheit meines Sohnes nicht durch das Leben des Freundes erkaufen!"

„Das Letztere steht in Gottes Hand; mir gestatte nur zu handeln!"

„Doch nicht ohne meinen Rat! Wie ist dein Plan?"

„Noch weiß ich es selbst nicht. Gib mir Zeit und Einsamkeit bis morgen, dann kannst du sagen, ob mein Plan ein kluger ist und Aussicht auf Erfolg hat!"

Die heuchlerischen Worte des Eunuchen gewannen noch einmal Macht über Aetius und wenn sein Hoffen auch gering war, so wollte er doch nicht dem Freund seinen Wunsch versagen. Er reichte Heraklius deshalb die Rechte, indem er sprach: „Bis morgen also; sinne auf Gutes!"

„Schlaf' ohne Sorgen," entgegnete Heraklius. „Über Nacht kann vieles anders werden." Damit verließ er das Zelt.

Ein Diener kam, welcher dem Feldherrn Helm und Brustharnisch abnahm und ihn seiner Fußbekleidung entledigte. Dann warf sich Aetius auf das Lager, den Schlaf suchend, den er doch erst nach langen, durchwachten Stunden finden sollte. —

Am nächsten Morgen stand die Sonne schon hoch am Himmel, als Carpilion in das Zelt des Vaters trat. Mit einem Gefühl, das aus Stolz und Schmerz wundersam gemischt war, sah der Feldherr auf den schlanken hochgewachsenen Jüngling; inniger als sonst erwiderte er dessen Gruß, dann war seine erste Frage nach Heraklius.

Carpilion hatte den Freund des Vaters noch nicht gesehen und auch Optila, der zugleich mit ihm erschienen war, wusste von dem Griechen nichts. Der Gote entfernte sich, um Heraklius vor das Angesicht des Feldherrn zu entbieten; doch sein Erstaunen war groß, als er das Zelt des Eunuchen leer und diesen selbst nebst zweien seiner Diener im Lager nirgends vorfand. Optila beauftragte einige der Untergebenen, nach dem Vermissten zu forschen, dann kehrte er zu Aetius zurück, um demselben Bericht zu erstatten.

Die Stirn des Feldherrn zeigte tiefe Falten, ein finsterer Argwohn stieg plötzlich in ihm auf und wollte nicht weichen, so sehr er denselben mit Vernunftgründen zu bekämpfen trachtete. Wenn Heraklius entflohen war, wohin anders, als nach Ravenna, konnte er seine Schritte lenken, was anderes, als Verrat zu üben? Er war in die Pläne des Freundes eingeweiht, er kannte seine Hilfsquellen, als auch die Achillesferse seiner Kraft; und dass er im Stande war, alles zu gefährden und das Los eines anderen seinem eigenen Interesse rücksichtslos zu opfern, hatte Aetius früher oft genug erfahren. Umso größer war seine Ungeduld, sich Gewissheit über den Verbleib des Eunuchen zu verschaffen.

Mit Mühe hielt Aetius jetzt noch an sich; aber als die Boten alle unverrichteter Dinge wiederkehrten, als sich herausstellte, dass drei der ausdauerndsten Pferde fehlten, da konnte der Mösier nicht länger in Zweifel sein. Er befahl zwar Optila, sofort dem Flüchtling mit einigen Berittenen nachzusetzen, aber durch den großen Vorsprung, welchen Heraklius gewonnen haben musste, war die Aussicht auf Erfolg eher gering.

Carpilion sah, wie es in der Brust des Vaters gehrte, wenn der Mund auch schwieg, und teilnahmsvoll wandte er sich an ihn mit den Worten: „Kann der Verlust dieses einen meinen Vater so tief ergreifen? Ihn trieb die Erkenntnis seiner unüberlegten Handlungsweise, die Furcht vor Deinem gerechten Zorn aus dem Lager. Hättest du Optila gefragt, er hätte dich längst vor Heraklius gewarnt, wie er mich vor ihm warnte, Darum schenke dein Vertrauen in Zukunft dem treuen Goten und, wenn dir meine Jugend dessen nicht unwert erscheint, auch mir, Deinem Sohn!"

Aetius blickte auf; ihm Tat das warme Wort wohl, doch langsam und ernst sprach er: „Du weißt nicht, Carpilion, was es heißt, den Glauben an einen Freund verlieren, mit dem man ein Jahrzehnt lang Schulter an Schulter gestanden hat. Sein Rat, oft verderblich für andere, war dennoch für mich und meine großen Ziele nicht selten der bessere. Du aber bedenke, wie nahe du selbst daran warst, ähnlich wie Heraklius Deinem Römerstolz die Zügel schießen zu lassen. Dich hielt mein Arm zurück; aber wie einem Mann kann ich dir erst vertrauen, wenn du gelernt hast, dich auch wie ein Mann zu beherrschen!"

Der Jüngling schwieg; er fühlte die Wahrheit des Vorwurfs, den der liebevolle, aber strenge Vater ihm in dieser ernsten Stunde nicht ersparen wollte. Stumm schickte er sich an, das Zelt zu verlassen, im Herzen den festen Vorsatz, mit eiserner Willensstärke sich selbst zu überwachen, um bald jene Reife zu erlangen, welche der Vater als unerlässlich forderte.

Aetius erriet die Gedanken seines Sohnes; er rief ihn zurück und sprach, dessen Hand erfassend, noch ernster als zuvor: „Mein Vertrauen fordert deine ganze Willenskraft, Carpilion! — O, mein Sohn, das Vertrauen deines Vaters ist eine schwere Last; wenn du ihr erliegen würdest, wärest du nicht der Erste!"

„Bin ich nicht von Deinem Stamm, durch deine Erziehung groß geworden? Prüfe mich und lass mich einen Beweis liefern, dass ich deines Vertrauens ganz würdig bin!"

„Eine Prüfung verlangst Du? So vernimm, sie ist dir schon bereitet!"

„Dann nenne sie, ich unterziehe mich ihr lieber in dieser, als in der kommenden Stunde!"

„Deinem Wunsch soll entsprochen werden, — höre mir genau zu!" Und Aetius teilte dem Jüngling mit, dass Attila ihn als Geisel für die Treue des Vaters fordert.

„Am Hof des Hunnenkhans," — fuhr er fort, — „wirst du die nächsten Monde, vielleicht Jahre verbringen, in der rauhen Nähe Attilas jene Tugenden üben lernen, durch welche unsere Vorfahren Rom auf den Gipfel seiner Macht hoben. Über Deinem Haupt schwebt unaufhörlich das Schwert des Steppenfürsten; dich schützt das Ansehen deines Vaters, aber es schützt dich nur, solange der Sohn des Mundzuch und ich Bundesgenossen sind. Der Tag wird kommen, an welchem wir Gegner werden müssen; dann ist auch die Stunde gekommen, in welcher sich dein Geschick erfüllen kann. Du hast die Söhne Mamas und Attacams an das Kreuz schlagen sehen. Ein echter Römer fürchtet den Tod nicht, denn süß und lieblich ist es, für das Vaterland zu sterben; aber schwer bleibt es dennoch, jenem in der Blüte des Lebens ohne Zagen in das glanzlose Auge zu schauen. Das ist die Prüfung, welche auf dich wartet; sie fordert jene Eigenschaften, die in dir erst schlummern. Willst du sie bestehen? — Attila weiß, warum er gerade dich erwählt hat; um Deinetwillen zürnte ich Heraklius so schwer —"

„Um meinetwillen hast du den Freund verloren," — unterbrach Carpilion den Vater; „so lass meine Liebe und Optilas Treue dir den Treulosen ersetzen! Mit Stolz auf dich will ich das Wagnis furchtlos unternehmen!"

Da umarmte der Feldherr in tiefer Bewegung seinen mutigen Sohn; sein eigenes Gemüt erhellte sich, als er in die hellen Augen des tapferen Jungen blickte und hoffnungsvoller sprach er: „In dieser Stunde hast du die Schwelle deiner Mannsjahre betreten. Wirf hinter dich, was an dir noch Kindisches haftet; wenn wir uns wiedersehen, soll Carpilion der Erste zu meiner Rechten sein!"

Viertes Kapitel

Wie von den Eumeniden gejagt, hatte Heraklius mit seinen beiden Dienern die hunnischen Gauen im Sturmritt durchmessen. Er bezweifelte keinen Augenblick lang, dass Aetius und vielleicht gar Attila selbst ihm ihre Knechte nachsenden würden; umso größere Eile schien ihm geboten, umso fester stand in ihm der Entschluss, nicht umzukehren, sondern alles an die Erreichung seines Zieles zu setzen.

Und das Unternehmen, das die Treulosigkeit mit der Feigheit gezeugt hatte, gelang. Keiner der Verfolger holte die schnellfüßigen Rosse des Eunuchen ein, keinem war es vergönnt, mit dem Entflohenen zu Aetius zurückzukehren!

Am Gestade der Donau zügelte Heraklius seinen Rappen. Er rechnete darauf, einem der beiden Grenzwächter, welche ihm vor Wochenfrist durch die Überfahrt mit dem Boot den Weg geebnet hatten, zu begegnen. Einmal vor sich spähend, und dann wieder rückwärts schauend, ritt er am hunnischen Ufer auf und nieder und gab den Wachtposten, die sein scharfes Auge jenseits erblickte, durch Zeichen zu verstehen, dass sie ihn hinüberholen sollen. Seine Tracht, die ihn von weitem schon als Römer kenntlich machte, bewirkte denn auch die Erfüllung seiner Wünsche und bald durchschnitt ein Nachen die plätschernden Wellen.

Als das Fahrzeug an den hunnischen Strand stieß, erkannte der Grieche zu seiner Genugtuung den jüngeren der beiden Insassen; es war Lucilius, doch neben ihm führte anstatt Hadubrands ein anderer das Ruder.

Auch dem jugendlichen Bewunderer des Mösiers war der einst so mächtige Grieche kein Fremder geblieben. Oft hatte Lucilius den Letzteren in Rom gesehen, ohne der besonderen Beachtung desselben zuteil geworden zu sein. Der junge Recke wusste, dass ein starkes Freundschaftsband den Eunuchen an Aetius fesselte. Er stellte seinen Nachen zur Verfügung und beschwichtigte die Bedenken seines Gefährten.

Glücklich, gegen keinen Sturm ankämpfen zu müssen, setzten sie über den Fluss; aber in dem Augenblick, als sie das andere Ufer betreten wollten, führte das Schicksal Hadubrand mit einer kleinen Schar seiner kriegerischen Genossen herbei.

Der Germane stutzte, denn er hatte sich das scharfgeschnittene, verschmitzte Antlitz des Eunuchen vor kurzem tief genug eingeprägt. Er war sich bewusst, dass er jüngst gegen die Vorschriften seines Dienstes gefehlt hatte und fühlte deshalb umso lebhafter, dass er sich nicht zum zweiten Mal einer solchen Verletzung schuldig machen dürfe.

Hadubrand trat deshalb auf die Landenden zu und sprach zu Heraklius gewendet: „Wir haben strikten Befehl, niemanden, egal wie er auch immer heißen möge, passieren zu lassen, es sei denn er befindet sich im Besitz eines Geleitbriefes. Zeigt euren vor; könnt ihr es aber nicht, so zürnt nicht uns, wenn wir euch den Weg, den ihr gekommen seid, wieder zurücksenden!"

Der Flüchtling erschrak; er hatte auf ein Hindernis von dieser Art nicht gerechnet und war nicht sicher wie er dem entgegnen soll. Sollte er dem Untergeordneten hochfahrend und kurz antworten, — sollte er ihm seine geheimen Absichten enthüllen? — Gegen das Letztere sträubte sich sein Stolz; so blieb ihm nur das Erstere übrig und er begann, den graubärtigen Alten mit den Blicken messend: „Wer bist du, der es wagt, einem Großen des Reiches den Weg zu verbieten? Gib mir Raum, — oder zittre vor meinem Zorn!"

Doch wenn Heraklius gedacht hatte, den pflichttreuen Germanen mit trotzigen Worten einschüchtern zu können, musste seinen Irrtum bald eingestehen. Denn ruhig entgegnete Hadubrand: „Ich gehöre zur Grenzwacht und vollziehe die Gebote desjenigen, der allein mir zu gebieten hat. Nach Eurem Geleitsbrief frage ich, — sonst nach Nichts, weder nach Eurer Gnade noch Eurem Zorn!" Zugleich befahl er seinen Gefährten, die Speere gegen Ross und Reiter zu richten.

Dem Eunuchen wurde es unbehaglich, aber noch gab er das Spiel nicht verloren. Wenn das eine Mittel versagt hatte, so musste das andere erprobt werden und sich seinem Stolz beugen. Er rief dem ungeschlachten Auxiliären deshalb vom Rücken seines Rosses zu: „Keinen Geleitbrief führe ich mit mir, aber etwas wichtigeres als alle Geleitsbriefe, welche die Präfekten der Grenzprovinzen ausstellen könnten! Ich bin Mitwisser eines Geheimnisses, das auf den Untergang des Reiches zielt, ich bin zurückgekehrt, um Placidia und Valentinian zu warnen. Haltet ihr mich hier auf, so bringt kein anderer die Botschaft nach Ravenna. Aber auf dein Haupt fällt die ungeheure Verantwortung für alles Unheil, das im Flug heranstürmt!"

Das Vernommene schien doch einigen Eindruck auf Hadubrand zu machen Er murmelte unverständliche Worte vor sich hin; und als nun Lucilius ihn voll Eifer beschwor, dem erprobten Freund des Mösiers den Weiterritt nicht zu verwehren, regte sich in dem Alten ein Zweifel, ob seine schroffe Weigerung auch in diesem Fall angemessen sei. Er stützte sich allerdings auf das Gebot eines Höheren; allein die Vergangenheit hatte ihn gelehrt, dass große Ereignisse sich allen Verboten zum Trotz vollzogen, und dass die Schranke des Verbots das Böse zu Zeiten ebenso gut fördern, als hindern konnte.

Wer aber könnte dafür bürgen, dass der Freund des Landflüchtigen die Wahrheit sprach? Und wenn er sie sprach, — welches Interesse konnte Heraklius, welches sein Vertrauter haben, den Hof zu Ravenna vor seinen Widersachern zu warnen? — Beides ließ sich nicht zusammenreimen und Hadubrand empfand deutlich, dass Heraklius sich entweder eines falschen Vorwandes bediente, oder das Freundschaftsband, das ihn bisher mit Aetius einte, zerrissen sein musste.

Auch Lucilius konnte sich den Gründen des scharfblickenden Germanen nicht verschließen; umso ernsthafter erwogen beide, was in dieser schwierigen Lage zu tun sei. Sie kamen endlich dahin überein, sich von Heraklius nähere Aufklärung zu erbitten. Lucilius trat an das Ross des Eunuchen und forderte denselben aus, ihm und Hadubrand in einiger Entfernung von den Übrigen Genaueres über den Zweck seiner Rückkehr mitzuteilen.

Selbst diesem Ansinnen, obgleich es ihn innerlich empörte, fügte sich Heraklius, denn er hoffte die beiden Wächter durch die Kunst des Wortes endlich doch zu gewinnen. Sie mussten ihm schwören, ohne seine Einwilligung keinen Dritten in das Geheimnis zu ziehen und erhielten nun aus dem Mund des Treulosen Bericht von dem Bündnis des Mösiers und Attilas.

Mit arglistig gewählten Worten schilderte Heraklius das Leben am Hof des Hunnenkhans; er erzählte von dem Überbringer des Scythenschwertes, der Kreuzigung der beiden Geiseln und der schnöden Abfertigung der Gesandten aus Byzanz, von der Überhebung Attilas und dessen grimmen Hass auf alles römische. Die tieferen Beweggründe seines ehemaligen Freundes verschweigend, bezeichnete er ihn als ganz unter dem dämonischen Einfluss des Steppenfürsten stehend und diesem blindlings ergeben. Deshalb sei es die Pflicht jedes Römers, den Bestrebungen des

Rebellen und seines barbarischen Verbündeten entgegen zu wirken. Er, Heraklius, habe seinen Freund umsonst zur Umkehr zu bewegen versucht; aber da er daraufhin mit dem Tod bedroht wurde, sei er heimlich geflohen um den Augustus von den Plänen seines furchtbaren Gegners in Kenntnis zu setzen. Jeder Zeitverlust würde die Rettung gefährden, während eine glänzende Belohnung dem rechtzeitigen Warner gewiss sei. — Er schloss endlich mit der Aufforderung an Hadubrand und Lucilius, sich ihm anzuschließen und ihn auf seine Verantwortung hin nach Ravenna zu begleiten.

Schmerzlich betroffen hörte Lucilius die Worte des Griechen. Stets war Aetius dem Jüngling als ein leuchtender Stern erschienen, in dessen Bahnen einst zu wandeln ihm höchstes Glück wäre. Durch die Nachricht von der Niederlage des Feldherrn schon tief erregt, hatte die unverhoffte Begegnung mit demselben, die bewundernde Äußerung Hadubrands, ihn zu neuer Verehrung auch des gefallenen Helden hingerissen. Und nun entkleidete der Genosse und Freund des Mösiers, der Eunuch, welcher in Rom als der mächtigste Vertraute des größeren Feldherren gegolten hatte, diesen all seiner Größe, nun häufte er seinen Hass in vollem Maß auf den Landflüchtigen! —

Lucilius war nicht im Stande, die Aussagen des Griechen auf ihre Wahrheit zu prüfen; aber er fühlte den Widerspruch sich in seiner Brust regen, und zweifelte daher nicht an der Richtigkeit des Vernommenen. Vielleicht würde Aetius auch für sich die Hilfe des Hunnenkhans nutzen, wie er es früher schon für andere getan hatte; allein in den Augen des jungen Edlen war er sicher nicht der Mann, den niedere Rachsucht blenden und in das sklavische Werkzeug eines Attila verwandeln konnte.

Ähnliches empfand auch Hadubrand, denn er zögerte, gleich Lucilius, mit der Antwort auf die Frage des Eunuchen. Aber als dieser seine Aufforderung jetzt wiederholte, bat ihn der Germane, sich in den Kreis der Bewaffneten zurück zu begeben, bis er selbst sich mit dem jüngeren Kameraden beraten habe.

Nachdem Heraklius sich weit genug von Hadubrand und Lucilius entfernt hatte, um ihre Unterredung nicht verstehen zu können, hob der Alte an: „Du hast den abtrünnigen Freund des großen Aetius gehört; was hältst du jetzt noch von seinen Worten?"

Lucilius verschwieg seine Meinung nicht und bekannte, dass er sich geirrt habe, als er diesem Mann Fergendienste leistete. Doch wie staunte er, als Hadubrand ihm kurz erklärte: „Mach dich bereit, du musst dem Griechen nach Ravenna begleiten!"

„Ich ihn begleiten? — Und die Folgen solchen Tuns, — und du selbst?"

„Für die Folgen lass den Griechen sorgen, der uns seiner Schar zugesellen will. Im Übrigen aber höre: Der Clarissimus ist ein treuloser Freund; seine Augen gleichen denen eines Wolfes, Arglist und Gier steht ihm im Antlitz geschrieben. — In der Hand des Mösiers liegt die Gestaltung der Zukunft; wenn du denkst, wie ich, soll kein Heraklius, kein Valentinian ihm das Schwert aus der tapferen Faust winden. Reite mit dem Griechen, gewinne sein Vertrauen, halte die Augen offen, aber dich selbst frei von der Verderbnis des Mannes, der um deine Dienste warb! Nur um Aetius zu nützen, sollst du mit seinem Feind gehen, — das vergiss nie! Ich will inzwischen hier bleiben; aber wenn Aetius zum Siegeszug die Donau überschreitet, soll er mich unter seinen Scharen finden. Bereite ihm den Weg, soviel du vermagst, bis wir uns in den Mauern Ravennas oder Roms die Hände reichen können!"

Bei dem Allmächtigen, du hast mir aus der Seele gesprochen!" rief Lucilius, die Rechte des Germanen mit ungewohnter Herzlichkeit schüttelnd. „Ich will Deinen Rat befolgen und du sollst an Deinem Schüler Freude erleben! — Doch sprich, was treibt dich an, so plötzlich zu Gunsten des Landflüchtigen zu handeln?"

Es war ein Rest des alten Misstrauens, welcher Lucilius die Frage eingab; aber er schwand vollkommen vor der Antwort des Alten: „Ich sehe Verrat und Verworfenheit ihm Fallen stellen: gegen sie will ich mit Lust für ihn kämpfen!"

„Wir wollen es gemeinsam! — Doch nun lass uns zu Heraklius zurückkehren; er wartet sicher schon mit großer Ungeduld auf unseren Bescheid!"

Forschend, als wollte er in ihren Zügen lesen, blickte der Eunuch auf die beiden, aber seine heimliche Furcht schwand, als Lucilius sich nun ohne weiteren Einwand bereit erklärte, ihm zu folgen, während Hadubrand vorerst zurückbleiben muss, um die eigenmächtige Entfernung des Genossen zu decken und jeglichen Verfolger abzuhalten.

Kein Speer streckte sich dem treulosen Griechen jetzt noch feindselig entgegen und nach kurzem Verweilen setzte Heraklius in Gesellschaft des neuen Begleiters seinen Weg fort. Nur auf einen seiner Diener musste er verzichten und denselben an Lucilius statt den Grenzwächtern zuteilen.

Lange blickte der Germane den Davonreitenden nach. Als sie endlich seinem Gesichtskreis entschwunden waren, murmelte er halblaut in seinen Bart: „Ost und Weströmer, zwei Söhne des doppelköpfigen Ungeheuers, das Länder und Völker verschlungen hat und nun vor seinen ehrgeizigen Vasallen wie vor dem gerunzelten Brauen der Barbarenkönige zittert! Oft siegte in Rom und Byzanz Arglist und Gewalttat über Manneswürde und Heldentugend. Die Scheingröße triumphiert in erborgtem Glanz; aber die Kraft weilt in der Verbannung unter dem Holzdach des Hunnenkhans! Erhebe dein Haupt, Aetius! Nur du vermagst Rom durch die Söhne der Zauberinnen durch Rom zu bezwingen!"

Hadubrand wandte sich und erteilte den Genossen seine Anweisungen, doch es brauchte nicht lange, bis seine Aufmerksamkeit aufs Neue jenseits des Stromes in Anspruch genommen wurde. Wieder waren es, von hunnischen Berittenen umgeben, römische Reiter; und nachdem Hadubrand mit einigen Gefährten zu jenen hinübergerudert war, erfuhr er aus dem Mund Optilas die vollste Bestätigung seines Verdachtes auf Heraklius.

Der gotische Krieger stieß eine derbe Verwünschung aus, als er vernahm, dass dem Eunuchen die Flucht gelungen ist. Gern hätte er die Verfolgung des von ihm so bitter Gehassten auch noch auf römischem Boden fortgesetzt; allein bei der Nähe der Grenzstädte und der scharfen Wacht, die überall gehalten wurde, wäre ein solches Handeln so fruchtlos wie gefährlich gewesen. Doch mit Freuden begrüßte er die Bitte Hadubrands, sich seinem Zug anschließen zu dürfen.

Mit dem Gefühl des Unwillens war die alte Lust an kriegerischen Abenteuern plötzlich wieder machtvoll in der Brust des Germanen entflammt; sie ergriff nicht weniger die Gefährten der Grenzwacht, als diese von dem Alten vernahmen, was ihn antrieb, seinen Posten zu verlassen und den geschlagenen Feldherrn in Feindesland aufzusuchen. Da wollte keiner zurückbleiben; und mit mehr als doppelt so vielen Reitern in seiner Gruppe schlug Optila den Rückweg durch das hunnisch besetzte Land ein. In souveräner Art führte er den Diener des Eunuchen mit sich, während der Germane einen anderen Genossen dem jüngeren Freund nachsandte. Er hatte den Auftrag, Heraklius zu melden, dass die Verfolger bis an den Grenzstrom gekommen, von dort aber unverrichteter Dinge zurückgeritten seien; zugleich sollte er Lucilius heimlich mitteilen, was Hadubrand erfahren und unternommen hatte. —

Lange bevor Heraklius nach mancherlei Beschwerlichkeiten in Ravenna eintraf, erblickte der Germane die römischen Zelte am Hof Attilas. Ruhig hörte Aetius, was Hadubrand vorzubringen hatte; dann musste der Alte seine Aussage vor dem Angesicht Attilas wiederholen.

Das Entweichen des Eunuchen hatte den Argwohn des Steppenfürsten erregt und dem Feldherrn neue, nicht erwartete Schwierigkeiten bereitet. Wenn der Sohn des Mundzuch sich den Gründen des Mösiers auf die Dauer auch nicht hatte verschließen können, so wurde sein immer reges Misstrauen doch erst beschwichtigt, als er zu dem Bericht seiner eigenen Diener denjenigen Hadubrands vernahm.

Die ins Stocken geratenen kriegerischen Vorbereitungen wurden nun umso energischer in Angriff genommen. Gesandte Attilas entboten aus allen Teilen seines ausgedehnten Reiches die hunnischen Tribus und es war keiner darunter, der sich erkühnt hätte, dem Befehl des furchtbaren Oberhaupts der Hunnenmacht zu trotzen. Ross und Waffen besaß jeder kampffähige Mann. Als eine genügende Menge beisammen und eine gewisse Ordnung in die Gruppen gebracht war, konnte der Aufbruch erfolgen. Das Ziel hieß Ravenna oder Rom, oder jeder dritte Ort, an welchem sich Valentinian befinden mochte; zu schlagen galt es jeden, wer sich immer dem Vordringen in den Weg stellen würde. Um die Verpflegung des Heeres trugen die Führer wenig Sorge, — dafür mussten die Provinzen, Städte und Dörfer, durch welche der feindliche Schwarm sich ergoss, aufkommen. Ihr Los war Plünderung und Zerstörung, das selbst ein Aetius nicht abwenden konnte.

Als die barbarischen Geschwader unter der obersten Führung des römischen Feldherrn, welchem Orestes und Scotta als hunnische Befehlshaber beigegeben waren, sich in breiten Massen gegen den Grenzstrom heranwälzten, stand Heraklius mit Lucilius in einem der Saale des Kaiserpalastes, das Nahen von Placidias und Valentinians erwartend.

Der Grieche hatte nicht gewünscht, zusammen mit dem jungen Recken, dessen Stolz und Hochmut er auf dem langen, gemeinsamen Ritt kennengelernt hatte, vor das Angesicht der Kaiserin und ihres Sohnes geführt zu werden, und widerstrebend nur duldete er ihn als Zeugen seiner bevorstehenden Selbstdemütigung. Aber noch musste er, der früher so barsch und herrisch befohlen hatte, den Anordnungen der kaiserlichen Leibwachen schweigend gehorchen; und während Lucilius seine Blicke bewundernd auf den gold- und farbenschimmernden Mosaiken der Wände und Decken weilen ließ, überlegte Heraklius zum letzten Mal, in welcher Weise er die verlorene Gunst der Augusta wie des Augustus am unfehlbarsten wiedergewinnen könnte.

Da wurde von buntgekleideten Eunuchen der reiche Faltenwurf eines kostbarschweren Teppichs, welcher den Eingang in das anstoßende Gemach verdeckte, auseinander geschlagen und in den Raum trat Placidia selbst, die Kaisermutter und Kaiserin.

Obgleich vier Jahrzehnte an ihr nicht spurlos vorübergegangen waren, galt die Witwe des Konstantius nicht bloß bei den Schmeichlern und Höflingen zu dieser Stunde noch als eine schöne Frau. Allerdings hatte die Schar ihrer Sklavinnen mit Schminke und Pinsel, mit Salben und wohlriechenden Essenzen keine Kunst gespart, um den allmählich verblühenden Reizen den trügerischen Schein der Jugendfrische zu geben; aber die Körperformen Placidias waren majestätisch und hätte durch kein künstliches Mittel vollendeter hergestellt werden können. Mochten ihr auch viele jener

Tugenden und die Größe mangeln, welche allein dem Fürstennamen volle Berechtigung geben, so trug sie das Haupt doch selbstbewusst und hoch; denn unter der Unmenge von Schwächlingen und Halbmännern ihres Hofes, Valentinian mit eingerechnet, nahm sie als würdigste Vertreterin der kaiserlichen Macht die erste Stelle ein.

Über der blendendweißen Dalmatica, einer Tunica mit langen Ärmeln, trug Placidia als Obergewand das ärmellose Colobium aus blassblauer Seide mit überreicher Goldstickerei, welche das Kleid in langen schlichten Falten niederwallen ließ. Aber um ihre Schultern hing, von edelstem blitzender Agraffe über der Brust zusammengehalten, der purpurne Mantel, dessen Säume nicht minder verschwenderisch mit dem kostbarsten aller Metalle geschmückt waren; und ihr glänzendbraunes Haar umfing ein gezacktes Diadem, mit Perlen und Rubinen reich verziert. Sie trug weder Zepter noch Schwert; diese Symbole ihrer Macht befanden sich in den Händen ihrer Günstlinge und Würdenträger, während in der Rechten Placidias das in Purpur und Gold gebundene Evangelienbuch ruhte.

Hinter der Gebieterin schritten die Großen ihres Hofes, als erster der „Vorsteher des heiligen Gemachs", der kaiserliche Oberkammerherr; neben diesem der „Magister officiorum", welcher die Ämter eines Palastmarschalls und Staatskanzlers zugleich innehatte. Ihnen folgten zur Seite des „Quästors", des eigentlichen Kabinettsministers, der Verwalter der Reichsfinanzen, welcher den Titel „Comes der heiligen Spenden" führte, und schließlich der „Comes des heiligen Privatvermögens", der kaiserliche Schatzmeister. An diese fünf schlossen sich die beiden prätorianischen Präfekten, der Primicerius der Notare und einige besonders Vertraute aus dem Confistorium des Kaisers.

Seltsam genug zeigte sich hinter diesen erst Valentinian selbst. Er trug das kaiserliche Gewand, demjenigen seiner Mutter ähnlich, nur ein wenig kürzer; sein Haupt umschlang ein Lorbeerkranz, an seiner Seite hing in goldener Scheide das Schwert, das sein entnervter Arm niemals gezogen hatte. Aber in seiner äußeren Erscheinung offenbarte sich nicht, wie bei Placidia, noch ein letzter Abglanz kaiserlicher Würde. Wie ein unmännliches Schattenbild der Größe, die sich an seinen Namen knüpfte, schritt er einher, leicht auf den Arm eines an Jahren nicht viel älteren Clerikers gestützt, welchen der Diakonus Leo in Rom dem jungen Augustus als Studiengenossen und überlegenen Lenker gesandt hatte. —

Leo war der geistliche Berater Placidias, so oft sie ihren Aufenthalt in der alten Hauptstadt des Reiches nahm. Als eifrigster Vertreter der orthodoxen Lehre hatte er Placidia und Valentinian im gleichen Sinn auf das Entschiedenste beeinflusst; doch während dem hochstrebenden Geist Leos ein großes Ziel vor Augen schwebte, an dessen Erreichung er seine ganze Kraft zu setzen beschlossen hatte, war der Glaubenseifer der beiden mit Krone und Purpur bekleideten zu dumpfer Frömmelei erstarrt. Das aber war sowohl für die Mutter als auch in noch höherem Maß für den Sohn kein Hinderungsgrund, in ihrem sittlichen Wandel den berüchtigten Vorbildern aus der heidnischen Zeit nachzueifern bzw. es ihnen gleichzutun, allerdings ohne jene in der wilden Größe ihrer Begierden, als auch ihrer Laster, auch nur annähernd zu erreichen. —

Um höchst unkaiserliche Dinge handelte das Gespräch Valentinians mit Sylvester, dem Beauftragten Leos, denn noch spielte um die Lippen des Augustus ein zynisches Lächeln, das seine ausdruckslosen, verschwommenen Züge noch widerlicher erscheinen ließ. Was galt ihm die freiwillige Rückkehr des Heraklius, was galten ihm die Pläne des Mösiers, wenn er nur seinen privaten Lüsten ungestört frönen und im Rausch des Genusses, den Gang der Weltbegebenheiten verträumen konnte! Zu solchen Leistungen reichte seine Manneskraft eben aus; aber Kopf und

Hand eines Weibes mussten eingreifen, wenn es höhere Beschlüsse und Entscheidungen zu treffen galt.

Eine finstere Wolke lagerte auf dem Antlitz Placidias, als sie des Eunuchen ansichtig wurde, der sich bei ihrem Nahen auf den Boden geworfen hatte und die Arme flehend zu der Kaiserin erhob. Stumm schritt sie an ihm vorüber; und erst nachdem sie sich mit dem Sohn und Mitregenten auf den doppelsitzigen Thron niedergelassen hatte, richtete Placidia an Heraklius die Worte: „Du hattest dich mit Aetius gegen mich aufgelehnt, du wurdest mit dem Allzukühnen geschlagen und in die Flucht getrieben, — was gab dir den Mut, dein dem Tod verfallenes Haupt dennoch wieder zu deiner Kaiserin zu erheben?"

Der Angeredete wandte sich auf den Knien zu der Zürnenden um und entgegnete zitternd: „Ich war von dem Bösen geblendet, als ich mich vermaß, deiner Hoheit zu widerstreben, — ich wurde von Gott gestraft, als ich zur Seite des mächtigen Verführers in die Schlacht zog; aber ich glaube heute noch an die Milde und Gnade meiner erhabenen Herrin, die mich in früheren Zeiten mit Ehren und Schätzen unverdient überhäufte und mich, den Reumütigen, nicht den Beilen der Liktoren überliefern wird!"

Mit Herzklopfen suchte Heraklius den Eindruck seiner klugberechneten Erwiderung auf Placidia zu beobachten. Da erschallte die Stimme Valentinians, welcher lachend ausrief: „Ei, hört doch! Freund Impotens hat seinen Witz fern von Ravenna nicht eingebüßt; er weiß, der Schlaue, dass derjenige niemals fehlgeht, der den Weibern klug zu schmeicheln versteht und statt der Gerechtigkeit ihre Gnade anruft!"

Der Augustus sah sich im Kreis um, als warte er auf den Beifall seiner Kreaturen. Schon ließ Placidia sich wieder vernehmen: „Unglücklicher, der du jede Wohltat mit Undank erwidertest, es wäre besser für dich gewesen, mich an die unglückselige Zeit nicht zu erinnern! Denn so viel dir gewährt worden ist, — du hast es missbraucht, um mich der treuesten Diener zu berauben und ihre Arme gegen mich ins Feld zu rufen! — Oder vermagst du dein Tun anders zu deuten, deine Untaten zu entschuldigen?"

Einen Augenblick zögerte Heraklius mit der Antwort; allein er hatte sich die Rolle, die er in Ravenna spielen wollte, zu bestimmt vorgezeichnet, als dass er jetzt von ihr abgewichen wäre. Und so entgegnete er zerknirscht und allen Stolzes entäußert: „Jedes deiner Worte ist Wahrheit, sie treffen mich wie scharfe Speere und glühende Kohlen. Ja, ich war ein Undankbarer, ein Irrgeleiteter, ich wurde zum Missetäter, weil ich Deinen Willen, deine Größe noch nicht zu begreifen vermochte! — Aber der Lichtstrahl, welcher meine Sehkraft hemmte, so lange ich im göttlichen Glanz deines Angesichtes wandeln durfte, erlosch, als ich mich selbst aus deiner Nähe verbannt hatte. In der Ferne, in Erniedrigung und Landflüchtigkeit erlangte ich mein Augenlicht wieder!"

„So meine ich," — unterbrach Valentinian sarkastisch den Eunuchen, — „es wäre für dich das heilsamste, dich in Erniedrigung zu lassen und dir für alle Zukunft in Pannonien oder Mösien den Aufenthalt anzuweisen!"

Heraklius sah betroffen erst auf Valentinian, dann auf Placidia; aber auf einen Wink der Letzteren fuhr er fort: „Und siehe, der neugewonnenen Sehkraft gesellte sich die Reue; sie trieb mich von der Seite des Mösiers nach Ravenna, wie sie einst den Comes Bonifatius von Hippo Regius bis vor Deinen Thron trieb, und legte auf meine Lippen Worte der Zerknirschung, welche dein kaiserliches Herz rühren und Deinen Sinn zur Milde stark bewegen sollen!"

„Der Name, welchen du nanntest, könnte es wohl," — entgegnete Placidia mit einem heimlichen Seufzer; — „doch du vergisst, dass es Bonifatius war, gegen welchen deine Zunge im Bündnis mit Aetius mich damals mit Grimm erfüllte, dass Bonifatius seine Heldenseele im Kampf gegen euch aushauchen musste!"

„Die Kaiserin irrt," — fiel Valentinian der Mutter ins Wort; — „kämpfend hat uns Heraklius keinen Abbruch getan, keinen einzigen Tropfen vom Blut des tapferen Bonifatius vergossen!"

Der Eunuch fühlte tief genug den Hohn, der in den Worten des Augustus lag; aber er achtete keine Demütigung, wenn es ihm durch sie gelang, auch nur einen Teil seines alten Einflusses wieder zu erlangen. Der günstige Augenblick dazu schien ihm jetzt gekommen und kriechend antwortete er: „Mein erhabener Herr und Kaiser hat wahr gesprochen: Kein Blut klebt an dieser Hand! Dafür ist sie stark genug, euch eine neue Gefahr, die furchtbarste, welche das West- und Ostreich je bedrohte, zu enthüllen!"

„Eine neue Gefahr?" — Das Antlitz Placidias entfärbte sich unter der Schminke, welche ihre Wangen mit einem duftigen Rot bedeckte, eine Bewegung durchlief die Schar der Würdenträger und auch der Witz Valentinians schien plötzlich versiegen zu wollen.

Mit Genugtuung sah es Heraklius. In dem Augenblick, in welchem der Hof zu Ravenna ihn brauchte, war alles Unheil, das ihn zunächst selbst bedrohte, gehoben und er konnte nun ruhig warten, bis Placidia mit leisem Beben der Stimme an ihn die Worte richtete: „Du sprichst von neuen Gefahren; nenne sie, deine Kaiserin befiehlt es Dir!"

„Um sie zu nennen, bin ich gekommen," — antwortete der Eunuch, — „sie zu verhindern gelang mir nicht. Aber unter Einsatz meines Lebens ist es mir schließlich gelungen vom Hof des grimmen Attila, aus den Zelten des racheschnaubenden Aetius zu entfliehen, um deiner Majestät die Pläne des

Verräters zu verkünden, auf dass du deine Legionen zur Abwehr des Unheils rechtzeitig rüsten und aufbieten kannst!"

Vom Hof Attilas! Das Wort wurde nur halblaut von den Anwesenden wiederholt und dennoch lastete es wie ein zermalmender Felsblock auf jedem Hörer. Trotzig und kampfesfreudig blitzten nur die Augen der Heerführer im Gefolge der Kaiserin. Placidia selbst saß stumm, nach Worten suchend, hinter welchen sie ihre Verwirrung und Furcht am besten verstecken könnte.

Da unterbrach die Stimme Sylvesters das dumpfe Schweigen: „Was fürchtet meine erhabene Herrin das Drohen des verruchten Heiden? Alle seine Heldentaten waren nichts als kühne Raub- und Beutezüge an unseren Grenzen und denen von Byzantion. Und sollte er dennoch die Wege bis hierher suchen, so wird er vor dem Kreuz des Allmächtigen zerschmettert hinsinken, wie einst Maxentius vor dem himmlischen Zeichen, das über den Heerscharen Konstantins sichtbar wurde. Darum lasst den reuig Wiederkehrenden ohne Zögern das sagen, weswegen er hergekommen ist!"

„Ja, sprich!" — fuhr Valentinian jetzt aus seinem Kleinmut auf, — „sprich und zögere nicht länger mit deiner verwünschten Botschaft!"

„Ich harre nur auf ein Wort, das mich von meiner alten Gunst absolviert!" — wagte Heraklius zu mahnen.

Doch ungeduldiger rief Valentinian: „Sie sei dir erlassen und dir selbst das Leben und reicher Lohn zugesichert. Nun aber erzähle alles, was du weißt!"

Da besann sich der Grieche nicht länger; bis in die Nähe des Herrschersitzes tretend, weihte er die Hörer in alles, das ihm einfiel, ein. Er verschwieg nichts, schilderte vielmehr die Gefahr, welche aus dem gemeinsamen Vorgehen des Hunnenkhans und des geschlagenen Feldherrn entsprang, in den düstersten Farben. Der bloße Name Attilas hatte bei den Römern einen so furchtbaren Klang, wie die Posaunen des Gerichtes. Er glich einem scharfen Schwert, das an einem Haar über ihren Häuptern hing, einer Lawine, die sich in der nächsten Stunde verderbenbringend heranwälzen konnte.

Die Wirkung des Vernommenen war denn auch eine entsprechend gewaltige. Unmännliche Furcht ließ die Herzen heimlich erbeben, Ratlosigkeit malte sich, den Worten Sylvesters zum Trotz, auf jedem Antlitz und selbst die Siegeszuversicht der Krieger schien jetzt zagem Kleinmut zu weichen. Auf Placidia blickten alle, von ihren Lippen eine Äußerung auf die Enthüllungen des Eunuchen erwartend.

Und die Augusta ließ ihre Blicke über die Versammelten gleiten, als ob sie in deren Mienen lesen wollte; ihr Auge weilte einige Sekunden lang auf Valentinian. Sie hatte seinen Vater, den Illyrier Konstantius, nie geliebt; aber sie konnte dem längst Verstorbenen den Nachruhm nicht versagen, dass er der Auszeichnung, zum Mitkaiser ihres Bruders Honorius erhoben zu werden, nicht unwürdig gewesen war. Doch Valentinian, sein Sohn und Erbe, glich dem tapferen Vater in keiner Beziehung; bei ihm waren alle die Eigenschaften, die Konstantius groß, wenn auch in den Augen seiner Gemahlin nicht liebenswert gemacht hatten, in ihr Gegenteil verkehrt. Nur in zwei Dingen stimmten Mutter und Sohn überein: Im orthodoxen Glauben, und in der sklavischen Versunkenheit in ihre eigenen Begierden.

Auch wenn diese keinen Schutz gegen den drohenden hunnischen Ansturm boten, so war auch ihr Glaube nicht stark genug, sie mit unerschütterlicher Zuversicht zu erfüllen. Denn in dem üppigen Rom, in welchem das alte Heidentum noch mit tausend Zungen lebendig war, in welchem die Säulen und Mauern antiker Tempel fast jede christliche Basilika umgaben, — in demselben Rom, in welchem die Bildung, der Geschmack und die

Bedürfnisse des Heidentums noch herrschten, war die verderbte Natur durch die Taufe nicht geändert, der neue Glaube nicht viel mehr als ein neuer Mantel, der die alte Fäulnis wohl verhüllte, doch nicht besserte. Aber alles, was für Rom daraus folgte, galt für Ravenna nicht minder, galt für jeden Ort insbesondere, wo immer der kaiserliche Hof seinen Aufenthalt nahm.

Und Placidia dachte weiter zurück. Sie hatte das Evangelienbuch aufgeschlagen und blätterte darin, als wollte sie sich aus der Schrift Rat holen. Allein ihre Gedanken vermochten die Textworte heute nicht zu fesseln. Vor ihrer Seele stieg das Bild eines Mannes in jugendlicher Heldenschönheit empor, das Bild jenes Gotenkönigs Ataulf, der sie als Prinz unter der Führung seines Schwiegervaters Alarich aus dem bezwungenen Rom als Geisel entführt hatte. Aus einer Geisel war sie zuerst der Gegenstand glühender Bewunderung und Liebe, dann zu Narbo[3] in Gallien die glückliche Gattin des ebenso kühnen und hochstrebenden, wie schönen, germanischen Recken geworden. Bald mit Honorius verbündet, bald von ihm befehdet, war Ataulf schließlich genötigt gewesen, das südliche Gallien zu räumen und sich nach Barcino[4] in Spanien zurückzuziehen. Aber den Besitz und die Liebe seines jungen Weibes hatte ihm selbst der eifersüchtige Grimm seines siegreichen Widersachers, Konstantius, nicht rauben können. Gerade hatte er die Geburt seines Sohnes Theodosius erleben dürfen; dann war er durch den Dolch Everwulfs, des Bluträchers gefallen. Das Kind Theodosius hatte der Unmensch Siegerich, der Nachfolger Ataulfs, töten lassen und Placidia ihrem Bruder Honorius zurückgesandt, der sie dann Konstantius zum Weib gab.

---

[3] Das heutige Narbonne
[4] Das heutige Barcelona

Sie hatte nach dem Tod des Letzteren mehr als einen vornehmen Römer mit ihrer Gunst beglückt; aber was waren sie alle gegen Ataulf, den Frühverlorenen! Und seinem Staub zur Seite moderte der seines Sohnes, während Valentinian, der Schwächling, seine Tage neben der Mutter in Spiel und Üppigkeit vertändelte. — Nein, er war nicht der Mann, den sie der vereinigten Kraft des Mösiers und des Steppenfürsten entgegenstellen konnte; in ihrer ganzen Umgebung, soweit ihre Blicke, soweit ihr Gedächtnis reichte, fand sich keiner, dem sie mit der Hoffnung auf Sieg die ungeheure Verantwortung hätte aufladen können.

So blieb nur eines übrig, das Mittel, welches der Schwester des byzantinischen Theodosius am besten anstand: römisches Gold gegen barbarische Waffen! Wenn die Regentin dem Mösier jene Würden und Rechte wieder einräumte, um welche er mit Bonifatius so heiß gerungen hatte, so mochten die Schrecken des feindlichen Feldzugs auf ein Minimum beschränkt werden.

Placidia hatte sich in der Stille, wenn auch nicht ohne Selbstüberwindung, schon für diesen Ausweg entschieden, als Valentinian ihre Gedanken mit dem Ausruf durchkreuzte: „Vieles hat uns Heraklius erzählt; wo aber ist der Zeuge, dass sich alles in Wahrheit so verhält, wie wir es vernommen haben? Birgt sich hinter seinen Worten keine Kriegslist, um unsere Aufmerksamkeit auf eine falsche Fährte zu locken und uns umso stärker zu schädigen?"

Armseliges Geschlecht, dessen letzter Hoffnungsanker der Zweifel ist! Und dennoch klammerten sich alle daran fest, die Kaiserin selbst erhob das Haupt und sprach zu Heraklius: „Valentinian hat Recht, und nicht eher glauben wir deiner Aussage, bis du uns einen Zeugen dafür zur Stelle schaffst!"

„Hier steht er!" entgegnete der Eunuch. Und er winkte dem Jüngling, welcher, inmitten der Leibwächter, bisher von Placidia und Valentinian unbeachtet geblieben war.

Rasch trat Lucilius näher und verneigte sich tief vor dem kaiserlichen Thron; dann verkündete er, auf welche Weise er mit Heraklius zusammengetroffen sei und bestätigte den Bericht desselben, ohne seine eigenen geheimen Beweggründe zu verraten.

In wilden Schmähreden ergoss Valentinian seinen ohnmächtigen Grimm, während Placidia, von der Erscheinung des jungen Recken seltsam ergriffen, ihre Augen wie gebannt auf ihm ruhen ließ. Ein einziges Mal begegneten seine Blicke denen der Kaiserin und brennendes Rot, dessen Ursprung er sich selbst nicht zu erklären vermochte, überzog ihm die Wangen. Er senkte befangen die Lider, als fühlte er sich so schuldig wie jener, dem die wütenden Ausfälle Valentinians galten; aber unablässig verfolgten ihn die Augen Placidias, gleich als wollten sie ihn ganz in sich aufnehmen.

Im Herzen der hochgestellten Frau schien plötzlich jeder Gedanke an die drohende Gefahr geschwunden zu sein; der unverhoffte Anblick des Fremden, seine Stimme und sein ganzes Wesen hatten in ihr Gefühle erweckt, welche zur Hälfte denen eines jungfräulichen Gemütes, zur Hälfte denen eines verlangenden Weibes glichen. Und über ihre dunklen Augen breitete sich jener feuchte, zauberische Schimmer, dem schon mancher, in Kampfeswettern gestählte Römer erlegen war, ihre Lippen schienen höher zu glühen, sie selbst wie verwandelt zu sein.

Sie war im Begriff, ein vielsagendes Wort an Lucilius zu richten; allein ihr kam einer der militärischen Berater zuvor, welcher sprach: „Du hast deine Pflicht schwer verletzt, als du ohne Erlaubnis die Wacht am Grenzstrom verlassen hast. Weißt du, welcher Strafe du dich dadurch schuldig gemacht hast?"

„Ich weiß es." antwortete Lucilius. „Doch um des großen Zweckes willen —"

Er sollte nicht weiter sprechen; denn mit einer ungestümen Wendung des schönen Hauptes, rief Placidia den Versammelten zu: „Wer sollte es wagen, dem kühnen Jüngling zu zürnen, der sich mit Gefahr seines Lebens aufmachte, um seine Kaiserin vor den Feinden zu schützen?"

Da verstummte der Ankläger, Lucilius aber warf sich vor Placidia nieder und rief voll Eifer: „In der Hand meiner erhabenen Herrin ruht die Entscheidung über mein Leben. Es sei verwirkt, wenn Feigheit oder Ungehorsam mich trieb, meinen Posten zu verlassen!"

Doch Placidia entgegnete mild: „Nicht Feigheit noch Ungehorsam! Deine Triebfeder war die Treue, die ich zu belohnen wissen werde. Steh auf, Lucilius! Im Dienste deiner Kaiserin sollst du fortan den Stolz und Ruhm deines Daseins finden!"

Nun wussten die Günstlinge, dass ihre Zahl sich um einen gefährlichen Nebenbuhler vermehrt hatte, wenn Lucilius verstand, die Gunst der Kaiserin auszunutzen. In ihren Mienen trugen diese Wohlwollen zur Schau, in ihre Herzen nistete sich der Neid ein. Die größte Enttäuschung aber hatte Heraklius erfahren, da man ihm den Jüngling vorzog, welchem der blonde Flaum eben erst um Wangen und Lippen zu sprossen begann.

Allein der Eunuch fand sich bald in die neue Situation. Wenn Lucilius die Gunst der Kaiserin ungesucht gefunden hatte, so musste Heraklius es mit dem Sohn Placidias versuchen. Mochte der Weg auch beschwerlicher sein, — mit Ausdauer, List und all den Ränken, die seinem gemeinen Charakter entsprachen, stand die Erreichung des Zieles ihm zweifellos vor Augen.

Um an die Bedeutsamkeit seiner Mitteilungen und seiner eigenen Person recht eindringlich zu erinnern, hob er, zu Valentinian gewendet, an: „Der Zeuge hat jedes meiner Worte bestätigt; was gedenkt mein erhabener Gebieter, was meine gnadenreiche Kaiserin zur Abwehr anzuordnen?"

Valentinians Erwiderung beschränkte sich auf eine wilde Verwünschung; aber Placidia sah sich im Kreis ihrer Satelliten um und sprach: „Ihr alle habt vernommen, was uns bedroht; so nennt nun die Mittel, welche dieses Verderben von uns abwenden können! Wer von meinen Räten die Entscheidung auf die Spitze des Schwertes stellen will, wer von meinen Heerführern mit seinem Kopf den Sieg verbürgen kann, erhebe seine Stimme. Er soll Retter des Reiches genannt werden und meinem Thron fortan am nächsten stehen!"

Da wurden lange Reden gewechselt, aber Keiner schickte sich an, die Forderungen der Kaiserin zu erfüllen. So eifrig Heraklius auch mahnte, sich dem Übermut des Mösiers nicht ohne Kampf zu unterwerfen, — das Resultat war doch nur: friedliche Unterhandlung, um dem Äußersten zu entgehen.

Als sich keine bessere Lösung zeigen wollte, schloss Placidia die Beratung mit den aus Bitterkeit und Ergebung seltsam gemischten Worten: „Das Schwert Roms ist stumpf geworden, wir müssen mit anderen Waffen siegen. Ich will im Gebet zu dem Höchsten um Erleuchtung bitten, auf dass wir den rechten Weg einschlagen; an euch ist es dann, das Beschlossene weise auszuführen!"

Damit erhob sie sich von ihrem Sitz und schritt unter Vorantritt der dienenden Eunuchen aus dem Saal. Auf ihren Wink folgte Lucilius pochenden Herzens der Gebieterin, während Heraklius sich von ihr keiner weiteren Beachtung gewürdigt sah.

Zähneknirschend überlegte der Verräter, was zu machen sei, da schlug an sein Ohr die Stimme Valentinians: „Die Kaiserin fand mehr Gefallen an dem jungen Phönix, als an dem krächzenden Raben; so will ich mich des Unglücksvogels erbarmen. Geh mit mir, Held Heraklius! Und wenn du dich klug und willig erweist, sollst du, trotz Lucilius, bald zu neuen Gütern und Würden gelangen durch mich!"

Fünftes Kapitel

Mit dem Eintreffen des Eunuchen lagerte sich eine schwüle Stimmung auf Ravenna. Das Gerücht der so unerwartet aufsteigenden Gefahr drang mit furchtbarer Schnelle in alle Schichten der Bevölkerung; nur fand es nicht überall den schreckhaften Widerhall, den es am kaiserlichen Hof hervorgerufen hatte. Denn es gab keine Stadt im weiten römischen Reich, in welcher das Gedächtnis der heldenhaften Taten des Mösiers nicht lebendig gewesen wäre; und wenn mancher bessere Mann über die Niederlage des Frankenbesiegers schweigend getrauert hatte, so sah eine noch größere Anzahl seiner Rückkehr mit Spannung und Teilnahme entgegen.

Aber nicht das Volk von Ravenna wurde befragt; Die Entscheidung lag beim kaiserlichen Hof, in den Händen Placidia's und Valentinians. Schon hatte Attila dem Westreich den Krieg erklärt, schon trafen aus den Grenzprovinzen die Boten ein, welche das Nahen der barbarischen Horden wehklagend verkündeten und um Hilfe baten. Jeder verlorene Tag kostete neue, ungeheure Opfer an Menschenleben und Gütern, deshalb war höchste Eile geboten.

Doch seltsam hatten sich im Lauf der kurzen Zeit die Meinungen geändert. Wenn die Kaiserin sich anfangs nur mit Widerstreben an den Gedanken friedlicher Ergebung hatte gewöhnen können, so war ihr Sinnen jetzt nur noch auf schleunigen Vergleich mit dem Mösier gerichtet; und wenn Valentinian zu Anfang von bleicher Furcht wie gelähmt schien, so war er es jetzt, welcher mit lauter Stimme im Vergleich zu der seiner Mutter zum Kampf aufrief.

Nicht allein der plötzlich erwachende, angesichts der Gefahr dauernde und wunderwirkende Mut erfüllte den Augustus auf einmal so gewaltig; ihn reizte zum Widerstand die geschickt gewählten Worte des Heraklius, z.B. dass dieser von der Rückkehr seines verratenen Freundes das Schlimmste zu befürchten hatte. Auf diese Weise tränkte er das Herz Valentinians mit Hass auf Aetius und schaffte es auf diese Weise, den feigen Regenten künstlich mit Kampflust und Siegeszuversicht zu erfüllen.

Anders bei Placidia! Ihre Bitterkeit auf den ehemaligen Nebenbuhler des Bonifatius war kaum gemildert; aber in ihrem Herzen loderte eine andere Glut, — umso heftiger, je vernunftwidriger sie war, je stärker die Augusta selbst in Stunden der Einkehr dagegen anzukämpfen versuchte. Ach, Amor und Venus waren längst aus ihren Heiligtümern vertrieben, die Flammen auf ihren Altären erloschen und diese selbst in Trümmer gestürzt. Doch in den Herzen der Römerinnen hatte das bleiche Leidensbild des Gekreuzigten die alten Götter nicht verdrängen können und sicher, wie vor Jahrhunderten, traf das Geschoß des geflügelten Gottes sein Ziel. Er hatte das Haupt des blondlockigen Lucilius umschwebt, als dieser zum ersten Mal vor seiner Kaiserin stand, er hatte mit glühendem Pfeil den Busen Placidias verwundet! Für den Frieden mit Aetius hatte der Jüngling im vertrautesten Rat der Gebieterin seine Stimme erhoben; und ihm, der arglos das ihm zugedachte Glück noch nicht ahnte, ist Placidia nachgekommen, um seinetwillen, dem eigenen Sohn zum Trotz, die Gesandten schon gewählt, welche von dem gefürchteten Widersacher und dessen hunnischen Verbündeten den Frieden erkaufen sollten.

Mit der Weisung, die kaiserlichen Beglaubigungsschreiben am Morgen des folgenden Tages in Empfang zu nehmen, hatte Placidia die Gesandten verabschiedet; auch Lucilius schickte sich an, das Gemach der Kaiserin zu verlassen, als eine stumme Handbewegung dieser ihn zum Bleiben aufforderte.

Überrascht gehorchte der Jüngling, das Antlitz fragend auf seine schöne Herrin gerichtet; sie aber gebot ihm mit einer Stimme, die mehr bittend als befehlend klang: „Geleite mich!" und in ehrerbietiger Entfernung folgte ihr der junge Mann nach.

Tief verneigten sich die Prätorianer und Eunuchen vor Placidia; doch mit grinsendem Lachen sahen sie sich gegenseitig an, als Lucilius an ihnen vorüberschritt. Schon mancher war vor ihm denselben Weg gewandelt und dieser war nach der Meinung der Eunuchen schwerlich der Letzte.

Da fielen genug spöttische Bemerkungen; aber Placidia vernahm weder diese noch jene, sondern durchmaß elastischen Fußes die prachterfüllten Räume, bis sich ihr einer derjenigen auftat, in welchen für gewöhnlich keinem männlichen Wesen der Zutritt gestattet war. Hier empfing eine einzige alte Dienerin die Herrin und verließ darauf geräuschlos das Gemach, den neuen Erkorenen kaum mit einem neugierigen Blick streifend.

Placidia hemmte die Schritte, wandte sich und heftete die leuchtenden Augen mit rätselhaftem Ausdruck auf ihren schlanken, hochgewachsenen Begleiter. Und abermals stieg jene dunkle Glut ihm in die Wangen, er konnte den Blick der Kaiserin nicht ertragen und senkte befangen die Lider.

Da ließ sich Placidia auf den mit schwellenden Polstern und köstlichen Teppichen bedeckten Lectus nieder und stützte das Haupt auf die Linke. Von ihrer Schulter war der Purpurmantel geglitten und entfesselt umwallte sie der üppige Schmuck ihres Haares, jede Locke einer kleinen Schlange gleich, die sich schmeichelnd um Hals und Arme der Herrin ringelte.

Einige Sekunden lang herrschte tiefes Schweigen; dann begann die Augusta mit leisem Beben der Stimme: „Was schlägst du die Augen nieder wie ein schüchterner Knabe, Lucilius? Gemäß Deinem Rat wird Aetius ohne

Schwertstreich seine alte Macht wiedererlangen, — und du hast keine Silbe des Dankes für mich, deren Wille dem Deinen erst Leben einhauchte!?"

Die Anrede verwirrte den Jüngling noch mehr, doch nur für einen Augenblick. Denn den unverdienten Vorwurf der Undankbarkeit galt es abzuwehren und mit Eifer entgegnete er: „Möge meine erhabene Gebieterin mir verzeihen, wenn ihr treuer Diener nicht wagte, seinen Gefühlen Ausdruck zu verleihen! Auch wenn ich meinen Dank nicht aussprach, glüht er doch in mir umso stärker, und soll auch noch dauern, bis ich ihn durch die Taten meines Armes besser bezeugen kann!"

„Durch die Taten deines Armes?!" Placidia schüttelte mit einem schmerzlichen Lächeln das Haupt und fuhr fort: „Schon mancher vor dir sprach so, durch meine Gnade mit Gunst und Ehren überhäuft. Aber die Dankbarkeit der Tapferen dieser Welt ist nicht wie das Licht der ewigen Lampe, das mit seinem milden Schein unendlich dauert, leuchtet und erwärmt. Eure Dankbarkeit ist gleich der Flamme, die in dürres Reisig fällt, es schnelllodernd verzehrt und nur ein Häuflein Asche übrig lässt!"

Die Kaiserin hielt inne, als erwarte sie Widerspruch von Lucilius. Sie hatte sich in der Wirksamkeit ihres Mittels nicht getäuscht. Denn eifriger noch, als zuvor, rief der Jüngling aus: „Nein, meine erhabene Gebieterin! Ich kann mich zwar bisher keiner großen Tat rühmen, aber so wie ich nicht das Gefühl geheuchelt habe, das mich mächtig erfüllte, so wiederhole ich das Folgende in dieser feierlichen Stunde: Nicht wie die Flamme im schnell verkohlenden Gestrüpp, sondern dauernd wie das Licht der ewigen Lampe, aber heller und größer als dieses, soll meine Dankbarkeit und Treue sein! O, wäre schon der Tag gekommen, an welchem ich den Beweis dafür meiner Kaiserin nicht nur in armen Worten, sondern durch Mannesmut und heldenhaftes Tun liefern dürfte!"

Ein Strahl der Begeisterung blitzte bei diesen Worten aus den Augen des Jünglings und seine hohe Gestalt schien noch reckenhafter zu wachsen.

Mit Wohlgefallen sah es Placidia und leise flüsterte sie vor sich hin: „Dein Ebenbild, Ataulf!" Doch seufzend wandte sie ein: „Deiner Kaiserin! Das ist das Echo, das mir von allen Seiten entgegenschallt. Der Kaiserin allein gilt eure Dankbarkeit und Treue; wehe mir, wenn das Diadem meine Stirn nicht umfangen würde, wenn ich nur ein Weib gleich tausend anderen wäre!"

Befremdet vernahm Lucilius das Bekenntnis. Noch war er nicht Höfling genug, um der mächtigen Frau, die ihn ihres Vertrauens in so hohem Maß würdigte, mit einer leeren Phrase eine vieldeutige Antwort zu geben.

So schwieg er denn, die Kaiserin aber fuhr mit steigender Erregung fort: „Um die Gnade und Gunst der Kaiserin buhlen sie alle; und um diese zu erwerben ist ihnen kein Mittel zu gering, kein Pfad zu blutig! Aber unter dem Purpurmantel schlägt ein Herz, das am leeren Schall geräuschvoller Huldigungen keine Genugtuung findet, das nicht einsehen will, warum es Zurückhaltung üben soll, wo andere schwelgen, warum es sich in Sehnsucht verzehren soll, wo anderen Erhörung winkt! — Doch niemand ist da, dem ich mein Leid klagen darf, Niemand, der mich verstehen will."

Es war nicht nur listige Berechnung, die aus Placidia sprach, es war vielmehr ein Ausbruch der weltverachtenden Gedanken, welche die hochgestellte Frau in einsamen Stunden überkamen, vermischt mit dem sinnlichen Reiz, der sie übermächtig beherrschte. Die Grenze zwischen wahrer und erkünstelter Bewegung wäre schwer bestimmen zu gewesen und ihre Wimpern waren von echten Tränen feucht, als sie nun ihr schönes Antlitz in den Händen verbarg und leises Schluchzen durch den stillen Raum erschallte.

Hatte der leidenschaftliche Gefühlsausbruch Placidias Lucilius schon mit tiefer Teilnahme erfüllt, so fühlte er nun das Bedürfnis zu trösten, eine Kühnheit, vor der er zu jeder anderen Zeit scheu zurückgeschreckt wäre. Die ungewohnte Umgebung, das Seltsame im Zusammensein mit der huldvollen Frau, für deren imposante Schönheit sein jugendliches Auge nicht unempfänglich geblieben war, und ein drittes, ihm selbst rätselhaftes etwas, trieben ihn wie mit Zaubermacht zu den Füßen Placidias hin. Ungestüm ergriff er ihre Rechte und rief voll edlen Feuers: „Klagt nicht, meine gnädige Herrin, sondern gebietet euren Tränen! Denn nicht alle dienen euch bloß um der Ehren willen, die eure Hand zu vergeben hat. O, könntet ihr in mein Herz sehen, könntet ihr darin lesen, wie ich jene verabscheue, wie ich euch —"

Er stockte, denn Placidia hatte plötzlich das Haupt erhoben; ihre Linke fuhr ihm sanft über das lockige Haar und blieb auf seinem Nacken ruhen, während ihr Antlitz sich tiefer zu ihm niederbeugte und ihr Atem seine heißen Wangen streifte. Da klang es wie Sirenensang von ihren Lippen: „Redest du wahr, Lucilius? Sprich weiter, o sprich weiter! Du weißt nicht, welchen Balsam du mit jedem deiner Worte in mein wundes Herz träufelst!"

Doch dem Jüngling versagte die Rede. Von der weißen Hand Placidias schien eine magische Kraft auszuströmen, die seine Sinne verwirrend umfing; von ihren halblaut geflüsterten Worten fühlte er sich wundersam beseligt, ein nie empfundener Schauer überlief ihn und statt zu antworten, umklammerte er ihre Rechte nur noch fester und presste einen feurigen Kuss auf dieselbe. Doch im gleichen Augenblick kam er zum Bewusstsein über sein vermessenes Tun, tiefe Scham bemächtigte sich des sonst so Schüchternen, er wollte emporschnellen und in seiner Bestürzung aus dem Gemach und den Palast der Kaiserin fliehen.

Aber die Hand Placidias hielt ihn wie an unsichtbaren Ketten und immer schmeichelnder kam es von ihren Lippen: „Holdseliger Knabe, — findest du nicht den Mut, deiner Kaiserin zu gestehen, was dein kühnes Herz empfindet? — Fürchte dich nicht, mein Liebling, denn nicht die Kaiserin sollst du jetzt dir gegenüber sehen, sondern einzig Placidia, das liebende Weib, das sich hoffnungslos sehnte, so lange du fern warst und das sich reich wähnt, da es dich zu ihren Füßen sieht!"

Und mit kosenden Bewegungen fuhr sie fort: „Lass mich deine Hand halten, auf meinen Armen lass dein schönes Haupt ruhen! Die flüchtige Stunde sei unser, ganz unser, ehe feindliche Mächte das Weib von dir fortführen um der Kaiserin willen! — Was zittert deine Rechte, was pocht dir das Blut so wild in den Schläfen? Schüchterner Jüngling, weißt du nicht, dass keine Macht mit der Liebe zu vergleichen ist, dass keine Wonne sich mit derjenigen messen darf, welche dir vorbehalten ist! Glückverheißend lacht uns die Gegenwart, glückbringend die Zukunft, doch du schweigst, du beachtest meine Worte kaum, Lucilius?!"

Da antwortete der junge Mann halb beklommen, halb wie in Verzückung: „Herrin, mir ist, als ob mich ein Traum seltsam irreleitet, als müsste ich aus ihm furchtbar erwachen. Vergib mir, wenn ich traumbefangen strauchle und deiner leitenden Hand nicht folgen kann. In ehrfürchtiger Scheu bin ich jüngst vor dein Angesicht getreten, und nun, — wie könnte ich so viel Gunst auf einmal fassen!?"

„Du wirst es lernen!" entgegnete Placidia. „Denn nicht in einem Traum lacht dir das Glück; es ist waches Leben, das uns umfängt, und bevor um deine Stirn das Lorbeerreis geflochten wird, will meine Hand sie mit Rosen bekränzen! Darum gib dich still meiner Liebe hin, du jugendlicher Träumer. Sei treu, so soll deine Treue reich belohnt werden; sei verschwiegen und es winkt dem Verschwiegenen höchstes Glück!" 1

Sie neigte ihren Mund zu ihm nieder, zärtlich umschlangen ihn ihre Arme und er fühlte ihre Lippen heiß und berauschend auf den seinen. Wie selbstvergessene Trunkenheit überkam es ihn, — doch plötzlich schlugen an sein Ohr verworrene Laute. Auch Placidia hatte sie vernommen; dennoch löste sie nur mit Widerstreben die Liebesfessel und beschwichtigte den horchenden Lucilius mit den Worten: „Fürchte Nichts! Bis hierher dringt ohne meinen Willen kein Späher oder gar Verräter vor!"

Aber das Geräusch kam näher, immer näher, und Lucilius entwand sich energisch der kosenden Hand; Placidia selbst hatte sich beunruhigt aufgerichtet und ihr auf den Eingang gerichteter Blick nahm einen feindseligen Ausdruck an.

Im Bann der ihn stürmisch bedrängenden Gedanken stand Lucilius wortlos und starr, — da wurde die Tür aufgerissen und herein trat Valentinian mit Heraklius und einem Dritten, an dessen Erscheinen Placidia am wenigsten gedacht hatte. Es war der Schwiegersohn des Bonifatius, Sebastian!

Befremdet sah der siegreiche Feldherr auf die Kaiserin, Valentinian aber rief höhnend aus: „Meine Mutter möge verzeihen, wenn ihr Sohn zu dieser ungewohnten Stunde und an diesem Ort die Kaiserin aufsucht! Mir scheint, dass es wichtigere Dinge gibt, als jene, welche zwischen der Augusta und dem neuen Spielzeug ihrer Weibeslaunen hier verhandelt wurden!"

Und auf Sebastian deutend, während das Auge Placidias Flammen des Zorns auf den eigenen Sohn sprühte und Lucilius in peinlicher Befangenheit zum Schweigen verdammt war, fuhr Valentinian fort: „An den einzigen, der Aetius im Feld geschlagen hat, hat die Kaiserin nicht gedacht. Und dieser hat die Hoffnungen, die ich auf ihn gesetzt habe, nicht enttäuscht. Sebastian kennt seine Pflicht und ist bereit, sich aufs Neue mit dem Mösier und all seinen Hunnen zu messen!"

Die Nachricht war überraschend und von höchster Bedeutung. Jetzt musste das liebende Weib vor der Kaiserin zurücktreten; doch noch durchflutete Placidia der tiefe Groll über die verhasste Störung und sie sprach mit zornigem Klang der Stimme: „Der Feldherr Sebastian soll mir willkommen sein, wenn er Gutes bringt! Aber die Gebote seiner Kaiserin, welche der Kaiser ungestraft missachten darf, sollten jedem anderen heilig gelten. Hier ist nicht der Ort, wo die Führer meiner Legionen mir die Meldung ihrer Siege überbringen. Begebt euch alle in den Thronsaal, dort will ich Sebastian anhören."

Der Befehl war so bestimmt gegeben, dass jeder Widerspruch ausgeschlossen blieb. Ohne das Tun Valentinians abzuwarten, verließ Sebastian mit den Tribunen und Centurionen seiner Begleitung das Gemach. Boshaft lächelnd folgte Heraklius ihnen schleunig nach; der Letztere hatte seine Absicht ja erreicht, den jungen Recken auf das empfindlichste bloßgestellt und ihn bei Valentinian unmöglich gemacht.

Dieser aber verweilte noch bei der Mutter und begann nun mit einem spöttischen Blick auf Lucilius: „Die Kaiserin zürnt ihrem Sohn, doch eins möge sie bedenken: Um der Gerüchte willen, welche aus der Anwesenheit des Kämmerers Eugenius in den Gemächern meiner Schwester Honoria entstanden, musste diese das abendländische Reich meiden und unter der Obhut der strengen Pulcheria in Byzanz Buße tun! Mit welchem Recht verwehrte meine Mutter ihrer Tochter, was sie selbst sich nicht versagen möchte?"

Ohne die Antwort abzuwarten, entfernte sich Valentinian und nur Lucilius stand noch, dem Ausgang nah, im Gemach seiner Herrin, die Wimpern gesenkt, die Wangen von Scham und Zorn gerötet.

Da trat Placidia mit schnellen Schritten auf ihn zu, löste ein Amulett, das sie an goldener Kette trug, von Hals, hing es Lucilius um und sprach: „Mit diesem Zeichen bist du mir geweiht; es soll dich schützen, wenn dir Unheil droht, es soll deine Lippen verschließen und dich für immer an diese Stunde erinnern! Achte nicht auf die Kränkungen, die du meinetwegen schweigend ertragen musst; aus jeder Kränkung soll dir größere Ehre erblühen!

Und nun folge den anderen; im Thronsaal möchte ich auch dich wiedersehen!"

Lucilius ging; aber als Placidia bald darauf, von ihren Würdenträgern umgeben, die Stufen ihres Thrones hinaufschritt, suchten die Blicke der Kaiserin auch hier zuerst den Liebling. Es stimmte sie missmutig, dass seine hochragende Gestalt ihrem Sitz so fern war, während die Scharen der Krieger und Höflinge sich ungehindert näher drängen durften. Und als Placidia nun den Mund öffnete, wandte sie sich, statt an den siegreichen Feldherrn, an den betagten Vorsteher des heiligen Gemachs, und bezeichnete Lucilius als künftigen Befehlshaber der kaiserlichen Pagen.

Dann winkte die Kaiserin dem Jüngling, auf den sich im Nu die Augen aller richteten, und Lucilius näherte sich dem Thron, von dessen Höhen ihm der huldreiche Gruß entgegenschallte: „Unter der Leitung dieses ehrwürdigen Greises sollst du mir deine Ergebenheit auch in Zukunft bezeugen. Mit dem Range eines Clarissimus lohne und ehre ich deine Treue, will ich dich von allen, die mich umgeben, geehrt sehen!"

Mit wenig schlichten Worten dankte Lucilius, um darauf in der Umgebung der Kaiserin seinen Platz einzunehmen. Der Spott in den Mienen der Höflinge war schnell gewichen und schmeichelnd trat dieser und jener dem zu so hohen Ehren Berufenen näher, unbekümmert um das verbissene Lachen, mit welchem Valentinian den Kommentar zu den Worten seiner

Mutter lieferte. — Aber im Herzen des jungen Recken wollte sich keine Freude regen; es schwirrte ihm im Kopf und noch vermochte er sich auf dem neuen, ebenso verlockenden wie gefahrbringenden Boden, nicht heimisch zu fühlen.

Die nächste Anrede der Kaiserin galt dem Dux Sebastian. Öffentlich empfing er den wohlverdienten Dank und Lohn; dann begann er, der Aufforderung Placidia's Folge zu leisten: „Mein erhabener Herr und Kaiser lieh meiner Gesinnung schon Worte. Meine Legionen ziehen von allen Seiten heran; bald werden sie gesammelt und zum Schlagen bereit sein. Sie harren nur deines kaiserlichen Gebotes; vereine es mit dem deines kampfesfreudigen Sohns, — und wenn das Schlachtenglück mir treu bleibt, kannst du mit Valentinian bald triumphierend in Rom einziehen. Aber vor Eurem Triumphwagen soll Aetius samt seinen Hunnen in Ketten, sich selbst zur Schande, einherschreiten!"

„Du sprichst, als wäre der Sieg schon Dein." erwiderte Placidia. „Doch das Schlachtenglück ist trügerisch; es könnte dir den Rücken wenden und zu dem Mösier zurückkehren. Aber dann würde dein kühnes Sinnen uns allen zum Unheil werden!"

Die Entgegnung Sebastians wurde schärfer: „Mit Ehren unterliegt ein großes Reich nur im Kampf, den deine Legionen ersehnen. Aber wenn du den Kampf nicht willst, so lass dir mindestens die Rache nicht entgehen. Vom Schlachtfeld, auf welchem ich den Sieg über Aetius errang, sandte ich einen meiner Centurionen in das narbonensische Gallien; für den Tod des tapferen Bonifatius wollte ich, sein Schwiegersohn, an der Familie des Mörders Vergeltung üben. Und sieh, der Streich gelang! Von niemanden gewarnt und nur von wenigen Dienern geschützt, wurde Livia, die Gattin des Geschlagenen, mit Gaudentius und Hildegund, ihren Kindern, überfallen und gefangen fortgeschleppt. Dir übergebe ich sie, die teuersten Güter des

Verräters; dein Wort entscheidet über ihr Leben. Zermalme sie, — und du triffst aus sicherer Ferne das Herz des Feindes mit tödlichem Streich!"

Ein Murmeln des Beifalls ging durch die Reihen der Anwesenden. Mit Staunen hatte die Kaiserin die unerwarteten Nachrichten vernommen, die wohl im Stande waren, ihre Entschlüsse ins Wanken zu bringen; aber sie gedachte auch der Zusage, welche sie Lucilius gegeben hatte.

Noch hatte Placidia sich nicht entschieden, da ergriff statt ihrer Valentinian das Wort: „Krieg mit Aetius und Rache an seinem Blut ist die Lösung! Den Kampf hat er schon begonnen, indem er uns schrecken wollte, aber er hat sich getäuscht! Nicht feige Unterwerfung, sondern trotziger Widerstand ist die Antwort! Denn bei uns liegt die doppelte Bürgschaft des Sieges, der Arm Sebastians und die Nachkommenschaft des Verräters. — Ich frage euch alle, die ihr dem Thron beratend zur Seite steht, ob eure Gedanken etwas anderes als Kampf und Rachelust atmen?"

Und tatsächlich, von rechts und links aus den Scharen der Krieger und der Höflinge erschallte der laute, zustimmende Ruf: „Kampf gegen Aetius und die Barbaren!"

Am lautesten und eifrigsten gebärdete sich Heraklius und diesmal trug er aufgrund des unvorhergesehenen, starken Rückhalts, den seine Pläne durch die Ankunft Sebastians erhalten hatten, den Sieg davon.

Die Kaiserin selbst hatte das Empfinden, dass ihr Widerstand angesichts der bewaffneten Macht, welche Valentinian gewonnen hatte, zwecklos ist und auch für sie selbst gefährlich werden könnte. So ließ sie denn geschehen, was sie jetzt nicht ändern konnte, — voll Bedauern, die friedlichen Wünsche ihres Lieblings nicht erfüllen zu können, — voll Genugtuung im Hinblick auf Lucilius. —

Mit der kriegerischen Entschließung schien sich ein verfrühter Siegesrausch der Mehrzahl zu bemächtigen. Noch war über das Los der edlen Gemahlin des Mösiers und seiner gefangenen Kinder nichts bestimmt, da wurden diese schon von den Legionären Sebastians in den Saal geführt. Wildes Geschrei empfing die neuen Ankömmlinge; aber lautlos, trotz ihres furchtbaren Geschicks in unendlicher Hoheit und Würde, schritt Livia einher, zu ihrer Rechten den Knaben Gaudentius, zu ihrer Linken Hildegund, die schon zur Jungfrau erblühte.

Als die Drei bis nahe an den Thron gelangt waren, beugte sich Valentinian spähend vor und rief mit schnödem Hohn: „Wie stolz das Weib des Gestürzten das Haupt trägt, als wäre es die Herrin, und wir uns versammelt hätten um sie zu empfangen. Der große Aetius versäumt seine Gattenpflichten schon allzu lange; so müssen wir dafür sorgen, seiner hohen Gemahlin Kurzweil zu verschaffen. Holt Bestiarier und Histrionen, holt hunnische Sklaven herbei; sie sollen Weib und Kinder des Verräters würdig erfreuen, während der unvergleichliche Held sich am Hof Attilas im Vorgefühl seiner Siege über uns berauscht!"

Da hob Livia das gesenkte Haupt und aus ihrem straffen Antlitz traf ein Blick voll tiefer Verachtung den kaiserlichen Spötter; ein zweiter haftete auf Placidia, zu welcher Livia jetzt sprach: „Verwehre Deinem Sohn die knäbischen Worte, Placidia; sie ziemen sich nicht im Mund desjenigen, der die Krone des abendländischen Reiches trägt!"

Die ruhigüberlegene Entgegnung reizte den eitlen Grimm des Augustus nur noch mehr, und bevor Placidia der stolzen Römerin antworten konnte, fuhr Valentinian knirschend auf: „Meinst du, dass ich scherze und meiner Zunge nicht Herr bin, Vermessene? — So wisse denn: Wir kennen die frevelvollen Pläne des Landflüchtigen; er selbst ist unserer Rache entronnen, aber alle die Seinen sollen für den Treulosen büßen. Und da es dir beliebt, den Zorn deines Gebieters herauszufordern, so höre mein Gebot: Wähle, wähle schnell, welches deiner Kinder für die Untreue deines Gatten und Deinen Hochmut den Tod erleiden soll!"

Bei den feindseligen Worten schmiegten sich Gaudentius und Hildegund wie hilfesuchend näher an die Mutter; mit liebenden Armen umschlang Livia beide, dann wandte sie sich abermals an Placidia: „Ich höre Deinen Sohn gleich einem Rasenden toben; du bist ihm von Theodosius zum Vormund gesetzt, — ist es dein Wille, den Valentinian verkündet?"

Der Letztere wollte mit einem neuen heftigen Ausfall antworten, doch herrisch traf ihn der Blick Placidias, welche mit scheinbarer Ruhe der Fragenden die Gegenfrage stellte: „Was hast du auf die Anklage des Kaisers zu erwidern?"

Furchtlos trat Livia bis dicht an den Sitz der Augusta und begann: „Friedlich und keines feindlichen Überfalls gewärtig saß ich mit meinen Kindern zu Narbo im Palast meines Gatten. Ich hatte zwar Kunde über die Niederlage meines Mannes erhalten, aber allein in aller Trauer stand mein Glaube fest, dass er sich auch von diesem Fall siegreich erheben wird! Da kamen die Schergen Sebastians; rauh und schonungslos schleppten sie mich von meinem Herd, raubten und plünderten mit wilder Gier und trieben uns bis vor dein Angesicht. Ich will die Misshandlungen nicht aufzählen, denen wir ausgesetzt waren, denn sie müssten deine Wangen mit der Glut des Zornes röten, des Zornes und der Beschämung, dass solche Gräueltaten in Deinem Namen geschehen konnten. Und hier, wo ich Gehör und Schutz bei dir, dem Weib, der Mutter, zu finden hoffte, hier beschimpft mich dein Sohn auf das Schamloseste, hier muss ich hören, dass mein Gatte ein Schuldiger, das Leben meiner Kinder bedroht ist! Wo ist der Beweis für die schwere Anklage, wer ist derjenige der meinen Gemahl so schwer beschuldigt?"

„Das Weib des Verräters fordert Beweise?" rief Valentinian mit rauher Stimme; dann deutete er auf Heraklius und Lucilius, Sebastian und dessen Begleiter: „Hier stehen die Zeugen, zehn für einen, tausend für einen, wenn es Not täte! Gegen ihre Aussagen wird dich kein Einwand schützen."

Mit ihren Augen folgte Livia dem Fingerzeig des Augustus; und als sie das verlegene Antlitz des Eunuchen entdeckte, sprach sie mit geringschätzendem Achselzucken: „Heraklius! — Er hat manchen Trunk Weines aus den Bechern meines Gemahls genossen; Keiner sang das Lob des Helden lauter und eifriger, als der Eunuch. Mit dem Unglück brach seine Treue; sein Zeugnis ist wertlos, sein Wort nicht besser als der Rauch, den ein Luftzug hin und herwirbelt. Du siehst, dass die Freundschaft, die er meinem Gemahl schenkte, eitel Heuchelei war; so hüte dich, Valentinian, hüte dich vor der gleißenden Schlange, welche der Brust, die sie nährte, Wunden schlägt!"

Heraklius fühlte die Augen aller plötzlich auf sich gerichtet und dass ein Wort der Rechtfertigung jetzt notwendig wäre. Doch der Versuch, sich zu rechtfertigen, hätte ihn nur noch schlimmer bloßgestellt und zu viel des Vergangenen aufgedeckt. Alles, was er erreichen konnte, war jetzt nur, die unwillkommene Anklägerin zum Verstummen zu bringen. So rief er dem Augustus zu: „Befiehl der Törin zu schweigen, Kaiser Valentinian! Sie hat es gewagt zuerst dich zu lästern und will mit dem Gift ihrer Rede nun deine treuesten Diener beschuldigen. Darum gebiete den Liktoren, die Mutter zu ergreifen, wirf den Sohn den Tieren des Circus vor; die Tochter aber lass nach Deinem Gefallen den Holzstoß, oder das Brautbett mit einem deiner Knechte besteigen!"

Ein banger Schrei war die Antwort Hildegunds auf die hasserfüllten Worte des Eunuchen, während der Knabe Gaudentius die Hände trotzig ballte und Liva mit dem Zorn einer schwergereizten Löwin die Rechte gegen Heraklius erhob und demselben die Antwort zuschleuderte: „Schmach über dich, Verworfener! Selbstsucht und Trug, Lüsternheit und Bosheit beherrschen dich ganz. Eines aber wisse du Placidia und Valentinian: Ehe einer ihrer Knechte mir die Kinder entreißen soll, wird diese Hand die Schuldlosen und mich vor Henkertod und Entehrung zu bewahren wissen!"

„Wird sie das?" — Ein dämonisches Lächeln verzerrte die Züge Valentinians und er rief den Bewaffneten zu: „Lasst sehen, ob mein Wille nicht mehr gilt, als das prahlerische Gebären dieser Unsinnigen. Reißt die Dirne samt dem Buben von der Seite der Mutter, dann wird ihr Heroismus bald einem feigen Zagen Raum machen!"

Eine peinliche Spannung hatte sich aller bemächtigt; aus den Scharen der Krieger traten nur wenige zu dem schnöden Werk vor. Doch ehe sie Hand an Gaudentius und Hildegund legen konnten, hatte Livia einen scharfen Dolch drohend gegen die Bedränger gezückt. Diese zögerten, und bevor sie auf den erneuten zornigen Zuruf Valentinians mit dem Angriff Ernst machten, war Lucilius an die Seite Livias geeilt.

Schon bei dem Eintritt der Unglücklichen hatten die Blicke des jungen Recken mit inniger Teilnahme auf jener und ihren Kindern geruht und der Gedanke, der edlen Gemahlin des Mösiers hilfebringend zu nahen, ihn mächtig ergriffen. Im Antlitz Placidias glaubte er Missbilligung des grausamen Vorgehens ihres Sohnes zu lesen; aber auch wenn er derselben nicht sicher gewesen wäre, hätte ihn nichts abhalten können, dem ungestümen Drang seines tapferen Herzens zu folgen und den furchtbar Bedrohten im letzten Augenblick rettend beizustehen.

Mit raschem Griff entwand er der Hand Livias die tödliche Waffe; und während verwunderte und zornige Rufe laut wurden und eine stürmische Bewegung die Masse der Anwesenden durchlief, herrschte er die

Prätorianer an, von den Unglücklichen abzulassen. Aber gegen den wutschnaubenden Valentinian und die befremdete Placidia gewandt, sprach er furchtlos: „Hat der Hass den Kaiser geblendet, dass er nicht bedenkt, wie töricht es sein würde, diese zu verderben? — So lange sie lebend in der Gewalt meiner erhabenen Herrin sind, hat Valentinian das Mittel in Händen, welches Aetius, selbst wenn er im Kampf gegen Sebastian siegreich sein sollte, zur Unterwerfung sicherer als jedes andere zwingt. Und ihr könntet euch aus kleinlicher Rachelust dieses Paladiums berauben, in Eurer Siegeszuversicht den mächtigsten Rückhalt nutzlos preisgeben? Wahrlich, wer das rät, der ist mit sehenden Augen ein Blinder, der schlägt mit dem Gegner sich selbst, der widersetzt sich in unnötiger Grausamkeit dem milden Herzen unserer erhabenen Gebieterin!"

Es war ein glücklicher Gedanke des Jünglings, die Schonung Livias und der Ihren unlöslich mit den Geschicken der nahen Zukunft zu verknüpfen. Glücklich hatten sich ihm die Worte gefügt; und wenn auch sein hochherziger Mut den Bedrängten nicht zum Bewusstsein gekomken war, so hatte er die Hauptsache doch erreicht, das Schwerste von den Bedrängten abgewendet.

Zwar grollte Valentinian und wollte sich nicht zufriedengeben und es mühte sich Heraklius, den mächtigen Eindruck, welchen die Worte des neuen Würdenträgers auf Placidia und die meisten ihrer Räte gemacht hatten, zu zerstören, aber dem gegenüber stand die Meinung Sebastians, dass der Einwand des Clarissimus seine volle Billigung findet.

Auch in der Brust Placidias hatten die entschiedenen Worte des jungen Mannes den wollüstigen Hang zur Grausamkeit stark gedämpft; alle ferneren Ausfälle ihres leidenschaftlich erregten Sohnes schnitt sie ab, indem sie huldvoll zu Lucilius sprach: „Deine Kaiserin dankt dir, Clarissimus, für deine Weisheit und Umsicht! Du sollst meine kaiserliche Milde für jene Mitschuldigen des Verräters nicht umsonst angerufen haben!"

Ein zärtlicher Bück traf den neuen Günstling, dann fuhr Placidia fort: „Deiner Obhut sei die Gattin des Mösiers samt seinen Kindern anvertraut. Du wirst ihnen kein Entrinnen gestatten, doch auch kein Haar ihres Hauptes feindlich antasten lassen. Über alles andere berate dich mit dem erfahrenen Mann, dessen Leitung du jetzt noch unterstehst!"

Lucilius trat zu dem Bezeichneten und Placidia wandte sich an Sebastian mit den Worten: „Dem siegreichen Feldherrn danke ich noch einmal für alles, das er klug begonnen hat. Die Wünsche und Gebete deiner Kaiserin geleiten Dich; führe meine Legionen zum Sieg und mein Dank soll Deinem Verdienst gleichkommen!"

Mit huldvollem Gruß verließ die Kaiserin ihren Sitz und den Saal; die Großen des Hofes folgten ihr nach und auch Sebastian entfernte sich mit seinen Tribunen und Centurionen, ohne den Einflüsterungen des Eunuchen weiter Gehör zu schenken.

Aber Lucilius trat zu Livia und forderte sie mit tröstender Zurede auf, ihm zu folgen und zu vertrauen. Mit Gefühlen, die aus Dankbarkeit und herber Resignation seltsam gemischt waren, vernahm die heldenhafte Frau seine Worte; doch ihre Lippe blieb verschlossen und schweigsam. Die Kinder mit schützenden Armen umfassend, schritt sie ihrem jugendlichen Retter und Hüter nach, bis ein wohlverwahrtes, aber freundliches Haus sie zu stiller Rast aufnahm.

Sechstes Kapitel

Das Heer Sebastians war den barbarischen Horden entgegen gezogen, und täglich erwartete man in der Kaiserburg zu Ravenna den ersehnten Siegesboten. Als derselbe lange nicht eintraf, erlosch der künstlich angefachte Mut Valentinians fast so schnell, wie er emporgelodert war, und es bedurfte der ganzen schmiegsamen Verschlagenheit des Eunuchen, um seinen charakterlosen Gebieter bei guter Laune zu erhalten.

Die Kaiserin selbst brachte ihre Tage in einer Stimmung zu, die weder sie noch ihre Umgebung befriedigte. Auf Momente voll leidenschaftlichen Selbstvergessens folgten Stunden der Zerknirschung, in denen sie vor dem Christusbilde in Reuetränen zerfloss, das Vordringen des Gegners als verdiente Strafe ihrer Sünden erkannte und um Abwendung dieser Demütigung flehte.

Aber während sie noch auf den Knien lag, erfasste sie schon aufs Neue der heiße Drang zum Leben, die Sehnsucht nach Lucilius, dem jugendlichen Ebenbild des früh verstorbenen Ataulf. Das hämische Nahen Valentinians hatte sie zur Vorsicht gemahnt; der feurige Jüngling selbst schien seit jener ersten, stürmischen Begegnung nicht kühner, sondern scheuer und zurückhaltender geworden zu sein. Allein auch in solcher männlichen Scheu lag ein neuer Reiz, umso stärker, je fremder er der Augusta geworden war, umso anziehender, je heller sie unter der verdeckten Glut die Flamme der Leidenschaft brennen wähnte! Dennoch entsank der sonst so heißblütigen Frau der Mut zu zärtlichem Kosen und sie empfand, wenn Lucilius ihr endlich ohne Zeugen gegenüber stand, etwas von jener bräutlichen Befangenheit, mit der sie vor Jahren dem gotischen Recken genaht war.

Lucilius selbst fragte sich oft, beim Gedanken an die ihm am kaiserlichen Hof im Übermaß erwiesenen Ehren, ob er keinem Traum unterliegt. Er wusste noch nicht, wie schnell der Flug nach oben, wie jäh und tief der Fall in der Gunst der Mächtigen dieser Erde sein konnte. Jung und wenig erfahren, voll Tatendrang und Ehrgeiz, voll Streben nach dem Rechten und Guten, aber nicht scharfblickend genug, die einzig richtigen Wege zu finden, folgte er mehr einem dunklen Instinkt, als klarer Überlegung. Ihn freute und erfüllte mit Stolz die Gunst der hohen Frau; ihm schmeichelte der leidenschaftliche Erguss ihrer Zärtlichkeit, doch gleichzeitig empfand er ein leises Grauen vor derselben. Seine unverdorbene Natur fühlte sich dem dämonisch-sinnlichen Zug im Wesen Placidias nicht verwandt, fühlte den Widerspruch, der darin lag, dass die Kaiserin, das Weib, um seine Neigung warb, während er der Werber, der um Erhörung Flehende hätte sein müssen.

Nicht so hatte es Lucilius gemeint, als er der Kummervollen vor kurzem seine Ergebenheit voll Eifer beteuerte. Aber nun, da alles ohne sein Zutun so gekommen war, da er mehr denn je darauf bedacht sein musste, die ihm selbst geschenkte Gunst zu Gunsten des heranziehenden Feldherrn zu benutzen, nun wollte er auf seine bevorzugte Stellung nicht verzichten. Ein höheres Streben adelte seinen persönlichen Ehrgeiz; ihm selbst zum Heil, hielt es ihn in Schranken und mehrte dadurch sein Ansehen und seinen Einfluss.

Auch Lucilius sah voll hochgespannter Teilnahme der ersten Nachricht von dem Zusammentreffen der feindlichen Heeresmassen entgegen. Noch hatte er der gefangenen Gattin des Mösiers nicht offenbart, wie innig der Anteil war, den er selbst an den Schicksalen ihres Gemahls nahm. Allein der derbe Stolz hielt ihn davon zurück mit welchem Livia aber auch Hildegund mit ihrem mädchenhaften Ausweichen ihm begegnete. Und wenn er wiederholt im Begriff war, diesem Stolz zum Trotz den Schleier zu lüften und ihr seine wahren Beweggründe zu nennen, so hatte ihn wieder der Zweifel beschlichen, ob sie seinen Äußerungen Glauben schenken würde. Wenn aber neues Missgeschick den Feldherrn ereilte, dann sollte die stolze Dulderin erfahren, dass auch jetzt noch ein Helfer ihr nah ist, ein Helfer, der sich stark genug wähnte, den Willen Valentinians zu durchkreuzen und die Gefangenen seiner Rache zu entziehen. —

Die Tage kamen und gingen, da traf endlich der Bote Sebastians ein. Aber die Meldung, die er brachte, entsprach nicht den Hoffnungen der Herrscher; denn von den Scharen der hunnischen Reiter waren die Legionen Sebastians bei Aquileja empfindlich geschlagen und ihr Führer selbst nach tapferem Widerstand auf dem Schlachtfeld gefallen. Die Trümmer seines Heeres hatten sich in eiliger Flucht unter der Führung uneiniger Tribunen nach allen Richtungen zerstreut; Den Verbündeten stand nun der Weg und der Zeitpunkt offen, zu welchem Aetius vor Ravenna stehen konnte und ließ sich fast nach Tagen berechnen.

Verzweiflung bemächtigte sich Valentinians und seiner Mutter. Wenn die Sorge um Krone und Leben bei dem Augustus mit wilden Wutausbrüchen gegen seine Umgebung wechselte, so trieb sie Placidia nur noch häufiger in die Kapelle, welche die Kaiserin sich selbst zur Ruhestatt für künftige Zeiten bestimmt hatte. Aber in den Zwischenräumen sann sie mit regem Geist auf Milderung ihres Loses durch eine nachträgliche Aussöhnung mit Aetius.

In wildem Vergeltungstrieb wollte Valentinian, wohl wissend, dass die Sümpfe und Mauern um Ravenna ihn vor jedem feindlichen Überfall fast unbedingt schützten, sich abermals an Livia und ihren Kindern vergreifen. Nur dem ernsten und kraftvollen Dazwischentreten des neuen Günstlings und seiner Untergebenen war es gelungen, die Schutzbefohlenen vor dem Groll des Kaisers zu hüten.

Als der tolle Angriff abgeschlagen war, eilte Lucilius in bitterem Unmut vor das Angesicht der Gebieterin. Voll Verdruss über das Handeln Valentinians hörte Placidia den jungen Recken an; doch forschend beobachtete sie ihn, als er mit jener Wärme, die seinem alles Unrecht hassenden Herzen entsprang, die schweigsame Dulderin samt ihrer Tochter schilderte und ihren Mut wie ihre Seelengröße mit passenden Worten pries.

Da richtete die Kaiserin in scherzendem Ton, aber sehr ernst gemeint, an ihn die Mahnung, sich von seinem Mitgefühl nicht zu weit treiben zu lassen und zu bedenken, dass er Weib und Kinder des gefährlichsten Feindes hüte. „Du weißt, weshalb ich sie schone," fuhr Placidia fort, „denn auf Deinen Rat geschieht es. Aber wenn Aetius seinem barbarischen Siegeslauf nicht zur rechten Zeit Einhalt gebieten kann, gefährdet er selbst das Leben der Seinen auf das Äußerste!"

Sie wollte noch mehr sagen, als Valentinian der Mutter nahte; er war gekommen, über Lucilius Klage zu führen und erkannte sofort, dass dieser ihm zuvorgekommen war. Voll Arglist änderte er sein Vorhaben, und da er die Worte Placidias vernommen hatte, fiel er ein: „Die Warnung kommt zur rechten Zeit; denn allzu groß ist der Eifer, den der Clarissimus im Dienst der Kaiserin entwickelt!"

„Darüber gebührt allein mir die Entscheidung!" antwortete Placidia kalt. „Lucilius kennt seine Pflicht und ich danke ihm, wenn er der Unüberlegtheit des Kaisers Schranken zieht!"

Doch Valentinian zuckte die Achseln und entgegnete hämisch: „Wohl ihm! — Wie aber, wenn die Rehaugen Hildegunds ihm ein mächtigerer Sporn wären, als alle Gunstbezeugungen Placidias. Man will wissen —"

Das Antlitz der Augusta nahm einen erregten Ausdruck an, blitzschnell flogen ihre Blicke von Lucilius auf Valentinian und befehlend rief sie dem Letzteren zu: „Was weiß man, wer ist so kühn, durch schnöde Verleumdung Misstrauen gegen diesen in mir säen zu wollen?"

Aber Valentinian hatte seinen Zweck schon erreicht; er wusste, dass die bloße Andeutung genügte, um die Wucherpflanze der Eifersucht in Placidia jäh aufschießen zu lassen und mit erheuchelter Bescheidenheit antwortete er: „Der Eifer des Sohnes missfällt meiner Mutter; ich selbst glaube nicht an dieses Gerücht, so soll es auch nicht über meine Lippen kommen!" Und mit boshaftem Lachen verließ er das Gemach, Placidia mit Lucilius allein zurücklassend.

Voll Unwillen über die seltsame Verdächtigung stand der junge Recke inmitten des glänzenden Raumes. Er fühlte, dass er etwas sagen müsse, aber er fand kein Wort der Entschuldigung, da er sich keiner Schuld bewusst war.

Stürmischer gehrte es in Placidia. Ihre Wut auf Valentinian war durch die unglückliche Wendung des Kampfes, den Aetius erzwungen hatte, gesteigert.

Und jetzt, da sie sich ihres Lieblings als Boten an Aetius hatte bedienen wollen, jetzt weckte die scharfe Zunge des eigenen Sohnes den quälenden Argwohn in ihrer leicht verwundbaren Weibesbrust! Sie fürchtete nicht mit Unrecht einen zu heftigen Ausbruch ihrer Erregung; deshalb bedeutete sie Lucilius nur mit einer stummen Handbewegung, das Gemach zu meiden.

Aber als dieser blieb, ohne vor dem zürnenden Blick der Kaiserin zu erschrecken, sprach sie mit bebendem Mund: „Macht die Gunst, welche deine Gebieterin dir schenkte, dich so vermessen, meinem stummen Befehl zu trotzen?"

Da lautete seine Antwort: „Nicht aus Trotz bleib' ich, denn ich weiß, dass ich nichts meinem Verdienst, sondern alles nur der Gunst der Kaiserin verdanke. Allein wie ich mir keines Vergehens bewusst bin, vermag ich die Worte des Augustus nicht zu begreifen, noch zu deuten! Eins nur fühle ich: Neid und Hass verfolgen mich, seit ich meinen Fuß nach Ravenna lenkte und jede Mannestat wird am Hof Valentinians als ein Verbrechen gedeutet. Und würde den Kaiser nicht seine hohe Abkunft schützen, würde er unter den Streichen meines Schwertes büßen für alle Schmach, die er mir vor Deinem Angesicht zugefügt hat!"

Mit blitzenden Augen und glühenden Wangen stand Lucilius, einem jugendlichen Kriegsgott vergleichbar, der Kaiserin gegenüber. Von seinen furchtlosen Worten mächtig ergriffen, fand Placidia nicht den Mut, ihm strenger zu begegnen; ihre leidenschaftliche Neigung zu dem schönen Jüngling zog vielmehr aus seinem kühnen Auftreten neue, reiche Nahrung. Sie schalt sich im Geheimen selbst über ihr Misstrauen und fühlte lebhaftes Verlangen, ihren grollenden Liebling zu beschwichtigen.

Und huldvoll sprach sie jetzt zu diesem: „Was ziehst du die Stirn in Falten, Lucilius, was drohst du dem Hämischen, dessen Klage vor Deinem Manneswort verweht, wie der wallende Nebel vor dem Windhauch?!"

Seine Rechte erfassend, ließ sie sich mit ihm auf den Lectus nieder, ihre Hand legte sich auf seine Stirn und scherzend flüsterte Placidia: „Lass die Furchen den kahlen Häuptern meiner weisen Räte mit den wankenden Knien und den ausgebrannten Herzen! Auf Deinem stolzen Antlitz will ich die Spuren der Zweifel und ungelösten Fragen nicht sehen!"

Und siehe, bei der kosenden Berührung glätteten sich die Falten und die Listige übte ihre dämonische Macht wieder über den Jüngling aus. Ohne Widerstand ließ er sie gewähren und glaubte ihren Worten, als sie fortfuhr: „Verzeih meinen Argwohn, Lucilius! Um schweren Preis habe ich dich jüngst gewonnen; wehe mir und dir, wenn ich heute schon an deiner Treue Zweifel hegen musste! Denn dir hab' ich vertraut, wie keinem anderen, von dir erwarte ich Schutz und Hilfe, wenn mein entarteter Erbe sie nicht zu gewähren vermag. Einmal durfte sein Wille Deinen Rat verachten; er soll es nicht zum zweiten Mal! Du aber lass Placidia nicht dafür bezahlen, was man der Augusta wider ihren Willen abgerungen hat, lass mich nicht auch an dir verzweifeln, Lucilius!"

Leidenschaftlicher umschlangen ihre weißen Arme den Liebling; Lucilius aber schwieg. Er gedachte jener Stunde, als er zu den Füßen der üppigen Frau, von ihren Küssen berauscht, von Valentinian und dessen Gefolge aufgescheucht worden war. Kein anderes weibliches Wesen war mit gleicher Lockung zwischen ihn und Placidia getreten; aber er hatte Zeit genug gehabt, über die sinnverwirrende Form, in welcher ihm die Kaiserin ihre Gunst bewies, nachzudenken. Er fühlte zwar wieder eine Regung jenes Mitleids, das ihn einst so tief ergriffen hatte; aber er war in der Äußerung desselben vorsichtiger geworden und nicht zum zweiten Mal wollte er vergessen, dass das Weib, welches nach seiner Liebe verlangte, mit dem kaiserlichen Diadem geschmückt war.

Da weckte ihn die Stimme Placidias aus seinem Sinnen: „Ich warte auf deine Antwort, Lucilius!" Noch klang der Ton mehr bittend als befehlend; aber die Hand der Augusta ruhte nicht mehr auf seiner Stirn, und in ihren Zügen mischte sich dem verlangenden ein feindseiglauernder Ausdruck.

Doch uneingeschüchtert antwortete der junge Mann: „Dein Vertrauen erwarb ich unverhofft, — was hab' ich getan, dass du daran zweifelst? Mit zornglühendem Herzen, aber wortlos um Deinetwillen, ertrug ich den Hohn des Kaisers; welchen größeren Beweis meiner Treue kannst du von mir noch fordern? — Mit Arm und Schwert bin ich bereit zu dienen, — was kannst du noch fürchten?" —

Er hatte sich erhoben; seine Worte klangen überzeugend und selbstbewusst, und doch vermisste Placidia den süßen Wiederhall der Gefühle, die sie selbst hegte, das mächtige Liebeswehen, das sie entzündet zu haben nicht bezweifeln mochte. So stark fast, wie Lucilius sie angezogen hatte, stieß er sie ab; und dennoch lechzte sie nach einem Beweis seiner Gegenliebe, nach vollem Untertauchen in den Born seligen Liebesglücks! Welche Schranke gab es denn noch, vor der ihr Liebling in spröder Scheu zurückbebte und den Mut zu stürmischem Werben verlor?

Placidia überlegt umsonst, nur der Fingerzeig Valentinians bot ihrem Argwohn einen Anhaltspunkt. Wenn der Rat zum Frieden mit Aetius eine andere Triebfeder, als das Beste für die Kaiserin zu wollen, hatte, wenn jenes unerschrockene Eintreten für Gattin und Kinder des Empörers anderen, tieferen Beweggründen entsprang? — Aber jedes Mal wenn Placidia den Gedanken von sich weisen wollte, kehrte die Erinnerung daran doch immer wieder!

Vergebens dachte sie über ein Mittel nach, diese Gedanken zu unterdrücken. Sie selbst hatte ja den neuen Günstling zum Hüter Livias bestellt; ihm dieses Amt jetzt ohne Grund zu entziehen, verbot der Kaiserin ihr Stolz und die Scheu vor dem Spott Valentinians. Aber dafür gab es Wege genug, Lucilius ohne Schmälerung seines Ansehens eine Zeitlang fern zu halten und trefflich passten sie zum Wunsch Placidias, den Jüngling als Boten an Aetius zu benutzen. Musste sie dann auch länger, als ihrem Herzen lieb war, auf seine Nähe verzichten, — sie hatte dafür aber die

Sicherheit, dass kein Blick Hildegunds ihn dann noch erreichen und versuchen konnte.

Und die Augusta begann aufs Neue: „Willst du mir mit sprödem Trotz begegnen, Allzustolzer, hast du vergessen, was Placidia von dir fordern darf? Wen meine Lippen einmal berührten, der ist mein für alle Zeit, wen Placidia ihre Gunst würdigte, nach dem soll keine Sterbliche Verlangen tragen! Du sollst deiner Kaiserin ganz allein gehören, so bring auch du ein Opfer, du musst es bringen, hörst du, hörst du, Lucilius!"

Wie eine machtvolle Beschwörerin stand Placidia vor dem jungen Recken, und auch wie eine machtvolle Beschwörung lauteten und ergriffen ihn ihre Worte. Er sah, wie die Brust der majestätischen Frau sich stürmischer hob und senkte, sah ihren Blick, der tief in den seinen eintauchen wollte und sah, wie sie ihm ihre Arme entgegenstreckte. Da durchzuckte es ihn selbst mit versengender Flamme, für besonnenes Erwägen und ernstes Grübeln war kein Raum mehr und mit dem feurigen Ausruf: „Gebiete über mich!" stürzte er der Kaiserin zu Füßen.

Sie wollte ihn zu sich empor an ihre Brust ziehen; er aber verharrte in seiner ehrfurchtsvollen Stellung und sprach: „Nenne das Opfer, das du forderst; um den Preis deiner Gunst will ich vor Nichts zurückschrecken!"

„So höre!" antwortete Placidia. Und auf den Lectus niedergleitend, fuhr sie fort: „Ich bedarf eines Boten zu Aetius, der uns mit seinen barbarischen Horden feindlich naht. Es gibt keinen unter meinen Räten und Großen, den ich mit dieser Aufgabe betrauen mag, keiner außer Dir! Von dir erwarte ich, dass du den Grimm des Siegers mir zum Heil wandelst und um Placidias willen die Würde der Kaiserin nicht preisgeben wirst! Valentinian glaubt sich sicher, hinter Sümpfen und Mauern; ich weiß aber, dass Sümpfe und Mauern nicht ewige Hindernisse sind. Darum sollst du dich aufmachen, niemand darf es erfahren, bis zu dem Moment wo du als ein Bringer guter Nachrichten wiederkehrst. Dann sollen dich neue Ehren höher und höher heben, dann sollst du mein, ganz der meine sein!"

Wie zur Bestätigung des Gesagten neigte Placidia sich zu dem Jüngling nieder; ihr Mund ruhte auf dem seinen, doch nur für einen Augenblick. Denn Lucilius, von dem weiten Wirkungskreis, welcher sich ihm eröffnete, auf das Lebhafteste erregt, schnellte vom Boden empor und rief voll Eifer: „Mit tausend Freuden will ich den Weg in das Lager deines Feindes suchen. Ich danke meiner gnadenreichen Herrin, dass sie mich wählte, und mein Leben setze ich ein zum Pfand gewissenhafter Erfüllung!"

Gern und ungern hörte es Placidia. Sie nahm den Eifer ihres Lieblings als ein Zeichen seiner tiefen Neigung, die sich leichter in männlichen Taten als in zärtlichem Liebesgetändel offenbarte. Dennoch regte sich in ihr ein leiser Groll, weil er die Gunst der Stunde nicht besser zu nutzen verstand, und nur die Bewunderung seines Mutes und die Furcht vor dem Übermut des siegreichen Mösiers hielt ihrer verletzten Weibeseitelkeit, ihrem geheimen eifersüchtigen Argwohn die Waage.

Aber was sie heimlich empfand und doch nicht aussprechen wollte, gipfelte in der verfänglichen Frage: „Wer soll Weib und Kinder des Mösiers hüten, so lange du fern bist?"

Lucilius überlegte einen Augenblick, dann antwortete er: „Wo wären sie besser aufgehoben, als unter deiner schirmenden Hand? Lass Sempronius dir einen Schwur leisten, diese so gewissenhaft zu bewachen, wie ich es tat. Er soll stets wissen, dass sie der Preis sind, durch dessen Auslieferung wir von Aetius jede Schonung und Unterordnung erzwingen können!"

„Der Preis, um welchen wir Frieden schließen." bestätigte Placidia. „Verweigert er meine Bedingungen, so erleiden diese den Tod!"

Sie sah bei diesen herben Worten den Günstling forschend an; er aber antwortete nur: „Ihr Leben liegt in deiner Hand; du wirst ihr Blut nicht vergießen müssen!"

Placidia war befriedigt. Mit großer Entschiedenheit schärfte sie Lucilius die einzelnen Punkte der Unterhandlung ein; und als er endlich ihr Gemach verließ, da sah sie ihm mit leuchtenden Blicken nach, in der stolzen Zuversicht, ihn für die Zukunft mit unlöslichen Banden an sich gefesselt zu haben!

Beflügelten Schrittes war der junge Held von dannen geeilt. Das Herz lief ihm über und es wurde ihm schwer, seine Freude vor aller Welt zu verbergen. Denn nun erst schien ihm die Möglichkeit geboten, sein männliches Eintreten für Livia und die Ihren zum guten Ende zu führen, und dem Feldherrn den bedeutsamsten Dienst zu leisten. Wäre Hadubrand jetzt bei ihm, der rauhe Alte müsste seinen gelehrigen Schüler mit freundlichem Lächeln loben!

Doch durfte er auch aus dem Mund Placidias Lob erwarten? Stand er nicht vielmehr im Begriff, die hohe Frau zu täuschen, die sich ihm anvertraut und ihn mit unverdienten Ehren überhäuft hatte?! Lucilius stockte; das freudige Gefühl, das seine Brust schwellte, war nicht mehr rein, sondern mit einer Empfindung des Schuldbewusstseins gemischt. Wenn alles ihm auch unerbeten beschieden worden war, — er hatte es doch empfangen und genossen, er war dafür Dank und Treue schuldig. Die letztere konnte er nicht im Sinne Placidias bewahren; es musste einst der Tag kommen, an welchem sich offenbaren würde, zu wessen Gunsten Lucilius sich dem Eunuchen angeschlossen hatte.

Und doch blieb ihm keine Wahl, wenn er nicht das Wort, das er Hadubrand scheidend gegeben hatte, brechen und an dem verehrten Feldherrn zum Abtrünnigen werden wollte. Allein wie verlockend die Liebe der Kaiserin ihn immer umgarnt hatte, ihr eigener Auftrag sandte ihn ja gen Norden, ihre Wünsche geleiteten ihn. Dem Mösier sollte er verkünden, dass Livia sich mit Gaudentius und Hildegund in den Händen Placidias befinde, — er selbst war ihr Hüter und Wächter; so konnte und wollte er auch nicht ohne einen Gruß der Gefangenen vor Aetius treten!

Tief empfand Lucilius den inneren Zwiespalt, aber kein Zwiespalt sollte ihn am Handeln hindern. Mochten die Folgen seines Tuns ihm zum Heil oder Unheil ausschlagen, — sie mussten furchtlos erwartet und erduldet werden!

Große Vorbereitungen benötigte Lucilius nicht; er hatte in der rauhen Schule an der Grenzwacht Enthaltsamkeit kennen und üben lernen. Rasch war das Nötige beschafft und sein Ross stand gesattelt und gesäumt, des Reiters harrend. Aber bevor er aufbrach, trieb es ihn mit Macht zu der Frau, deren Leben es zu retten galt, wenn nicht jede Siegesfrucht für Aetius wertlos werden sollte.

Und der Jüngling begab sich in das Haus, welches, von seinen Untergebenen bewacht wurde und der Familie des Aetius als Aufenthalt diente. Bald befand er sich in der Nähe der Gesuchten, die mit einer Handarbeit beschäftigt war, während Hildegund der Mutter aus einem Papyrusheft vorlas.

Das Nahen des Hüters war unbemerkt geblieben.

Die Vorleserin hielt inne, sie sah, wie sich über die Wangen der Mutter ein perlender Tropfen stahl, sprang von dem Schemel, der ihr zum Sitz diente, auf und fiel der Kummervollen um den Hals, indem sie mit Verweis auf das eben Vorgelesene ausrief: „Weine nicht, süße Mutter, o weine nicht! Denn nicht, wie Creusa dem Gemahl, wirst du dem Vater entrissen werden, nicht wie Aeneas wird Aetius auf der trügerischen Salzflut umherirren, sondern als ein Sieger die Feinde überwinden und auch unsere Bande sprengen!"

Da küsste Livia die Pflegetochter auf die Stirn und antwortete: „O, wenn du nur Recht hättest, mein hoffnungsstarkes Mädchen! Auch ich hoffe mit dir, allein zur Hoffnung gesellen sich quälende Zweifel und in trüben Stunden will mich die Sehnsucht fast übermannen. Und als du jene Worte aus dem Lieblingsbuch des Vaters gelesen hast, da musste ich seiner Gedenken, wie er vor Monden siegesfreudig von uns Abschied nahm. Da schloss er dich und deine Brüder voll Stolz in seine Arme und sprach: ‚Nur den einzigen Sohn Julus nannte Aeneas sein — und verzagte nicht! Auf zwei stattliche Söhne und Hildegund, die Liebliche, dürfen wir schauen und sollten an der Zukunft verzweifeln?!— Und nun ist ihm nur Carpilion geblieben; über seinen anderen Kindern und über seinem Weib schwebt nun das Schwert des blutlechzenden Valentinian. Wer wird dieser Feindeswaffe ihre Schärfe nehmen können?"

Statt einer tröstenden Entgegnung, flüsterte Hildegund, die bei einer plötzlichen Wendung den Eingetretenen bemerkte, der Mutter hastig ein Wort zu. Mit fragendem Blick sah diese auf Lucilius und harrte seiner Anrede; er aber sprach eifrig und überzeugend: „Fragt nicht so sorgenvoll, edle Frau! Denn ihrer Schärfe ging die Waffe, die euren Gemahl bedroht, schon verlustig; Sebastian ist geschlagen und Aetius darf sich eines glänzenden Sieges rühmen!"

„Mein Gatte — siegreich?" — Bebend vor freudiger Erregung stieß Livia die Worte aus, während Hildegund am Hals der Mutter rief: „Der Vater hat gesiegt! Freue dich, Mutter, freue dich, denn nun erreicht unsere Gefangenschaft bald ein Ende!"

Doch die Botschaft war zu überraschend, als dass Livia sich ihr ohne Einschränkung hätte hingeben können; und er, der sie brachte, stand auf Seiten der Feinde ihres Gemahls, im Dienst Placidias! Durfte, konnte die Schwergeprüfte ihm dennoch unbedingten Glauben schenken?

Lucilius konnte ihrem Antlitz den Kampf zwischen Freude und Zweifel ansehen, deshalb sprach er eifriger noch, als zuvor: „Bedrückt euch die Nachricht so seltsam, findet ihr nicht den Mut, euer Herz der Freude rückhaltlos hinzugeben? So wisst denn, dass ich selbst auserwählt bin, mit dem Sieger im Namen Placidias geheim zu unterhandeln. Habt ihr mir nichts an den Gatten, den Vater, aufzutragen?"

Das Staunen Livias wuchs, aber sie hatte sich von ihrer Überraschung genügend erholt, um sich an Lucilius mit den Worten zu wenden: „Rätselhaft erschienst du mir an dem Tag, als dein mutvolles Handeln mich im Angesicht Placidias vor dem Wüten der Feinde und der eigenen Waffe schützte. Rätselhaft bist du mir geblieben, rätselhaft näherst du dich mir heute. Deinen Worten möchte ich Glauben schenken, und doch umfängt mich der Zweifel; deine Hand möchte ich dankbar erfassen, und doch weiß ich nicht, ob sich darin neben der Palme des Friedens nicht die Geißel des Schreckens birgt. So enthülle dich mir ganz; gib dich zu erkennen als Freund meines Gatten, oder lass uns den Wermutsbecher mit einem letzten Zug ganz leeren!"

Mit Mühe hatte Lucilius an sich gehalten, während Livia sprach; er sah, wie Hildegund die Augen angstvoll auf ihn richtete und verstand nun zum ersten Mal die hämische Äußerung Valentinians. Wie so ganz anders, als die Blicke Placidias, traf ihn der Strahl dieser Augen! Und als er ihnen nun begegnete, — wie unendlich rührend sprach ihr stummes Flehen, bis die langen Wimpern sich senkten und Hildegund sich hochklopfenden Herzens hinter die Mutter zurückzog, um die Röte zu verbergen, welche ihr plötzlich in die Wangen stieg.

Lucilius aber sprach ohne Bedenken voll Herzlichkeit zu Livia: „Ja, ihr sollt alles erfahren! Was ich euch seit dem Tag Eurer Herkunft gern vertraut hätte, das soll euch nun endlich kein Geheimnis mehr bleiben!"

Und er begann, den atemlos Lauschenden zu berichten von jener ersten Begegnung mit dem Landflüchtigen am Grenzstrom, bis zu seinem eigenen Eintreffen in Ravenna. Kurz ging er über die Art und Weise hin, in welcher er das Vertrauen Placidias gewonnen hatte, um endlich seinen entscheidenden Ausruf in jener Stunde höchster Gefahr zu erklären.

Doch er bedurfte der Erklärung nicht mehr; denn deutlich fühlte Livia, dass nur aufrichtige Bewunderung und herzliche Zuneigung den Mut des Jünglings zu dem gefährlichen Wagnis angespornt hatten. Sie musste seinen Worten glauben, dem offenen Antlitz und den von innerer Freude leuchtenden Augen, die mehr sagten, als hundert Eide.

Und sie fasste seine Rechte und mit einer Stimme, in welcher ihre tiefe Bewegung nachhallte, sprach Livia: „Mehr als mein Gemahl und ich dir jemals vergelten können, hast du an uns und den unseren getan, du wagemutiger Held! So zürne einer jüngst noch Trauernden nicht, wenn sie dich lange verkannt und an dir gezweifelt hat; fortan sollst du meinem Herzen nah stehen, als wärst du ihm selbst entsprosst. Ich aber segne und preise glücklich den Mann, welcher dich mit freudigem Stolz Sohn nennen darf, glücklich das Weib, welches dir das Leben schenkte!"

In das Gemach war Gaudentius getreten, der verwundert zuerst auf die Mutter, dann auf Lucilius schaute. Da rief ihn Livia mit Namen, deutete auf Lucilius und sprach zu dem Sohn: „Auf diesen sieh, den du in kindischer Überhebung so oft schmähtest. Den Zorn eines Kaisers nicht scheuend, nahm er uns in seinen Schutz um deines Vaters willen. Stark und keiner eitlen Regung Untertan, ertrug er unseren Argwohn, bis der Tag erschienen ist, an welchem er sein Werk vollenden und ausziehen will, um Deinem Vater Kunde unseres Schicksals zu bringen. Noch bist du zu jung, um die Größe solchen Handelns ganz ermessen zu können; aber einst, wenn du gleich diesem Edlen die Schwelle des Mannesalters überschreiten wirst, gedenke unseres Retters. Und sollte dir Gelegenheit zu gleicher Tat werden, so handle gleich diesem, hochherzig und ohne Menschenfurcht!"

Beschämt vernahm der Lucilius sein Lob aus dem Mund der edlen Frau; einer unwillkürlichen Regung folgend, streckte er seine Hand dem Knaben entgegen und Gaudentius, in dessen Brust die Worte der Mutter mächtig wiederhallten, sah mit scheuer Ehrfurcht zu dem Gepriesenen empor. Aber wenn der Sohn des Mösiers seiner veränderten Gesinnung keinen Ausdruck zu geben vermochte, fand Hildegund umso besser das rechte Wort. Mit gesenkten Lidern schritt sie auf Lucilius zu, doch wie milder Sonnenschein traf ihn der warme Strahl ihrer Augen und ungekünstelt floss ihr von der Lippe der Dank, der aus tiefstem Herzen entsprang.

Mit wundersamer Genugtuung und einem Frieden, den er lange nicht mehr empfunden hatte, erfüllte dieser Dank Lucilius. Unwillkürlich musste er vergleichen zwischen Placidia und Livia, zwischen der starken und auch im Unglück unerschütterlichen Liebe, mit welcher die schwergeprüfte Gattin des Mösiers an ihrem Gemahl und ihren Kindern hing, und dem Widerwillen, mit welchem Placidia von Valentinian sprach, — zwischen der gefassten Weibeshoheit Livias, der keuschen Jungfräulichkeit Hildegunds und der erotischen Glut, mit welcher sich Placidia ihm genähert hatte. Im Kaiserpalast war sein Herz bei aller Verwirrung seiner Sinne unbefriedigt geblieben, während ihn hier alles auf das Wärmste anzog. Er hätte stundenlang verweilen können, aber seine Zeit war gemessen und ihn selbst drängte es, den letzten schwierigen Teil seiner Mission zu beginnen.

Der Bote Placidias wandte sich deshalb an Livia mit den Worten: „Zuviel des Dankes häuft ihr auf mich, bevor mir das Letzte gelungen ist. Darum lasst mich jetzt von euch Abschied nehmen; denn jede Stunde, die ich länger verweile, schiebt eure Erlösung um eine neue Zeitspanne hinaus!"

„So geh denn!" antwortete Livia. „Und wenn du das Angesicht meines Gemahls erblickst, so sage ihm, dass Weib und Kinder seiner voll Sehnsucht harren und die Tage zählen, bis er uns wieder in seine Arme schließen wird. Zum Beweis, dass er dir glauben kann, wie ich, nimm diesen Dolch; mein Gemahl kennt ihn und auch du hast ihn in einem Augenblick der Verzweiflung in meiner Hand blitzen sehen. Ich bedarf seiner nicht mehr, dir aber soll er den Weg ebnen, bis du ihn mir an der Seite meines siegreichen Gatten wiederbringst!"

Lucilius verstand die Mahnung; ernsten Blickes empfing er die Waffe und erwiderte feierlich: „Ob mein Werk gelingt oder nicht, Eines gelobe ich euch mit meinem Leben: Dieses Erz soll wieder in eure Hand zurückgelangen. Bis dahin gehabt euch wohl! Sempronius ist euer Hüter und Schützer statt meiner; seiner Rechtlichkeit dürft ihr Vertrauen schenken! Lebt wohl!"

Mit einem letzten herzlichen Blick auf Hildegund und Livia verließ Lucilius das Gemach. — Eine Stunde später, als die Dämmerung ihre Schwingen über die Erde breitete und aus den Sümpfen um Ravenna die Nebel aufwallten, trabte der Bote Placidias aus einem der Tore, den Weg gen

Norden einschlagend, dorthin, wo er Aetius und seinen Verbündeten sicher zu begegnen hoffen durfte.

Siebentes Kapitel

Freude herrschte im Lager des heranrückenden Feldherrn, Freude über den glänzend errungenen Sieg! Der eine Schlag hatte die Gestaltung der Zukunft entschieden, wenn es Aetius gelang, seinen Vorteil rasch und ungehemmt auszunützen. Und dazu war er so entschlossen, wie seine Begleiter.

Nur über einen Punkt konnten sie zu keiner Einigung gelangen. Aetius betrachtete Ravenna, die Stadt, in welcher Placidia und Valentinian Hof hielten, als nächstes Ziel, während Orestes und Scotta ihre Heergruppen nach Rom führen wollten. Dem ehrgeizigen Pannonier, der im Dienst des Hunnenkhans längst vergessen hatte, dass römisches Blut in seinen Adern floss, war die Eroberung der Weltherrscherin so wichtig, wie dem hunnischen Würdenträger. Der Stolz des Orestes suchte seine höchste Befriedigung in dem Gedanken, den Spuren des großen Goten Alarich zu folgen und das einzige Rom, dessen Zauber trotz allen Niederganges noch immer gewaltig fortwirkte, zu überwinden. Dem Tatendrang und der Beutelust des Barbaren dagegen erschien Rom als der Prüfstein der hunnischen Macht, als die unerschöpfliche Fundgrube für alle jene Schätze und Kostbarkeiten, nach welchen die Söhne der Steppe umso sehnlicher begehrten, als ihnen durch Kampf und Raubzüge bisher nur ein geringer Teil derselben in die Hände gefallen war.

An die Möglichkeit des Misslingens glaubten die beiden nicht; nur schien es ihnen nicht ratsam, die Kräfte des Heeres durch die mühsame Belagerung der festen Plätze auf ihrem Weg aufzureiben. Den Widerspruch des römischen Feldherrn und Verbündeten hofften sie allmählich zu überwinden; sie glaubten, dass er, dessen ganze Kraft auf der Treue seiner hunnischen Streitmacht beruht, nicht so unklug und übermütig sein werde, sich ihnen dauernd zu widersetzen.

Doch Aetius war nicht der Mann, sich gegen seine bessere Erkenntnis bestimmen zu lassen; er war vor allem viel zu sehr Römer, um jemals seine Einwilligung zu dem Zug gegen die Hauptstadt des abendländischen Reiches geben zu können. Wenn er seine abweichende Meinung auch in die höflichste Form kleidete, so erfüllte doch Unmut und Grimm sein Herz und er beschloss nur umso entschiedener, seinem Willen Geltung zu verschaffen.

Mit peinlichster Selbstüberwindung hatte er schweigend dulden müssen, dass die barbarischen Horden das Land auf ihrem Siegeszug brennend und plündernd durchschwärmten; aber es waren Kinder Roms, die unter den Messern der Hunnen verbluteten, es war römisches Gut, das sich diese aneigneten. Solchem Unheil musste, sobald es sich tun ließ, ein Ende gemacht werden. Sein Ziel hatte Aetius mit der Demütigung des Herrschergeschlechtes erreicht; dazu sollten ihm die Scharen Attilas noch helfen, aber den Lohn für ihre Dienste nicht am Tiberstrand, sondern an den Flüssen Galliens und Aquitaniens finden.

Unter den drei Führern hatten wiederholte Beratungen stattgefunden; schon war die Ebene von Venetien von dem Heer durchmessen, schon tränkten die hunnischen Reiter ihre Rosse in den Fluten des Padus[5]. Nun aber galt es, einen endgültigen Entschluss zu fassen, ob man den vielarmigen Fluss überschreiten und bis nach Ravenna vordringen, oder über die Passe des Mons Apenninus den Weg nach Rom einschlagen wollte.

Unbeugsamer, als je, hielt Aetius an seinem Willen fest; doch Orestes und Scotta wollten von ihrem Lieblingsgedanken ebenso wenig abgehen und fast schien es, als sollte es zu keiner Einigung kommen. Selbst die im Hunnenlager erneute Freundschaft des Pannoniers mit dem mösischen

---

[5] Jetzt Po

Helden bewährte sich nicht mehr, als die Interessen beider Männer sich widerstrebten. Nur die Erkenntnis, dass einer ohne den anderen eines Teiles seiner Kraft beraubt wäre, hielt den offenen Bruch noch zusammen.

Tage waren über fruchtlosen Verhandlungen verronnen; der unbändige Wandertrieb der barbarischen Horden musste den Führern eine dringende Mahnung zum Aufbruch sein und dennoch schien keine Verständigung der Befehlshaber möglich. Immer schärfer wurde der Meinungsaustausch, immer finsterer die Miene des Römers und seiner Verbündeten. Den Unterhäuptlingen konnte der Zwiespalt nicht verborgen bleiben und inmitten der hunnischen Scharen fiel manches bedrohliche Wort gegen Aetius.

Da wurde der Mut des stolzen und selbstbewussten Mannes auf eine harte Probe gestellt; deutlicher, denn je, erkannte er die unüberbrückbare Kluft, welche ihn von diesen trennte, und gelobte sich insgeheim, nie wieder ihre Hilfe zu fordern. Schon zählte sein Auge die Gruppen der römischen Krieger, welche sich dem siegreichen Feldherrn auf seinem Weitermarsch angeschlossen und ihm Treue geschworen hatten. Noch war ihre Zahl zu klein, als dass Aetius sich ihrer gegen die Hunnen mit Erfolg hätte bedienen können; aber sie wuchs von Tag zu Tag und wenn ihn seine Berechnung nicht trog, musste sie in nicht zu ferner Zeit mächtig genug angewachsen sein, um ihm den Rückhalt zu gewähren, dessen er bedurfte. Dann wollte er die Freundschaft der Barbaren, die jetzt schon gleich einem Joch auf ihm lastete, mit einem Mal abschütteln, dann wollte er —

Doch Aetius musste seines Sohnes Carpilion gedenken! Nicht ohne Absicht hatte der Steppenfürst gerade ihn als Geisel gewählt, nicht ohne Grund die listige Forderung Attilas Aetius damals so tief erregt. Carpilion verdiente fürwahr ein besseres Los, als dem barbarischen Rachegelüst des Hunnenkhans zum Opfer zu fallen. Aber umsonst überlegte Aetius, wie es ihm gelingen könne, sich der Verbündeten zu entledigen, ohne den Jüngling einem herben Geschick zu überliefern. Und die Siegesfreude schwand vor der Sorge, wie die Freundschaft mit Orestes vor der Zwietracht, die immer kecker das schlangenumwundene Haupt erhob.

Da brachte ihm zu guter Stunde Hadubrand die Meldung, dass jener junge Römer, der im Geleit des Eunuchen Heraklius nach Ravenna gezogen war, den Feldherrn zu sprechen begehrt. —

Dem Lager nahend, war der Bote Placidias von den hunnischen Wachen aufgegriffen worden; auf dem Weg zum Zelt des Oberfeldherrn hatte Hadubrand den ehemaligen Waffengefährten erkannt und in herzlicher Freude des Wiedersehens vor den Augen der Barbaren in die Arme geschlossen. Nun aber harrte Lucilius am Eingang des Zeltes voll Spannung auf den Augenblick, in welchem er mit seiner wichtigen Botschaft vor das Angesicht des verehrten Mannes treten durfte.

Erstaunt vernahm Aetius die Nachricht; ihm war von Hadubrand ausführlich berichtet, in welcher Art Lucilius sich dem Gefolge des treulosen Eunuchen angeschlossen hatte. Ohne den Boten mehr als vom Sehen zu kennen, empfand der Mösier doch wegen des Eifers, mit welchem der Jüngling ihm zu dienen bestrebt war, herzliche Zuneigung zu diesem; und als ahnte er, dass sein Kommen Gutes bedeute, rief er dem Germanen in freudiger Erregung zu: „Führ ihn herein, der von Ravenna hergezogen ist, um mir Kunde zu bringen! Er soll mein Angesicht nicht vergebens suchen!"

Hadubrand ergriff die Hand des Freundes und geleitete ihn zu Aetius. Prüfend ließ Dieser seinen Blick auf dem Eintretenden ruhen; noch schwiegen beide, aber in den Zügen des Feldherrn las Hadubrand Wohlgefallen an dem jungen Mann.

Der Germane wollte darauf geräuschlos das Zelt verlassen, doch der Mösier gebot ihm mit freundlichem Wort zu bleiben. Dann wandte sich der Letztere an Lucilius und sprach, ihm die Hand entgegenstreckend: „Du bist mir kein Fremder! Hadubrand hat mir alles berichtet und Aetius weiß dir zu danken! Uneigennützig bist du für mich eingetreten; so lass mich hören, ob Deinem Streben Erfolg beschieden war, lass mich wissen, ob ich in Ravenna das Ziel meiner Kämpfe erreichen werde oder nicht!"

Und Lucilius entgegnete ihm: „Dass mein Tun nicht vergeblich war, darf ich mit Freuden bekennen, denn als Bote zweier hohen Frauen nahe ich Euch. Placidia ist die eine, —"

„Placidia?" Ein triumphierendes Lächeln umspielte den Mund des Feldherrn und er unterbrach den Jüngling mit der Frage: „Was hat mir die Augusta durch dich zu sagen? Doch du nahst nicht in feierlichem Aufzug, mit Gold und Dienerschaft prahlend, sondern in der schlichten Rüstung des Soldaten; wie kommt es, dass sie, der Tausende gehorchen, gerade dich zum Boten wählte?"

„Lasst mich es euch später erzählen." erwiderte Lucilius. „Ich sprach von zwei hohen Frauen; möchte ihr nicht auch den Namen der Anderen erfahren?"

„Der Anderen? — Wer kann sie sein, welche Frau wäre noch zu Ravenna, deren Botschaft für mich so wichtig sein könnte, wie diejenige Placidias?"

Da reichte Lucilius den Dolch, welchen Livia ihm jüngst gegeben hatte, dem Frager hin. Kaum aber hatte dieser die Waffe berührt, als er in gewaltiger Erregung die Worte ausstieß: „Der Dolch gehörte mir, in meinem Palast zu Narbo, von dort kann er nur geraubt oder im Besitz meines Weibes, — ja, so muss es sein, Livia gab dir den Dolch! Doch wie kommen Livia und Placidia zusammen? Wurde mein Weib die Beute, die Gefangene der Kaiserin, — so sprich! Doch was frage ich, — der Dolch bestätigt es ja! — Sag mir nur: Lebt mein Weib, leben meine Kinder noch, oder —?"

Er vollendete den Satz nicht, er hatte es nicht nötig, denn freudenvoll antwortete ihm Lucilius:

„Sie leben alle unter sicherem Schutz; eure edle Gemahlin selbst gab mir den Dolch als Zeichen, dass ihr mir vertrauen dürft!"

„Mein Weib, meine Kinder leben? — O, so mag kommen, was da will, mich soll nichts mehr schrecken! Doch nun rede, rede und sag mir alles, was du von ihnen weißt!"

Und Lucilius begann von Livia und den Ihren zu erzählen, oft von den Fragen und Dankesworten des Feldherrn unterbrochen. Der sonst so gefasste und besonnene Mann tat sich hier keinen Zwang an, er fühlte, dass er es nicht zu tun brauchte.

Als der junge Gesandte beendet hatte, glänzte das Auge des Helden in ungewohntem Schimmer und seine Mannesstimme bebte, während er sprach: „Größeres, als du selbst vor Zeiten ahnen konntest, hast du für mich getan! Ich weiß nicht, ob dein Vater und deine Mutter noch leben; aber eines gelobe ich dir heute und gelten soll es für alle Zeit: Wenn je dein Glück sich wenden und auch für dich ein Tag voll Gefahren anbrechen sollte, erinnere dich meines Wortes, komm zu mir, rufe mich an und alles, das du jüngst für die meinen wagtest, will ich für dich wagen!"

Er schloss den Jüngling in seine Arme, während Hadubrand mit freudigem Stolz auf Lucilius blickte und halblaut vor sich hinmurmelte: „Der junge Löwe fand einen besseren Tummelplatz für seinen Mut, als die Wacht am

Grenzstrom. Bei Thor und Wotan! Tapferer hätte kein Germane handeln können!"

Dann schritt er auf den ehemaligen Genossen zu mit den Worten: „Du hast dein Wort gehalten wie ein Mann, Lucilius! Dafür sollst du von mir, dem Alten, hinfort wie ein Mann geehrt werden!"

Doch lächelnd erwiderte der junge Mann: „Wie dein Freund, Hadubrand! Mehr begehre ich nicht!"

Aber nun ergriff Aetius die Rechte des Germanen und sie kräftig schüttelnd, sprach er: „Das sturmerprobte Alter und die blühende Jugend gesellen sich mir aus freien Stücken; da muss der Kampf ein siegreicher, der Ausgang ein glücklicher sein!"

Dann fuhr der Mösier fort: „Über die Kunde von den Meinen vergaß ich die Botschaft Placidias; lass mich sie jetzt hören!"

Lucilius tat, wie der Mösier gebot, und mit Spannung lauschte Aetius. Nun hatte er einen Grund, welchem sich seine Verbündeten selbst nicht verschließen konnten: den unblutigen Gewinn Ravennas! Denn so tief hatten Furcht und Lebenslust den Stolz Placidias gebeugt, dass sie um den Preis der Wahrung aller kaiserlichen Würden und Rechte für sich und Valentinian, ihrem Gegner den ungehinderten Einzug mit einem Teil seines Heeres in Ravenna anbieten ließ. Nicht minder sollte Aetius unter den beiden Ämtern, welche die höchste Gewalt in sich schlossen, dem Heermeister und Patricius generalissimus, die Wahl freistehen. Und schließlich sollte er sich verpflichten, seine hunnischen Verbündeten durch römisches Gold, wie vor einem Decennium, zum Rückzug zu bewegen!

Aber Lucilius durfte auch den zweiten Teil seiner vertraulichen Sendung nicht verschweigen: Die Drohung Placidias, wenn Aetius auf die gestellten Bedingungen nicht eingehen würde.

Lächelnd hatte der Feldherr die erste Hälfte der Botschaft vernommen. Was ihm Placidia übermitteln ließ, war dasselbe, das er zugestanden und gefordert hätte. Aber die Drohung der Kaiserin empörte ihn tief, so sehr Lucilius sich auch bemühte, die Bedeutung derselben abzuschwächen. Sie belehrte Aetius in der peinlichsten Weise, dass sein teuerstes Gut sich in den Händen solcher Widersacher befand, die sich seinem Willen nur grollend beugten.

Seinen Sorgen und Selbstvorwürfen mischte sich eine Regung herben Unwillens, dass Placidia fähig war, um seinetwillen die Schuldlosen zu bedrohen. Und doch hätte die Geschichte seiner eigenen Zeit ihn lehren können, dass Vergeltung und Rachelust ganze Geschlechter leiden ließ und erbarmungslos ausrottete um der Gunst oder Bedeutung willen, zum Vorteil eines einzigen.

Aus dem Unmut aber zog des Feldherrn tiefwurzelnde Verachtung Placidias, und mehr noch ihres Sohnes, neue Nahrung. Er hätte jetzt lieber mit bewaffneter Hand das feste Ravenna gestürmt und seine feigen Gegner im blutigen Kampf überwunden, als mit ihnen Frieden geschlossen. Nur der Gedanke an die Gefährdung der Seinen zwang ihn zur Nachgiebigkeit mit blutendem Herzen und knirschendem Mund.

Es war nicht die Absicht des Mösiers, Lucilius zum Zeugen seiner innersten Stimmung zu machen, und dennoch entfuhr ihm der zornige Ausruf: „Fürwahr, es steht der Kaiserin schlecht an, ihren Bitten die grausame Drohung folgen zu lassen. Placidia vergisst, dass die Hand, die um des Friedens willen das Schwert heute in die Scheide stößt, es morgen wieder ziehen kann. Voller Makel als Weib, befleckt sie auch ihren Herrschermantel durch die verächtlichen Waffen, die sie als Kaiserin führt! Doch," — unterbrach er sich plötzlich, indem er sich an Lucilius wandte, — „um der freudigen Botschaft willen, die du mir brachtest, soll die Drohung der würdelosen Augusta vergessen sein und nur ein Streben mich erfüllen!"

Und dem Germanen winkend, sprach Aetius zu diesem: „Lade den Geheimschreiber des Hunnenkhans und Scotta, seinen Begleiter, in mein Zelt! Sag ihnen, es sei gute Nachricht eingetroffen und heute noch müsse das Heer aufbrechen, um sein Lager bald in römischen Palästen aufzuschlagen!"

Hadubrand wollte den Befehl gehorchen, aber es bedurfte dessen nicht mehr. Denn Orestes und Scotta, denen die Ankunft des Römers von den hunnischen Wächtern hinterbracht war, nahten bereits aus eigenem Antrieb.

Freudiger, als an den vorhergehenden Tagen, begrüßte Aetius die beiden, während Lucilius ihnen seine Aufmerksamkeit nur halb zuwandte. Denn in der Brust des Jünglings hatte das herbe Wort des Feldherrn über Placidia Wurzel gefasst; nun schien ihm das bisher so glänzende Bild des schönen Weibes plötzlich verändert und getrübt. Und er selbst, dem sie höchste Gunst erwiesen hat, und mehr noch versprochen hatte!?

Das Gefühl eines tiefen Zwiespalts zwischen dem scharfen Urteil des Feldherrn und seinem eigenen erwachte in ihm und gern hätte er jenes bekämpft. Er versuchte es in Gedanken, er rief sich seine Erlebnisse am Hof Placidias ins Gedächtnis zurück; aber alles, das er bis heute als Ausfluss ihrer kaiserlichen Machtfülle und tiefen Zuneigung betrachtet und freudig empfangen hatte, erschien ihm nun als zweideutige Gabe. Ihm war, als habe Aetius ihm ansehen müssen, wie fest ihn Placidia schon in das goldene

Netz ihrer Gunst und Reize verstrickt hatte; ihm war, als sei er selbst durch die Berührung der Kaiserin des Makels, der auf ihr lastete, teilhaft geworden!

Aus seinem Sinnen rüttelte ihn schließlich der Zuruf Hadubrands und er verließ mit diesem das Zelt, um sich in Gemeinschaft des beglückten Alten nach den Anstrengungen des weiten Rittes zu laben und zu stärken.

Unterdessen teilte Aetius seinen Verbündeten den Antrag der Kaiserin mit. Beredt schilderte der Feldherr diesen den ungeheuren Vorteil, welcher aus dieser unerwarteten Fügsamkeit der Augusta entstand und forderte sie wiederholt auf, endlich ihren Widerspruch abzulegen.

Doch wenn er gehofft hatte, die beiden jetzt bereitwilliger für sein Vorhaben zu finden, so sollte er nur zu bald eines anderen belehrt werden. Orestes witterte hinter der Botschaft der Kaiserin eine römische Kriegslist, Scotta bekannte offen, dass alles Gold Ravennas wenig im Vergleich zu der Masse desjenigen sei, das er in Rom zu erbeuten hoffte.

Da überlegte Aetius einen Augenblick, ob er die Nachricht von der Gefangenschaft der Seinen als letzten Grund in die Waagschale werfen sollte, um den trotzigen Sinn des Barbaren und den Ehrgeiz des Pannoniers zu überwinden. Allerdings fühlte er, dass seinen Entschlüssen durch solche Offenheit falsche Beweggründe untergeschoben werden konnten; dennoch wollte er das Mittel nicht unversucht lassen.

Und er begann: „Als euer erhabener Gebieter die Scharen der Hunnen meinem Befehl unterordnete, gab er mir euch zu Begleitern, nicht um eigenwillig meine Pläne zu kreuzen, sondern um sie zu fördern. Nur auf eines solltet ihr euer Augenmerk richten: dass Nichts geschehen wird, wodurch ihr und er, der euch sandte, in Nachteil geraten würdet. Wir haben durch die Tapferkeit der hunnischen Geschwader einen großen Sieg erfochten; ihr aber erkennt in der Siegesfreude nicht an, dass allein mein Wille die Scharen lenkte. Die Bedeutung dieses Sieges voll zu würdigen, ist uns erst heute vergönnt; und heute, da sich mit dem gedemütigten Kaiserhof zu Ravenna das Ziel unseres Kampfes zeigt, wollt ihr es vermessenen Mutes ins Unendliche hinausrücken! Ihr wisst, was Attila euch geboten hat; und doch wollt ihr kühner sein, als der Kühnste Eures Volkes? — ihr kennt den Preis, welchen ich Eurem Gebieter zugestanden habe; und dennoch wollt ihr aus dem Kampf einen Raub und Beutezug machen! Unklug wärt ihr, mir Eurem Willen aufzuzwingen, während hinter uns Städte und Provinzen sich erheben würden und sicherer Untergang die Frucht Eures Tuns wäre! — Aber Eines wisst ihr noch nicht und ich selbst habe es in dieser Stunde erst erfahren: Hinter den Mauern Ravennas, in der Gewalt Placidias schmachtet Livia, mein Weib, mit Gaudentius und Hildegund, unseren Kindern!"

Orestes und Scotta, die bisher mit feindseligen Mienen den Blick ihres Verbündeten gemieden hatten, sahen ihm jetzt beide gleich erstaunt in das Antlitz. Aetius aber fuhr fort: „Über ihren Häuptern brütet der Hass Valentinians und die Arglist des treulosen Heraklius; Placidia selbst bedroht ihr Leben, wenn wir nicht ungesäumt Frieden schließen. Wollt ihr noch, dass wir Ravenna hinter uns lassen, dass mein teuerstes Gut der Rache des Augustus zum Opfer fällt, während unser ein ungewisses Schicksal harrt?"

Nun war es das Auge des Feldherrn, welches sich forschend auf die beiden richtete. Orestes zögerte mit der Antwort; er fühlte, dass es schwer sei, jetzt noch auf seinem Willen zu beharren; aber nicht minder schwer wurde es ihm, von seiner Meinung abzugehen.

Scotta dagegen sprach mit gehässigem Ton und finsterem Blick: „Die Klagen der Weiber und Kinder sollen Männern, die nach der Herrschaft trachten, den Arm nicht lähmen. Wir haben auf unserem Siegeszug Tausende von Hab und Gut getrieben und weder Müttern noch Kindern Schonung gewährt; was sollten wir sie heute üben, da es sich um das Leben so weniger handelt? Ich gehe nach Rom, mag nach Ravenna gehen, wer da will!"

Er machte eine Wendung, als ob er das Zelt verlassen wollte, doch ein Zuruf des Pannoniers hielt den Ungestümen noch zurück.

Aetius aber, dessen Antlitz die Glut des Zornes höher färbte, würdigte den Barbaren keines weiteren Wortes, sondern rief Orestes, von Erregung bebend, die entscheidende Frage zu: „Und was gedenkst du zu tun?"

Noch immer zögerte der Angeredete mit seinem Bescheid. Da hielt der Feldherr nicht länger an sich, sondern brauste auf: „Dein Schweigen sagt mir mehr, als Worte vermöchten! Wohlan, so zerreiße ich hier das Bündnis mit euch beiden, nicht mit Attila; so mögt ihr euch sehenden Auges in das Verderben stürzen, — ich ziehe nach Ravenna! Treibt eure Schwärme nur südwärts, ihr bereitet ihnen und euch selbst den Untergang. Aber Attila soll wissen, dass der Bruch nicht mein, sondern euer Werk ist, Attila soll richten zwischen euch und mir!" —

Mit diesen Worten schritt Aetius an den Ausgang seines Zeltes. Doch Scotta vertrat ihm den Weg und rief, kaum minder erregt, als jener: „Erst sage mir, welche Tollheit du ersonnen hast!"

„Die römischen Scharen, die sich uns angeschlossen haben, will ich von den euren trennen. Das ist keine Tollheit, sondern meine Pflicht; wer möchte es mir verwehren?"

„Ich!" entgegnete Scotta. „Die Beute, die wir verschmähen, soll auch nicht die deine werden. Du gehst mit uns, oder endest deine Laufbahn samt jenen Römern an den Ufern des Padus!"

„Soll das eine Drohung sein?" Das Auge des Mösiers sprühte Flammen und seine Stimme dröhnte wie Trompetenklang: „So wisse, Barbar, dass ich deiner Drohung spotte! Bist du aber so kühn, wie dein Ansehen ausdrückt, so soll diese Stunde zwischen uns entscheiden. Die Waffen sind zur Hand; lass sehen, ob römisches Erz nicht heute noch stark genug ist, die Tücken der Steppensöhne zunichte zu machen!"

Im nächsten Augenblick fuhr das Schwert des Feldherrn aus der goldverzierten Scheide und Scotta schien nur die Wahl zwischen schmählichem Rückzug oder blutigem Zweikampf zu haben.

Doch der ebenso listige, wie entschlossene Barbar hatte schon für einen anderen Verlauf des Zwistes gesorgt. Mit wenigen Schritten trat er an den Eingang, riss den Teppich, welcher den Zutritt nach außen abschloss, zur Seite und im nächsten Augenblick drangen Scharen bewaffneter Hunnen in das Zeltinnere. Auf gespannten Bogen hielten sie die Pfeile schussbereit gegen die Brust des Mösiers gekehrt, in wilder Mordlust nur eines letzten Befehls harrend, um die todbringenden Geschosse aus nächster Nähe sicher treffend zu entsenden.

Aetius erblasste, aber nur für eine Sekunde; dann rief er dem höhnisch dreinschauenden Barbaren zu: „Ist das dein Mut, Scotta, willst du mich hinterlistig ermorden lassen?" — Sich gegen Orestes wendend, fuhr er fort: „Bist du an diesem Verrat mitschuldig, glaubst du dem Sohn des Mundzuch auf solche Weise gut zu dienen?" — Und die Schar seiner Bedroher fest ins Auge fassend, redete er sie in hunnischer Sprache gebieterisch an: „Ihr, die meine Hand zu Sieg und Beute führte, wer ist unter euch, feige wie ein

Wolf, und treulos wie ein Schakal, seine Waffen mit meinem Blut besudeln will?"

Ein vieldeutiges Grinsen war die einzige Antwort und schon dachte Aetius daran, sich, bevor ihn die Pfeile der Hunnen durchbohrten, mit einem letzten kraftvollen Schlag an Scotta zu rächen.

Doch, vor dem Zelt wurde es plötzlich laut, Stimmengewirr erschallte am Eingang und als Scotta sich verdrossen umwandte, um zu sehen, was die Veranlassung des Lärmes sei, erfasste ihn Staunen und Bestürzung. Denn zur Seite des Goten Optila betrat Oneges das Zelt.

Den gotischen Krieger hatte Aetius seiner Zeit mit der Siegesbotschaft an den Hof des Hunnenkhans gesandt; zur guten Stunde kehrte er jetzt zurück und die große Bedeutung, welche Attila diesem Erfolg beimaß, ging am besten daraus hervor, dass er Oneges selbst dem zurückeilenden Optila beigesellt hatte. Nun aber stand der im Dienst des Steppenfürsten so eifrige Grieche mit befremdeten Mienen dem Rätsel gegenüber, das sich ihm hier zeigte.

Nicht minder groß war das Erstaunen des Feldherrn; er wusste ja nicht, ob er das Nahen des Oneges sich zum Guten oder Bösen deuten sollte, ob Scotta und Orestes im heimlichen Einverständnis mit dem vielvermögenden Griechen gehandelt hatten, oder nicht.

Da befahl der Vertraute Attilas der Hunnenschar, das Zelt zu verlassen. Als jene sich entfernt hatten, begann Oneges: „Ich bin gekommen, den siegreichen Führern Gruß und Dank meines erhabenen Gebieters zu bringen; doch dem Nahenden bot sich ein unerfreuliches Schauspiel! Von hunnischen Geschossen sah ich deine Brust, Aetius, bedroht; feindselig blickt Scotta und finster zuckt es um Orestes Brauen. So sprecht, was ist geschehen, das die Sieger zu Feinden macht? du, Aetius, warst der Bedrohte, rede du zuerst!"

Aus den Worten des Griechen hatte der Mösier die Beruhigung gewonnen, dass man am Hof des Hunnenkhans nichts von dem Vorhaben Scottas und des Pannoniers wusste. So stieß Aetius denn sein Schwert in die Scheide zurück und antwortete: „Du kamst zur rechten Stunde, Oneges, um Deinen Schwiegervater und Orestes zu belehren, dass Attila so wenig wie ich ihnen gestattet, Ravenna seitwärts liegen zu lassen und gegen Rom zu ziehen!"

Das Erstaunen des Griechen wuchs; und sich zu Scotta und dem Pannonier wendend, fragte er in einem Ton, der sein unwilliges Befremden unverkennbar ausdrückte: „Ist das eure Absicht gewesen, war das der Grund für den Hass und Zwiespalt?"

Trotzig bejahte Scotta, während Orestes sich anschickte, die Gründe dafür anzuführen. Doch Oneges ließ ihn nicht zu Ende reden, sondern ersuchte Aetius, ihm mitzuteilen, wie sich alles bis zu dem verhängnisvollen Augenblick so zugespitzt hatte.

Mit unverhohlener Bitterkeit berichtete der Römer; und wenn ihn die beiden anderen auch in einzelnen Punkten bekämpften, so mussten sie ihren Willen, dem Widerspruch des Oberbefehlshabers zum Trotz nach Rom zu ziehen, doch zugeben.

Ungern vernahm es Oneges; er kannte den Mösier gut genug, um den Schluss zu ziehen, dass der Römer seinen hunnischen Verbündeten fortan doppelt misstrauisch gegenüber stehen werde, dass das Bündnis von dem Augenblick an, in welchem Aetius durch die Pfeile des Barbaren bedroht wurde, tatsächlich gelöst war.

Dennoch überwog bei dem hochstehenden Mann das strenge Rechtsgefühl alle anderen Bedenken und er sprach zürnend zu den Würdenträgern seines Gebieters: „Euer Eifer hat euch zu weit fortgerissen und statt des Dankes, auf den ihr zähltet, hätte euch der Zorn Attilas getroffen; denn es ist sein wohlerwogener Wille, dass ihr mit den hunnischen Geschwadern den Rückweg antretet, sobald Placidia und Valentinian sich mit römischem Gold losgekauft haben. Durch Aetius ließen sie euch das Letztere bieten, und dennoch habt ihr die Waffenbrüderschaft so weit vergessen, dass ihr den Freund und Verbündeten mit gewaltsamem Tod bedroht habt!?"

„Er zückte das Schwert zuerst gegen mich." wandte Scotta ein.

Doch verächtlich sprach Aetius: „Fürwahr, daran Tat ich recht! Denn der tapfere Scotta hielt schon die Scharen seiner Helfer bereit, weil er selbst zu feige war, seinen Arm mit dem meinen zu messen!"

Da fuhr der Barbar auf: „Das sollst du büßen!" Aus dem Gurt riss er das Messer und wollte sich, einem Raubtier gleich, auf Aetius stürzen.

Doch schnell entschlossen, vertrat ihm Oneges den Weg und streng schallte sein Zuruf: „Glaubst du, dass Attila gesonnen ist, sich durch dein sinnloses Rasen die Früchte Eures Sieges entgehen zu lassen? Entferne dich von hier, Attila gebietet es durch meinen Mund! Orestes schließe sich dir an! In Deinem Zelt erwarte mich, dort sollt ihr das Weitere vernehmen!"

Mit Widerstreben hörte Scotta die Worte, widerstrebend gehorchte er. Auch Orestes begriff, dass er nur durch kluge Nachgiebigkeit wiedergewinnen konnte, was er in den Augen des mächtigeren Mannes heute verloren hatte.

Oneges aber schritt nun zur Ausführung des Auftrages, mit welchem ihn sein Gebieter an Aetius gesandt hatte. Der Preis, um welchen der

Steppenfürst seine Hilfe gewährte, war schon am Hof Attilas ausgemacht; nun galt es nur noch die Summe zu bestimmen, gegen welche das hunnische Heer in seinem Siegeslauf innehalten und den Rückweg einschlagen sollte.

Leicht einigten sich die beiden darüber, denn Aetius hatte nur den einen Wunsch, schleunigst ans Ziel zu gelangen, um Weib und Kinder frei und die barbarischen Horden auf dem Rückmarsch zu sehen. Um eine Plünderung Ravennas zu vermeiden, sollte die Menge der hunnischen Geschwader im Angesicht der Stadt, außerhalb ihrer Tore lagern; und erst wenn Aetius mit den ihm zugeströmten römischen Legionären und Auxiliären samt einer Abteilung hunnischer Reiter wider Erwarten auf Hindernisse stoßen sollte, mochte er sich nach eigenem Ermessen der übrigen Verbündeten bedienen. So war es von Oneges klug ausgesonnen, so sicherte es ihn, wie immer die Würfel fallen mochten.

Als der Grieche jeden Punkt mit dem Mösier erledigt und den Aufbruch für den folgenden Tag angekündigt hatte, verließ er das Zelt, um sich unter das Leinendach seines Schwiegervaters zu begeben.

Schweigend empfingen den Zürnenden Orestes und Scotta, schweigend ertrugen sie seine Vorwürfe, auch als er kopfschüttelnd sprach: „Wäre Rom eine Frucht, zum Pflücken reif, wahrlich, Attila hätte nicht gezögert, sie selbst zu holen. Aber sein Blick reicht weiter, als der eure, davon ist diese Stunde ein neues Zeugnis! Und selbst wenn ihr, gleich dem Goten Alarich, Rom mit List bezwungen hättet, was meint ihr, wäre der Dank unseres Gebieters gewesen? —Ihr schweigt, als musstet ihr das Maß erst erforschen! So lasst euch sagen, dass der Löwe in seinem Jagdgebiet keinen anderen duldet, dass weder Scotta noch Orestes lange genug gelebt haben würden, um sich ihres Sieges zu freuen! Euch zum Heil hat mein Nahen eure Pläne vereitelt; um Euretwillen soll mein Mund nicht verraten, was meine

Augen gesehen haben. Dafür fordere ich jetzt unbedingten Gehorsam; seid ihr ihn zu leisten willig?"

Nicht ohne schwere Selbstüberwindung bejahten die beiden. Oneges sah ihnen an, was in ihnen gehrte und einlenkend fuhr er fort: „Was ihr jetzt vollbringen wolltet, hat Attila sich für künftige Tage vorbehalten; seid dann so wagemutig und Tatenlustig, wie heute, und ihr werdet Größeres mit weniger Gefahren und höherem Lohn erreichen!"

Achtes Kapitel

Dem Gebot des Oneges gehorchend, setzten sich die hunnischen Geschwader mit dem Morgen des nächsten Tages in Bewegung. Der mächtige Grieche selbst ritt neben Aetius inmitten des Heereszugs, dessen Spitze und Beschluss die von dem siegreichen Feldherrn neugebildeten römischen Legionen bildeten.

Auch Orestes und Scotta führten ihre Scharen ohne weiteres Widerstreben die Wege, welche Aetius einzuschlagen befahl. Die beiden hatten ihren Plänen fürs erste vollständig entsagt und Scotta sann nur darauf, von der Beute, die aus dem Marsch noch zu gewinnen war, möglichst viel für sich zu erhaschen. Aber in der Seele des Pannoniers glomm der einmal entfachte Gedanke unauslöschlich weiter und dieser besetzte ihn genug, dem hohen Ziel im Geheimen nachzustreben und dasselbe, gewandter als Scotta, später allen Widersachern zum Trotz zu erreichen.

Auf Wunsch des Mösiers hatte Lucilius schon Tags zuvor den Rückweg angetreten. Ihm oblag ja die Überbringung der wichtigen Antwort des Siegers an Placidia, seines vertraulichen Grußes an Livia und ihre Kinder; ihm oblag vor allem der schwerwiegende Auftrag, das Nahen des Feldherrn vorzubereiten und ihm die Öffnung Ravennas auch dann zu sichern, wenn Valentinian sich dem Willen Placidias feindlich entgegenstellen sollte.

Zur tatkräftigen Unterstützung des Jünglings hatte Aetius Hadubrand und Optila mit zwei Kohorten auserlesener germanischer und römischer Söldner dem eigentlichen Heer vorausgeschickt; sie sollten versuchen, möglichst unbemerkt bis zu Ravenna vorzudringen, sich im Dunkel der Nacht dem von Lucilius genau bezeichneten Tor zu nähern und in der Stunde, zu welcher dieses von innen geöffnet wurde, den Eintritt in die Stadt, wenn es notwendig wäre mit gewaffneter Hand, zu erzwingen.

Außerordentlich viel hing davon ab, inwieweit Lucilius und seine kriegerischen Genossen den Hoffnungen des Feldherrn entsprechen konnten. Aetius verhehlte sich nicht, dass Valentinian und Heraklius in dem Augenblick, in welchem sie von dem geheimen Vertrag der Kaiserin mit dem Sieger Kunde erhielten, die friedliche Lösung vereiteln und die Rettung Livias auf das Äußerste gefährden konnten. Immer noch lagen in Ravenna genug Söldner, um die Belagerung zu einer zeit- und kraftraubenden Kriegshandlung zu machen; wurde aber eine solche notwendig, so verlor der mösische Held unter seinen Füßen den festen Grund, auf welchem er die Pläne des Geheimschreibers und Scottas mit Glück eben erst bekämpft hatte. —

Ohne Schwierigkeit gelangte Lucilius nach Ravenna zurück. Er hatte, wie bei seinem Ausritt, eine Dämmerungsstunde gewählt, zur Heimkehr ein anderes Tor benutzt und als Bote der Kaiserin die Pforten offen gefunden. Ihm entgingen die spöttischen Blicke, mit denen die Wachen ihm bei seinem selbstbewussten Nahen nachschauten; bald befand er sich wieder in den Räumen, in denen er seit Kurzem ein vielbeneidetes Heim gefunden hatte, doch durfte er sich nicht lange in ihnen aufhalten. Der Drang seines Herzens zog ihn zu Livia und ihren Kindern, denen er frohe, verheißungsvolle Kunde bringen wollte.

Schon im Begriff, die Schritte zu ihnen zu lenken, zögerte er wieder. Denn Placidia konnte in der nächsten Minute seine Ankunft erfahren, Placidia, die seiner voll Ungeduld harrte.

Sie musste zuerst verständigt werden, hing doch von ihren Befehlen das Gelingen alles Weiteren ab! Wie sehr ihr Bild auch in den Augen ihres Lieblings getrübt war, — noch beherrschte ihn der Zauber ihrer Persönlichkeit machtvoll genug, um ihn nicht vergessen zu lassen, was er der Kaiserin schuldig war.

Voll Genugtuung um der guten Nachrichten willen, die er bestellen durfte, schlug Lucilius den Weg an die Gemächer Placidias ein. Doch sein Erstaunen war groß, als er anstatt der dienenden Frauen und Eunuchen an allen Türen bewaffnete Leibwächter Valentinians erblickte! Wohin er sich immer wandte, schallte ihm ein barsches „Zurück!" entgegen, und selbst der Hinweis auf seine Würde half ihm nichts zur Erreichung seines Zieles. Gern hätte er sich an diesen und jenen mit einer Frage gewendet; aber die alten, im Dienst ergrauten Prätorianer sahen mit einer gewissen Geringschätzung auf den jugendlichen Emporkömmling, und keiner machte Miene, dem Letzteren Rede zu stehen.

Betroffen erkannte Lucilius; eine tiefgreifende Verschiebung aller Verhältnisse musste hier während seiner Abwesenheit stattgefunden haben. Der Wille Valentinians schien jetzt der alleingebietende zu sein; wo aber weilte Placidia und was war das Schicksal Livias und ihrer Kinder?

Lucilius dachte in gewaltiger Erregung darüber nach; eine Menge Möglichkeiten durchschwirrte sein Haupt. Er fühlte, dass der Boden, auf welchem er das Gebäude der Zukunft hatte errichten wollen, unter ihm wankte und fand in seiner plötzlichen Verwirrung keinen zweiten Punkt, von welchem er mit gleicher Sicherheit hätte ausgehen können. Eines nur wurde ihm rasch klar: Hier, wo er die Kaiserin vergebens suchte, konnte er nicht bleiben. Und doch musste er ihre Spur wiederfinden, wenn nicht alles andere umsonst gewesen sein sollte!

Voll tiefen Unmuts trat Lucilius den Rückweg an; sein natürliches Gefühl trieb ihn jetzt in jenes Haus, in welchem er Livia untergebracht hatte. Doch wenn er auch sie nicht mehr finden sollte, wenn auch dort die Wachen Valentinians ihm den Zutritt versperrten? — Besorgnis und Unruhe beflügelten seine Schritte, immer schreckhafter stiegen die Bilder Valentinians und des treulosen Heraklius vor ihm auf und er wähnte die edle Frau und ihre Kinder schon des Lebens bedroht, wenn nicht gar beraubt. —

In solcher Stimmung betrat er den Aufenthaltsort der Gefangenen. Zu seiner Bestürzung hielten auch hier statt der Pagen, die ihm untergeben und folgsam gewesen waren, Diener des Augustus die Eingänge besetzt. Vergebens berief er sich auf das Hüteramt, das ihm Placidia in öffentlicher Versammlung übertragen hatte. Niemand schenkte ihm Gehör und nur ein alter Krieger, der seiner Zeit mit stillem Wohlgefallen den Mut des Jünglings bewundert hatte, fasste ihn jetzt am Arm und raunte ihm warnend zu: „Die Macht Placidias ist gebrochen, seit der griechische Eunuch euren Fortgang entdeckte; Heraklius gebietet im Namen Valentinians. Ihr aber, wenn euch das Leben wert ist, flieht schnell, denn bald wird es für euch kein Entrinnen mehr geben!"

Die Nachricht ließ das Schlimmste befürchten und brachte doch keine Aufklärung über den Verbleib sowohl der Gefangenen, wie der Herrscherin. Aus dem Alten war nichts weiter herauszulocken und so befand sich Lucilius bald auf der Gasse, deren Dunkelheit ihm in Ravenna jetzt notdürftigen Schutz bot.

Das Einzige, das ihm noch übrig blieb, schien schleunige Flucht und Herbeischaffen der Hilfe, die von den Gestaden des Po's heranzog. Nur um einen Tag war das Heer hinter dem Vorauseilenden zurück; doch wie viel hing an diesem einen Tag! Nun wünschte Lucilius fast, dass er Ravenna niemals verlassen hätte. Livia, Hildegund und Gaudentius wären dann dem Hass Valentinians zum mindesten nicht schutzlos preisgegeben worden! Triumphierend hob dieser, hob Heraklius das Haupt, — und Lucilius sollte fliehen?

Der Rat des Alten mochte gut gemeint sein, aber ihn zu befolgen, bewertete der tapfere Jüngling seiner selbst als unwürdig. Noch war vielleicht durch mutiges Ausharren mehr zu erreichen, als es den Anschein hatte, und Aetius sollte nicht sagen dürfen, dass sein Bewunderer in der Stunde ernster Gefahr feigen Herzens nur auf die eigene Rettung bedacht gewesen sei. Die Spur Livias, den Verbleib der Kaiserin musste er erforschen; die Rettung der Ersteren, die Sicherheit und Willensfreiheit der Letzteren erreicht werden!

Im Dunkel hatte Lucilius sich noch nicht weit vom Haus der Livia entfernt, als er plötzlich seinen Namen flüstern hörte. Trotz des gedämpften Tons glaubte er die Stimme des Sempronius zu erkennen, jenes Freundes, den er selbst seinerzeit zum Hüter der Gefangenen bestellt hatte. Er wandte sich, — Sempronius stand vor ihm und redete ihn an: „Ich sah dich in dem Haus, dessen Schutz du mir anvertrautest, und bin dir nachgeeilt, um dir zu erklären, was alles während deiner Abwesenheit passiert ist —"

Doch ungestüm unterbrach ihn Lucilius: „Sag mir, wo blieb Livia mit den Ihren, — sag mir nur, dass sie leben, dann werde ich nicht solange von hier fortgehen, bevor ich sie nicht den Händen Valentinians und den Schlimmeren des Griechen Heraklius entrissen habe!"

„Sie leben noch und weilen an demselben Ort, an welchem du sie meiner Obhut übergeben hattest." entgegnete der Befragte. „Aber nach Placidia fragst du nicht; und sie ist es doch, um derentwillen der Augustus dich so bitter hasst, wie der Eunuch, sie ist es, von der ein Gerücht geht, dass Valentinian sie im Geleit Sylvesters nach Rom gesandt hat, damit du sie rückkehrend nicht wiederfindest!"

„Placidia in Rom?" — Die unerwartete Eröffnung machte es ihrem Günstling klar, dass sein Auftrag an die Gebieterin nun unausführbar war. Aber was galt ihm jetzt noch Placidia! Nur jener anderen gedachte er jetzt, die, ihm so nah, in der Gewalt ihrer Feinde schmachteten und doch seinen Blicken und Worten unerreichbar waren.

Und als Sempronius ihm nun berichtet hatte, in welcher Weise Valentinian gegen seine Mutter vorgegangen war, beschloss Lucilius den Einzigen, der ihn in dieser Stunde der Bedrängnis teilnahmsvoll aufsuchte, ins Vertrauen zu ziehen.

Hastig teilte er dem Freund das Wesentlichste mit und richtete an ihn die Aufforderung, sich an einem kühnen Handstreich zu beteiligen.

Verwundert hatte Sempronius Wort um Wort vernommen; sein Herz schlug warm für Lucilius, ihn reizte das kecke Spiel und nach kurzem Überlegen antwortete er: „Über Deinem Haupt schwebt der Zorn Valentinians; ich selbst bin ihm mit Not entgangen, als seine Leibwachen übermächtig heranstürmten. Dafür gelüstet es mich nach Vergeltung und du sollst mir dein Vertrauen nicht umsonst geschenkt haben. Doch bevor wir handeln, bedarf es der Beratung. Die Späher des Eunuchen werden bald auf dich fahnden; deshalb komm mit mir an einen besser geschützten Ort, wo wir sicher verweilen können, bis es Zeit zum Handeln ist!"

Sempronius hatte es kaum gesprochen, als er den Arm des Freundes ergriff und diesen mit sich fortziehen wollte. Allein die Ungeduld, welche sich des Letzteren bemächtigt hatte, ließ ihn auf den Vorschlag des Sempronius nicht eingehen. „Hadubrand," sprach er, „weilt vor der Porta Bononia; befände er sich innerhalb derselben, so hätte ich nicht den offenen Kampf mit Valentinian und seinen Anhängern gescheut. Darum gilt es, dem tapferen Germanen und dem Goten Optila mit ihren Kohorten rasch das Tor von innen zu öffnen!"

„Das ist leicht gesagt, doch schwer auszuführen: die Tore sind alle gut bewacht, die Porta Bononia nicht ausgenommen; wie sollte es uns Zweien gelingen, die Wächter zu überwinden?"

Lucilius nannte verschiedene Mittel, aber der besonnenere Gefährte verwarf sie alle als unausführbar. Seiner Meinung nach bestand das Heil für beide zunächst nur in der Flucht über die Mauern der Stadt, die nicht überall gleich hoch waren. Wenn dieses gelungen war, sollte unter dem Schutz des nächtlichen Dunkels eines der Tore von den Scharen Hadubrands erstürmt werden, während die Kohorte Optilas versuchen sollte die Umwallung an einer ihrer schwächeren Stellen zu erklettern und ohne Kampf in die Stadt einzudringen.

Der neue Vorschlag fand Lucilius' Beifall, weil er die meiste Gewähr des Gelingens zu bieten schien. Die beiden schlugen deshalb die Richtung ein, in welcher Sempronius die zugänglichste Stelle der Mauer zu finden hoffte; sie lag in der Nähe der Porta Bononia.

Hastig schritten die Bundesgenossen dahin, aber ihre Hast sollte sie hier nicht ans Ziel führen. Denn plötzlich tauchte hinter ihnen in derselben Gasse rotes Fackellicht auf, sie hörten laute Stimmen und hemmten unwillkürlich ihre Schritte.

Um von dem verräterischen Lichtschein nicht getroffen zu werden, zogen sie sich in das Vestibulum[6] eines Hauses zurück, hinter dessen verwitternden Säulen sie genügend Schatten und Deckung fanden.

Lärm und Licht kam inzwischen näher; und nun erkannten die Versteckten zwischen zwei Fackelträgern einen kaiserlichen Hofbeamten, der mit weithin schallender Stimme jedem Hörer verkündete, dass Valentinian auf

---

[6] Vorhof

das Haupt des Lucilius einen Preis gesetzt hat. Wer dem Verräter begegnet, sei verpflichtet, sich seiner zu bemächtigen und ihn lebend oder Tod dem Augustus zu überliefern; wer dem jüngst erst Zurückgekehrten Schutz oder Vorschub leistet, mache sich des Todes schuldig!

Ein johlender Schwarm, bestehend aus Gassenpöbel und betrunkenen Söldnern, zog unter lärmenden Lobgesängen auf den Augustus hinter dem Ausrufer her, der seinen Weg in Richtung auf das bononische Tor nahm.

Als die frühere Ruhe zurückgekehrt und die Straße wieder in das vorherige Halbdunkel gehüllt war, sprach Sempronius, von einem plötzlichen Gedanken ergriffen: „Hast du die trunkenen Söldner im Geleit des Egregius gesehen? — Valentinian hat Gold und Wein unter die Legionäre verteilen lassen, um sie seinem Willen gefügig zu machen. Trunkene Feinde aber sind keine Feinde mehr! Wir müssen ein Äußerstes wagen. Dich erkennt in der schlichten Kriegsrüstung niemand als den verfolgten Günstling Placidias; so mische dich mit mir unter jene Scharen an der Porta Bononia! Der Weg über die Mauern ist uns verlegt; lass uns durch Klugheit und List zu erreichen versuchen, wozu es uns an Schlagkraft fehlt!"

Einen Augenblick zögerte Lucilius bei dem Gedanken an das tollkühne Wagnis; doch als ihm Sempronius seine Absicht genauer auseinander gesetzt hatte, bot er den letzten Zweifeln mutvoll die Stirn.

Bald hatten die beiden das Tor erreicht, und waren Zeugen des ausgelassenen Treibens, das sich auch hier entwickelte. Der Ausrufer mit den Fackelträgern und einem Teil des Pöbels, dem sich stets neuer Zulauf gesellte, war inzwischen weiter gezogen; aber auch die Wache des wichtigen Platzes hatte aus dem kaiserlichen Palast einen mit Jubel begrüßten Schlauch voll feurigen Weines erhalten. Einige der Angetrunkenen blieben bei den Kameraden zurück; die Ungebundenheit dieser bewirkte auch bei den noch Nüchternen ein Nachlassen der soldatischen Zucht, welche ohnehin in den letzten Wochen bedenklich gelockert war.

Als Lucilius und Sempronius im Schein des Wachtfeuers sichtbar wurden, begrüßten sie wilde Lieder und derbe Scherzreden. Es kostete Lucilius Überwindung, in der Stimmung, die ihn beherrschte, hier zu verweilen; aber sein Genosse flüsterte ihm ein mahnendes Wort ins Ohr und trat dann unter die Zechenden, denen er, scheinbar in froher Weinlaune, zurief: „Heda, ihr tapferen Franken und Juthungen Besieger, habt ihr für zwei durstige Kameraden nicht einen Schluck aus euren Bechern übrig? Uns sind die Kehlen trocken, so laut sangen wir das Lob Valentinians!"

Beifällige Rufe wurden von allen Seiten laut, rechts und links wurden die vollen Becher angeboten und Sempronius ergriff zwei von deren. Den einen reichte er Lucilius, den anderen führte er selbst an die Lippen mit dem Trinkspruch: „Lang lebe Valentinian, der Spender dieses Nektars! Heil ihm und seinen unüberwindlichen Legionen!"

Und mit Lucilius anstoßend, fuhr er fort: „Verderben sollen all' seine Feinde, Hunnen und Vandalen, Ost und Westgoten! Wir aber wollen die Gabe des Bacchus genießen, bevor unsere Herzen erkaltet und unsere Zungen verstummt sind!"

„Beim Strick des Ischarioth, das wollen wir!" fiel einer der Zechenden ein, der sich erhob und Sempronius Bescheid gab. „Bist ein wackerer Kamerad, obgleich du mir noch nicht viele Schlachten geschlagen zu haben scheinst!"

Aber lachend rief ein zweiter: „Mit anderen Waffen als Mars kämpft Amor. Ich wette einen goldenen Solidus gegen einen Sesterz, dass der Milchbart dort mit Liebesschwüren und Seufzern mehr Siege erficht hat, als unsereins mit Speer und Schwert!"

„Die Wette würd' ich halten," erwiderte der Erste, „wenn Burrus aus seinen Taschen den Wert eines Solidus zusammenscharren könnte!"

Doch während der Gehöhnte unter dem Gelächter der Kameraden vergebens protestierte, hob ein Dritter, zu Lucilius gekehrt, mit lallender Zunge an: „Du scheinst mir auch zu jenen Bevorzugten zu gehören, die mit dem Haupt unverdient neben der Sonne wandeln. Tut Nichts, Kamerad! Wenn's gilt, führt mein Arm einen so guten Hieb, wie der Deine. Vergiss das nicht, wenn du wieder vor Valentinian stehst. Sag ihm, wenn er das nächste Mal Centurionen und Tribunen ernennt, möge er an mich denken — hörst du, an Cajus Mummius soll er denken!"

Lucilius wusste nicht gleich dem seltsamen Bittsteller zu antworten. Doch Sempronius, der kein Auge von dem Genossen gewandt hatte, entgegnete jetzt an dessen statt: „Hast gerade den Rechten darum angesprochen, mein tapferer Mummius! Bei der nächsten Gelegenheit soll der Augustus dich zum Centurionen machen, mein Wort darauf!"

Der Angeredete hatte es kaum vernommen, als er sich stolz in die Brust warf und den übrigen zurief: „Habt Ihr's gehört? Zum Centurionen will Valentinian mich machen! Füllt mir den Becher bis zum Rand, ich will —"

Der scharfe Schrei einer Krähe, die von der nahen Mauer über die Häupter der Zechenden dahinflog, schnitt dem Prahler das Wort im Mund ab. Mit einem derben Fluch verwünschte dieser den unheilbringenden Vogel; doch sein Murren übertönte das Gelächter und Stimmengewirr der anderen. Auch ihnen musste Sempronius die Erfüllung ihrer Wünsche versprechen, immer lauter erschallte sein Lob, immer eifriger wurde dem feurigen, ungemischten Getränk zugesprochen und schwer und schwerer wurden die Köpfe.

Endlich ließ Sempronius auch diejenigen, die am Tor und auf den Mauern in der Nähe Nachtdienst taten, zum Zechen herbeiholen und als Ersatz solche aufstellen, die ihrer Sinne nur noch halb mächtig waren. Er selbst trank, gleich Lucilius, spärlich, nur um den Schein zu wahren.

Unter allen Zechenden befand sich nur einer, den Sempronius lieber weit fern gesehen hätte. Es war ein alter Legionär, der Becher um Becher bedächtig leerte, im übrigen aber nur ab und zu durch eine hingeworfene Bemerkung an der Unterhaltung der anderen Teil nahm. Dagegen ließ er seine Blicke oft und forschend auf Lucilius ruhen, Als versuchte er ihn in Gedanken an den Platz zu stellen, welchen der junge Mann am kaiserlichen Hof wohl einnehmen mochte. Und wie er den grauen Kopf mit spöttischem Lächeln bei den törichten Bitten seiner Kameraden geschüttelt hatte, so ließ er selbst keinen derartigen Wunsch laut werden. Die Anreden des Sempronius beantwortete er kurz und höflich; dennoch regte sich im Herzen des kühnen Jünglings ein heimliches Misstrauen und er atmete erleichtert auf, als dieser sich erhob und, mit schweren Schritten davonschreitend, den Waffengefährten zurief, dass er eine Stunde Schlaf suchen wolle.

Nach seiner Entfernung tobte die Ausgelassenheit nur noch ungebundener und die an Abenteuern und Liebesverhältnissen nur allzu reiche Vergangenheit Valentinians und seiner Mutter musste nun den Stoff für das Gaudium der Zechenden liefern.

Mit heimlichem Grimm, dem sich tiefes Entsetzen gesellte, musste Lucilius die Reihe jener mal großen, mal unbedeutenden Männer, an denen die Sinnlichkeit Placidias Gefallen gefunden hatte, aufzählen hören. Seine

Rechte ballte sich zornig, als auch sein Name genannt, als auch von ihm Wahres und Erfundenes unter dem zynischen Gewieher des Hauses zum Besten gegeben wurde. Mehr als einmal sah Sempronius sich genötigt, den nagenden Unmut des Freundes durch Blicke und Worte zu dämpfen. Mehr als einmal fasste seine Linke die Hand des Tieferregten, um ihn von unbesonnenem Tun zurückzuhalten.

Aber den Halbtrunkenen fiel das Schweigen des Jünglings auf und schwankend erhob sich einer von ihnen, trat auf Lucilius zu und fragte ihn: „Holla, Kamerad, warum trinkst du nicht?" Zugleich hielt er seinen vollen Becher an die Lippen des Grollenden, der aber den Arm mit dem Trinkgefäß unwillig zurückdrängte.

Scheltend kehrte der Abgewiesene auf seinen Platz zurück und leerte seinen Becher selbst, während ein anderer rief: „Beim Barte des Herodes, hält sich der ungebetene Gast zu gut, mit uns zu trinken, so wollen wir ihn zwingen. Haltet ihm den hochmütigen Kopf fest und schüttet ihm Rebensaft in die Kehle, bis sie überläuft!"

Lautes Hallo bewies, wie sehr der Vorschlag dem Geschmack der übrigen entsprach. Doch ehe sie Hand an ihn legen konnten, rief Sempronius den Tobenden zu: „Seid ihr so voll Weines, dass ihr mit dem Narren dort Händel suchen musst? Seht ihr denn nicht, an was es ihm fehlt?"

Und als die Angreifer verdutzt inne hielten und sich murrend wieder langsam an ihre Plätze neben dem Feuer niederließen, fuhr er fort: „Hahaha! Der arme Bursche leidet an Liebesnöten. Lange musste er des Anblicks seiner Amatrix entbehren. Und nun, da ihr so viel von Liebe und Liebesgenuss schwatzt, wundert ihr euch, wenn ihm der Wein nicht mundet, weil er nach süßeren Dingen schmachtet!"

Aber während Lucilius befremdet auf Sempronius sah, sprach dieser weiter: „Schafft ihm seine Buhle herbei, so wird er bald hüpfen, wie ein junges gallisches Fohlen; könnt ihr es aber nicht, so stoßt wenigstens mit mir an und wünscht ihr und ihrem Adonis langes Leben und Liebesglück!"

Sempronius' Geistesgegenwart hatte die rohen Gesellen glücklich beschwichtigt, nur Lucilius wusste in seiner Erregung nicht, wie er die Worte des Freundes deuten sollte.

Doch er wurde darüber bald aufgeklärt; denn als ob ihm der Einfall plötzlich kam, begann Sempronius nun: „Der Kopfhänger soll uns die Freude nicht länger stören. Draußen vor dem Tor im Haus des Bauern Rufus lebt seine Freundin; wir wollen dem Schmachtenden die Pforte ein wenig öffnen, damit er sich auf ein Ständlein in den Armen der Liebe für sein langes Fasten entschädigen kann. Unterdessen leeren wir den Schlauch und wenn es Not tut, lass ich einen frisch gefüllten aus dem Palast des Kaisers holen!"

Wenn auch einige der minder Angetrunkenen Bedenken trugen, dem verbotenen Begehren zu willfahren, stimmte doch die Mehrzahl, die Tragweite ihres Tuns nicht erwägend, ohne Weiteres zu. Riegel und Schlösser wurden zurückgeschoben, bald drehte sich eines der erzbeschlagenen Tore in seinen Angeln und der Weg ins Freie stand offen.

Nun erst begriff Lucilius den Freund ganz, der ihm, während die anderen dem vermeintlichen Liebhaber allerlei verfängliche Grüße auftrugen, hastig zuflüsterte: „Das Tor bleibt offen, bis du mit Hadubrand zurückkehrst. Beflügle deine Schritte, bedenk, dass ich um Deinetwillen mein Leben in die Hände eines trunkenen Korybantenhaufens gebe!"

Er wollte noch mehr sagen, aber die zuchtlosen Gesellen stießen Lucilius förmlich zur Pforte hinaus. Dann zogen sie dieselbe wieder zu und suchten unsicheren Schrittes mit verworrenen Sinnen ihre Plätze und Becher, während Sempronius die Riegel so lockerte, dass ein kräftiger Stoß von außen sie sprengen und ungehinderten Eingang gestatten musste.

An dem verglimmenden Feuer hatten sich inzwischen die anderen niedergelassen, um bei erneutem Zechen die Stunde bis zur Rückkehr des Fortgegangenen zu verbringen. Aber dem Wein sprachen nur noch wenige zu; Manche streckten sich schlaftrunken auf dem harten Boden aus, andere suchten taumelnd Speer und Schild, um ihre verlassenen Posten wieder einzunehmen.

Sempronius triumphierte im Stillen. Wenn der Germane und der Gote mit ihren Kohorten nahe waren und die günstige Stunde nicht versäumten, musste der Überfall Ravennas ohne große Schwierigkeit gelingen! Dann sollte der Strom der Eindringenden über die trunkenen Wächter hinweg den Pfad an den kaiserlichen Palast einschlagen und Valentinian samt Heraklius aus ihrer erträumten Sicherheit aufschrecken; dann sollte Livia samt den Ihren befreit und den heranziehenden Gemahl unter dem Jubel seiner Getreuen entgegengeführt werden!

Doch Minute um Minute verrann, ohne dass die Erwarteten eintrafen. — Gespannt horchte Sempronius, ob nicht der Widerhall ihrer Schritte, das Geklirr ihrer Waffen den Anzug der kriegerischen Haufen ankündigte. Dem Harrenden kam die Frist der einen Stunde verdrückend lang vor; er meinte, dass sie schon längst verstrichen sein musste, — und noch immer blieb der Entsatz aus! Dennoch erlahmte der Mut des Tapferen nicht, dennoch wurde er nicht müde, die Legionäre Valentinians auf ihre Weise zu unterhalten und an der Erfüllung ihrer militärischen Pflichten zu hindern.

Da trat ein Ereignis ein, das sein ebenso kühnes, wie listiges Streben empfindlich durchkreuzte. An der Spitze einer kleinen Abteilung der kaiserlichen Leibwache erschien jener Alte, der sich unter dem Vorwand großer Müdigkeit aus dem Kreise der Zecher hinwegbegeben hatte. Sein Nahen bedeutete nichts Gutes; denn als er im schwachen Schein der verlöschenden Kohlen Sempronius erblickt hatte, zeigte er auf ihn und rief seinen Begleitern zu: „Dort sitzt noch sein Gefährte; nehmt ihn fest, er soll mit seinem Kopf für den Günstling Placidias haften!"

Sempronius hatte die Worte deutlich vernommen; furchtlos wollte er sich der rasch auf ihn Eindringenden wehren, doch bevor er das Schwert entblößt hatte, fühlte er sich von verschiedenen Seiten gepackt. Seine Waffe wurde ihm entrissen und er selbst bei dem geringsten Widerstand mit dem Tod bedroht.

Vor ihn hin trat der Führer der Prätorianer und sagte mit herrisch stolzem Blick und Ton: „Wo hast du den Genossen gelassen? Es ist Lucilius, auf dessen Kopf Valentinian einen Preis von hundert Solidi gesetzt hat. Hier dieser Alte hat ihn erkannt; du aber, wenn dir dein Leben lieb ist, sag mir, wohin sich dein Kamerad begeben hat!"

Einen Augenblick überlegte Sempronius; seine Aufgabe war für das Nahen des Verbündeten Zeit zu gewinnen. Darum antwortete er schließlich: „Wenn ihr meint, dass mein Begleiter derselbe war, nach dessen Kopf Valentinian verlangt, so sucht ihn! Er hat sich vor einer Stunde schon von hier entfernt; wer weiß, wohin ihn sein Fuß unterdessen getragen hat!"

Der Führer der Prätorianer knirschte mit den Zähnen und entgegnete: „So soll ein anderer dich zum Bekennen der Wahrheit zwingen!" — Dann wandte er sich an die pflichtvergessenen Söldner, schalt sie mit rauhen Worten und forderte zuletzt die Beantwortung jener Frage auch von ihnen. Aber keiner wollte die Wahrheit gestehen und alle gaben nur ausweichenden Bescheid.

Da gebot der Dekurio seinen Untergebenen, die Treulosen zu Paaren zu treiben und sie gebunden samt ihrem Verführer vor das Antlitz Valentinians zu bringen, während der wichtigste Posten am Tor von einigen Leibwächtern besetzt werden sollte.

Zwar widerrief der Alte noch den gefährlichen Befehl, aber umsonst! Lautes Murren war seine Folge; denn die Legionäre waren keineswegs gesonnen, sich von den eifersüchtig beneideten Prätorianern überwältigen zu lasten. Erst widersetzte sich einer, dann folgten mehrere dem Beispiel, und bald kam es zum Handgemenge, bei welchem anfangs mit Widerstreben, dann mit grimmigem Ernst von den scharfen Waffen Gebrauch gemacht wurde.

Es war ein tolles, sinnloses Ringen, an welchem zuletzt auf Seiten seiner Kameraden auch jener Alte teilnahm, welcher die Leibwächter selbst herbeigeholt hatte.

In dem entstehenden Gewühl hatte Sempronius nach kurzer Zeit seine Freiheit wiedererlangt. Er hob ein Schwert vom Boden auf; aber ihn lockte nicht der Kampf mit den verbissenen Gegnern, ihn zog es an das Tor, durch welches der Vortrab des Aetius helfend nahen sollte. Zwar öffnete Sempronius nur einen schmalen Spalt, um kein Auge auf sich zu lenken; aber als er nun gedämpfte Stimmen und Schritte auf der Brücke zu vernehmen glaubte, stieß er die Torflügel weit auf und rief lautschallend durch die Nacht: „Lucilius, Hadubrand, Optila hierher! Die Stunde ist günstig und Ravenna unser!"

Jauchzender Zuruf antwortete ihm, wie Sturmwind brauste es heran, donnernd erbebten die hölzernen Brückenbohlen, es klirrte und klang von Waffen und im nächsten Augenblick standen Lucilius und Hadubrand neben dem treuen Verbündeten. Mit wenigen Worten teilte Sempronius dem Freund mit, was vorgefallen war, da eilten auch schon die Wächter herbei und die zuvor in wilden Kampf miteinander Verbissenen einigten sich angesichts der von außen drohenden Gefahr.

Aber dem mächtigen Anprall der Eindringenden vermochten sie nicht Stand zu halten; wer sich tollkühn den Anstürmenden entgegenwarf, sank nach kurzem Widerstand unter den Streichen der Germanen und Römer nieder, und nur diejenigen, die der Übermacht klug wichen, fanden ihr Heil in eiliger Flucht.

Das wichtige Tor war in der Gewalt der Angreifer. Leicht hatten sie es gewonnen, aber nun kam es darauf an, dasselbe bis zur Ankunft des Feldherrn stark zu halten. Denn es ließ sich voraussehen, dass die Entflohenen die Kunde des Überfalls schnell verbreiten würden und Valentinian oder dessen Heermeister mit großer Übermacht heranziehen und den Eingedrungenen den Besitz streitig machen werde. Ein schwerer Kampf schien unvermeidlich; aber die Kohorten fürchteten ihn nicht, wenn ihn nur der Sieg, das Behaupten der Porta Bononia, krönte.

Allerdings gab es noch ein Zweites: das Haus der Livia zu erobern und dessen Bewohner der Hand des Augustus zu entreißen. Eine Teilung der Streitkräfte war infolgedessen unvermeidlich; die beiden Kohortenführer einigten sich mit den beiden Freunden dahin, dass Sempronius und Optila mit der Schar des Letzteren das Tor besetzen und verteidigen sollten, während Lucilius mit Hadubrand und dessen Kohorte die Befreiung Livias unternehmen wollte, ferner beschlossen sie, einen Boten an Aetius zu senden, um ihn zu höchster Eile anzuspornen.

Dann nahmen die militärischen Vorkehrungen ihren Fortgang. Deren nächste und wichtigste war die Beseitigung der mächtigen Torflügel, damit das Tor, selbst für den Fall eines Rückzuges der Eingedrungenen, nicht ohne großen Zeitaufwand geschlossen werden konnte. Dazu gesellte sich das

Anhäufen von Schwierigkeiten und Hindernissen, welche die aus dem Inneren der Stadt nahenden Söldner Valentinians zu überwinden haben sollten, bevor sie mit der Kohorte des Mösiers zusammentreffen konnten.

Das Material dazu, Körbe aus Weidengeflecht, Felsblöcke und Baumstämme, war innerhalb der Mauern im Überfluss aufgehäuft; es hatte gegen Aetius dienen sollen und wurde nun von seinen eigenen Getreuen eingesetzt. Die Mündungen sämtlicher Gassen, welche auf dem freien Platz innerhalb des Tores führten, wurden versperrt; hell leuchteten die hochauflodernden Flammen des frisch geschürten Feuers zu der nächtlichen Arbeit und unverzagten Mutes sahen Sempronius und Optila einem Angriff Valentinians entgegen. —

Lucilius und Hadubrand durchzogen unterdessen mit ihrer Mannschaft die Straßen auf dem nächsten Weg zum erstrebten Ziel. Aber der Erste fand das Haus der Livia jetzt fest verschlossen; die Nachricht von dem feindlichen Nahen bewaffneter Gruppen musste auch bis hierher gedrungen sein und zur Vorsicht gemahnt haben.

Von einigen Bewaffneten umgeben, trat Lucilius bis nahe an die Pforte und verlangte deren Öffnung; doch ihm wurde keine Antwort gegeben. Er ließ ein zweites Mal stärker und anhaltender pochen und wiederholte den Ruf mit der Drohung feindlichen Vorgehens, wenn seinem Befehl nicht rasch entsprochen wird.

Diesmal flog aus den Fenstern des oberen Geschosses ein Hagel von Wurfspeeren auf die Untenstehenden, allerdings ohne großes Unheil anzurichten. Doch entflammten die erlittenen Verletzungen den Grimm der Getroffenen und es bedurfte nicht vieler ermunternden Worte, um sie in geschlossener Masse die Tür stürmen zu lassen, während ihre Genossen mit den Schilden ein Schutzdach gegen die Verteidigungsmittel der Eingeschlossenen bildeten.

Den ununterbrochenen Stößen musste die festgefügte Pforte bald weichen; sie brach zusammen und zur Seite Hadubrands drang Lucilius als der Erste in die Bresche. Ihm folgte auf den Füßen eine Schar der tapferen Begleiter, die sich in alle Räume des Hauses verteilte und im erbitterten Kampf gegen die Besatzung nach kurzem Ringen den Sieg davontrug.

Nur die kleinere Hälfte der Leibwächter war kampfunfähig gemacht, ihre Mehrzahl hatte die Waffen gestreckt und sich gefangen nehmen lassen.

Mit großem Eifer erfüllte Hadubrand diese Tätigkeit; Lucilius aber suchte in freudiger Aufregung das Gemach, in welchem er Livia mit den Ihren finden musste.

Und er fand sie! — Das Getöse des Kampfes war schreckhaft auch bis in ihre Nähe gedrungen; erst vor wenigen Tagen hatte sich Ähnliches, wenn auch minder Blutiges, zugetragen, als Sempronius und seine Pagen von den Satelliten Valentinians überwältigt worden waren. Die schwergeprüfte Gattin des mösischen Helden hatte damals umsonst auf Rettung gehofft, — sie erwartete auch heute nichts Gutes mehr und hegte nur den einen Wunsch, mit den Ihren vereint zu sterben, wenn alle Hoffnung auf ihre Wiedervereinigung mit dem Gatten und Vater sich als trügerisch erweisen sollte.

Auf das Schwerste gefasst, in schmerzlicher Ergebung, saß sie mit ihren Kindern in einer Ecke des Raumes, den Bangenden Mut zum Ertragen des zermalmenden Geschickes zusprechend. Da nahten Schritte und Waffenschall, einer der Prätorianer stürzte mit dem Ruf: „Alles ist verloren!" in das Gemach und die wenigen Söldner Valentinians, die sich noch in der Nähe Livias befanden, standen unschlüssig, ob sie noch kämpfen oder sich ergeben sollten. Zur Flucht war kein Pfad mehr offen, denn schon erschien Lucilius mit hochgeschwungenem Schwert auf der Schwelle und hinter ihm wurde eine Gruppe Bewaffneter sichtbar, die mit lauten Siegesrufen nachdrängten.

Aber Lucilius wollte keinen Kampf mehr; sein suchendes Auge entdeckte Livia und ihre Kinder, er vernahm den Jubellaut, mit welchem Gaudentius ihn zuerst erkannte und sah, wie die edle Dulderin emporblickte, als hätte sie eine Botschaft vernommen, an die sie kaum zu glauben wagte.

Da befahl der junge Recke den Seinen, die Gegner zu schonen; er selbst wandte sich an die Schwergeprüfte, um sie zu überzeugen, dass kein Trugbild sie täuscht. Sie aber eilte schon auf ihn zu, ihr Blick suchte in seinem Antlitz zu lesen und ihr Mund stieß, vor Freude und tiefster Erregung bebend, die Worte aus: „Du bist es, Lucilius — endlich, endlich! Doch wo ist meinen Gemahl? Wär' er dir nahe, er hätte, selbst dir vorauseilend, sein Weib und seine Kinder schon umarmt!"

Besorgnis schwang in der Frage, doch Lucilius zerstreute sie schnell, indem er antwortete: „Euer Gemahl naht an der Spitze seines siegreichen Heeres! Mich sandte er nur voraus, um zu erkunden, ob alles noch so sei, wie in jener Stunde, als ich Ravenna verließ. Ich habe fast alles anders gefunden — dennoch habt guten Mut! Der Weg ist dem Feldherrn geebnet, seiner harrt an der Porta Bononia die Kohorte Optilas, in diesem Haus diejenige Hadubrands, meines alten Freundes. Darum nochmals: habt guten Mut! Aetius, der Sieger, soll Ravenna und mit Ravenna die Macht für alle Zeiten wiedergewinnen!"

Da färbte die Wangen Livias ein Freudenschimmer; tief gerührt schloss sie Tochter und Sohn ans Herz und lauschte mit ihnen der Erzählung des

Jünglings von seinem Ritt zu Aetius, seiner Begegnung mit demselben, seiner Heimkehr und den Gefährlichkeiten der letzten Stunden.

Als sie alles vernommen hatte, verhehlte sich die edle Frau nicht, dass jede Gefahr noch keineswegs ausgeschlossen sei; aber sie hoffte zuversichtlich, dass mit dem Nahen ihres Gatten alles zum guten Ende gebracht werden müsste.

Die Gegner waren inzwischen nicht untätig. Furchtbar hatte die Nachricht von dem Eindringen des feindlichen Vortrabs und dem Verlust des bononischen Tores Valentinian vom üppigen Mahl aufgescheucht. Sein erster Gedanke, sowie derjenige des Eunuchen, war auf schleunige Flucht gerichtet; allein ihm widersetzten sich die beiden Obersten der Prätorianer, welche, nachdem sich die erste Bestürzung gelegt hatte, durch ihre Späher erfuhren, dass nur eine verhältnismäßig kleine Macht in Ravenna eingedrungen sei. Wenn es gelang, diese aus der Stadt zu treiben, bevor sie von außen Verstärkung erhielt, so mochte der Mösier sich ihres kurzen Erfolges kaum freuen.

Nachdem sie der feigen Unentschlossenheit des Kaisers die Erlaubnis zum Widerstand abgenötigt hatten, zögerten die Befehlshaber der Leibwache nicht lange mit der Ausführung. Eine Gruppe, welcher der Kohorte Optilas wenigstens um das Doppelte überlegen war, wälzte sich gegen die Porta Bononia; eine andere, an Zahl nicht geringer, schlug die Richtung an das Haus der Livia ein, denn auch von dessen Einnahme war die Kunde mittlerweile in den Palast des Augustus gelangt.

Valentinian raste. Grimmiger, als der Verlust des Tores, wurmte ihn, dass Livia seiner Hand entronnen sein sollte, dass er sich an sie nicht mehr klammern konnte, um Aetius die Friedensbedingungen vorzuschreiben.

Deshalb erteilte er seinen Anhängern strengen Befehl, die Befreiten um jeden Preis wieder einzufangen.

In dem Augenblick, als Lucilius seinen Bericht beendet hatte und Livia samt den Ihren ersuchte, mit ihm das Haus zu verlassen, um an der Porta Bononia einen besseren Zufluchtsort aufzusuchen, zogen die Abteilungen der Prätorianer heran. Das rote Licht brennender Fackeln verkündete ihr Nahen; und als die Kohorte Hadubrands des Feindes ansichtig wurde, zog sie sich auf Befehl des Germanen in das Haus zurück, dessen Eingang in der Eile mit Statuen, Schreinen und anderen häuslichen Geräten versperrt wurde.

Aber nicht die ganze Kohorte fand in dem nur mäßig großen Gebäude Raum; die kleinere Hälfte schlug deshalb, ohne den Kampf aufzunehmen, geordnet den Weg an das bononische Tor ein. Dorthin brachte sie die Nachricht von dem Angriff, welchen Lucilius zu bestehen haben werde.

Auch ohne die Meldung Hadubrands hatte Lucilius die neue Gefahr schon erkannt und eingesehen, dass es zum sicheren Anschluss an die Kohorte des treuen Goten zu spät ist. Er hätte den Zeitverlust, welchen der Bericht über seine Sendung verursachte, nun beklagen mögen; und doch war die Stunde, in welcher er Livia gegenüber sitzen und seinen Blick in Hildegunds vormals so schreckenbleiches und nun von hoher Freude erglühender Antlitz versenken durfte, so schön, so voll seligen Glückes gewesen, wie kaum eine andere. Über ihnen allen hatte die Hoffnung ihren lichtschimmernden Tempel errichtet, um ihre Herzen schlang sich ein geheimes Zauberband und friedlich schien nach langer, trüber Dämmerung der Blick in die Zukunft.

Sollte dies alles nun nur eine herbe Täuschung gewesen sein? Nein, so tief konnte dem Tapferen der Mut nicht sinken, nachdem er so Großes erreicht hatte. Wenn er Livia, Hildegund und Gaudentius jetzt auch auffordern musste, an der Stätte, wo sie die Qual der Ungewissheit so lange ertragen hatten, noch länger zu verweilen, so tat er es doch in der festen Zuversicht, sie bald, den Feinden zum Trotz, der Freiheit entgegenführen zu können.

So dachte Lucilius und griff nach dem Schwert, um mit eigener Hand die Gegner abzuwehren. Noch aber brauchte er das Schwert nicht. Denn ein Krieger aus der Schar jener, welche das Erdgeschoß besetzt hielten, trat jetzt eilig zu Lucilius und verkündete ihm, dass der Führer der Feinde eine Unterredung begehrt.

Da begab sich der junge Recke an eines der Fenster und rief hinab, dass er bereit sei, die Vorschläge Valentinians zu hören. Von unten wurde ihm erwidert: „Vernehmt die Worte, welche der Enkel des großen Theodosius euch durch meinen Mund zurufen lässt: ihr sollt dieses Haus, das ihr euch widerrechtlich angeeignet habt, wieder herausgeben. Tut ihr das unverzüglich, so will euch Valentinian in seiner Großmut einen Beutel mit zweihundert Solidi spenden, welchen Führer und Untergebene teilen mögen. Ungefährdet dürft ihr dann den Weg durch unsere Scharen nehmen und euch jenseits unserer Mauern wenden, wohin ihr wollt — nur nicht durch die Porta Bononia!"

Zu Lucilius war inzwischen Hadubrand getreten; er flüsterte, während der Untenstehende noch kaum geendet hatte, dem jungen Freund zu: „Trau dem Boten des Augustus nicht!"

Es hätte der Warnung nicht bedurft, denn Lucilius entgegnete ihm: „Melde dem Arglistigen, der dich sendet, es stehe ihm schlecht an, uns der Widerrechtlichkeit zu beschuldigen; denn wir lehnten uns nur gegen die Gewalt auf, mit welcher er die Gattin des Mösiers und ihre Kinder bedrohte. Melde ihm außerdem, dass unsere Schwerter und Speere zu scharf seien, um sie nach seinem Gefallen friedlich ruhen zu lassen; und melde ihm auch noch, dass wir die Falschheit durchschauen, die sich hinter der Maske der Großmut versteckt. Den Weg aber durch eure Scharen werden wir nach eigenem Gutdünken wählen und ihn finden, euch und Eurem Gebieter zum Trotz!"

Damit wandte sich Lucius vom Fenster fort und erteilte Hadubrand seine Anweisungen für die Verteidigung des Erdgeschosses, während er selbst den oberen Teil des Hauses im Auge behalten wollte. Eine Zeitlang wartete er vergebens auf Eröffnung der Feindseligkeiten, denn der Oberste der kaiserlichen Leibwachen versuchte nun durch immer höheres Angebot die Treue der Untergebenen Hadubrands wankend zu machen. Aber auch hier klang die Zurückweisung verächtlich und so entschloss er sich, zornigen Mutes über die verschwendete Mühe, zum Angriff.

Aber so leicht, wie Lucius und dem Germanen, sollte dem Parteigänger Valentinians der Kampf nicht werden. Die gewaltigen Quader, aus denen die Außenmauern des Palastes gebildet waren, boten nirgends einen schwachen Punkt für die feindlichen Massen und der Eintritt in das Haus musste durch die einzige Tür erzwungen werden. Allerdings waren die Flügel derselben von der Kohorte Hadubrands zerstört; doch schwerer überwindlich, als jene, türmten sich vor den Angreifern Hindernisse aller Art empor und zwischen jeder Lücke starrte es von Speeren, deren Eigentümer in gedeckter Stellung jeden allzu kühn Nahenden tödlich trafen.

Der Führer der Kaiserlichen sah bald ein, wie vergeblich sein Tun hier war, wenn er die Erreichung des Zieles nicht mit stärkeren Mitteln anstreben konnte. Schon murrten seine Untergebenen über das fruchtlose Beginnen, das ihnen weder Vorteil noch Ruhm eintrug. Da befahl er, Sturmleitern und Widder herbeizuschaffen, um einen Weg durch die Mauern zu bahnen und zugleich durch die wenigen und schmalen Fenster des oberen Stockwerks in dasselbe einzudringen.

Stunden vergingen, bevor die Belagerungsmaschinen herbeigeschafft und aufgestellt waren, Stunden, in denen der Kampf mehr spielend, als im Ernst, fortgesetzt wurde. Der Morgen graute schon, ehe der Streit in eine neue Phase trat.

Auf den Gassen Ravennas wurde es immer lebhafter; mit dem anbrechenden Tag verbreitete sich das Gerücht des Überfalls nach allen Richtungen. Aus Palästen und schlichten Bürgerhäusern kamen Mutige und Neugierige in Scharen, die sich teils lärmend, teils still dem Kampfplatz näherten. Aber auch mancher besonnene Mann war unter ihnen, mancher Tapfere, der mit Seinesgleichen auf die Mauern stieg und Ausschau hielt, ob der kommende Morgen nicht neue und schlimmere Überraschungen bringt.

Rötlich ging endlich die Sonne auf, doch ein Nebelschleier stieg aus den Sümpfen der Umgegend und verhüllte das Licht des Tagesgestirns, wie er den Blick in die Ferne verhüllte.

In der Stadt aber begann nun ein heißeres Ringen. In immer engeren Kreisen bedrängten die Satelliten Valentinians die Kohorte Optilas, der sich am bononischen Tor der feindlichen Übermacht mit Mühe erwehrte. Mancher tapfere Krieger lag verwundet, manchem brachte der junge Morgen den bitteren Tod; dennoch verzagte der treue Gote nicht, sondern feuerte, gleich Sempronius, die Seinen zu ausdauerndem Widerstand mit Worten und Taten an.

Mit Worten und Taten befleißigten sich desselben die Führer der um das Haus der Livia ringenden Gruppen. Furchtbar donnerte das erzbeschlagene Haupt eines gewaltigen Widders gegen das cyklopische Gemäuer, das in seinen Grundfesten erbebte und sich in den Fugen lockerte. Unter dem Schutz beweglicher Dächer wurden die Sturmleitern angelegt und mancher Verwegene klomm bis an die Fenster hinauf, um nach vergeblichem Kampf verwundet in die Arme der ihm Nachfolgenden zu sinken.

Von hier drohte den Eingeschlossenen wenig Gefahr; doch besorglicher gestaltete sich der Streit um das Erdgeschoß. Zwar hatte der Widder keine Bresche in die Mauern zu legen vermocht; aber als ein zweiter nun herbeigeschafft und gerade gegen die im Eingang aufgetürmten Hindernisse gerichtet wurde, begann der Sieg sich zu Gunsten der Angreifer zu wenden.

Von seinem üppigen Lager hatte sich mittlerweile auch Valentinian erhoben. Mit dem lallend ausgestoßenen Befehl, Weib und Kinder des Mösiers vor sein Angesicht zu bringen, war er inmitten der Nacht auf die schwellenden Kissen gesunken; erwachend tobte er, dass man sein Gebot nicht erfüllt habe und suchte nun im Geleit des Heraklius, vom Schwarm der Höflinge umgeben, den Kampfplatz auf. Aus sicherer Entfernung ließ er die Stürmenden anspornen und verhieß ihnen außerordentliche Belohnungen. Sein Blick weidete sich an dem Eifer, mit welchem jeder abgeschlagene Angriff erneut wurde, an dem Erfolg, dessen sich die Seinen jetzt endlich rühmen durften. Denn die Schranken waren von den Stößen des zweiten Widders zertrümmert und nichts als die Speere der Verteidiger hielt die Prätorianer noch zurück.

Aber gegen Feindes Speer und Schild dienten die eigenen Waffen; aber so sehr tapfer Hadubrand mit den Seinen sich auch verteidigte, Schritt um Schritt brach sich die Übermacht der Gegner Bahn, Schritt um Schritt drang sie erobernd in das Innere des Hauses ein.

Im Atrium hatte der Germane seine Hauptmacht aufgestellt. Die rings um dasselbe liegenden Gemächer gab er den Feinden ohne Schwertschlag preis; nur den Eingang in jenes, aus welchem eine steinerne Treppe in das obere Geschoß führte, deckte er mit seiner ganzen Schar, ihn wollte er bis auf das Äußerste verteidigen und erst wenn ihn die höchste Not zwang, als einzige Rückzugslinie benützen.

Der Sturm auf die Fenster war eingestellt, sobald die Gegner den Eingang in das Erdgeschoß erzwungen hatten und mit Schrecken erkannte Lucilius, was vorgefallen sein musste. Durch ermutigende Worte versuchte er Livia und ihren Kindern die drohende Wendung noch zu verheimlichen; aber die Hast, mit welcher er nach unten eilen wollte und das Getöse, das immer lärmender von dort heraufdrang, belehrte die Schwergeprüfte, dass die höchste Gefahr ihr furchtbar nahe getreten ist.

Und sie hielt ihren mutvollen Verteidiger zurück und sprach leise zu ihm: „Wenn wir den Feinden erliegen sollten, bevor die Hilfe kommt, so gelobe mir Eines: lass uns nicht lebend wieder die Beute des feigen Wüstlings werden! Nur vor Toten und Sterbenden kennt der Wilde Scheu. In deiner Hand ist noch jene Waffe, welche ich dir vor Zeiten gab! Dir vertraue ich die Ehre meiner Tochter und die meine an; du wirst Mann genug sein, um auch das Schwerste zu vollbringen, wenn es das Schicksal so fordert!"

Ein Schauer überlief Lucilius, doch seine Entgegnung lautete fest: „Erst wenn die Hoffnung verloren ist, sollt ihr mich wieder mahnen; noch gibt es genug Tapfere, um euch vor den Söldnern Valentinians zu schützen!"

Mit dieser Antwort musste Livia sich zufrieden geben, während der junge Recke mit den meisten seiner Genossen nach unten eilte, um die Feinde abzuwehren.

Sein Erscheinen erhöhte, wenn es möglich war, den Mut der Verteidiger, aber nicht minder den Grimm der Angreifer. Er war es ja, auf dessen Haupt der hohe Preis gesetzt war; ihn zu besiegen und lebend oder Tod den Händen des Augustus zu überliefern, trachteten voll Eifer die kaiserlichen Satelliten.

Vergebliches Bemühen! Treu, wie Achilles dem göttlichen Sohn der Thetis, stand Hadubrand dem jugendlichen Kämpfer zur Seite; sein Schild fing die Hiebe und Stöße auf, die seinem Kamerad zugedacht waren, sein Schwert teilte, gleich dem des Freundes, wuchtige Schläge aus.

Aber immer wilder stürmten die Gegner und immer kleiner wurde die Zahl der waffenfähigen Mannschaft Hadubrands, während für jeden verwundeten Prätorianer ein neuer in die Schranken trat. Langsam mussten sich die tapferen Germanen zurückziehen, erst in das Gemach, dann an die Treppe. An der Schwelle der letzteren stemmten sie sich in unbeugsamen Trotz zum letzten Mal den Nachdringenden entgegen; ein furchtbarer Entscheidungskampf entbrannte hier.

Der Vorteil der Stellung war auf Seiten der Verteidiger, deren Anzahl aber stetig abnahm. Kein Zweiter fühlte so tief, wie Lucilius, auf was es hier ankam. Mit unerschütterlichem Pflichtgefühl, mit todesverachtendem Mut kämpften die germanischen Krieger; doch Lucilius gedachte der Not, welche Livia und die Ihren bedrohte, dachte an das Leid, welches das Herz des mösischen Helden zermalmen musste, wenn er sein Teuerstes nicht mehr vorfand. Und mit dem Ungestüm der Verzweiflung wagte der furchtlose Jüngling noch einmal einen Vorstoß — den letzten; denn während er zwei Gegner unschädlich machte, traf ihn das Schwert eines dritten so hart, dass er blutüberströmt ins Knie sank und die Besinnung verlor. In seinen Armen fing Hadubrand ihn auf und trug ihn in das Gemach Livias, den Seinen noch im Aufwärtssteigen tapferen Kampf bis zum Erliegen gebietend.

Mit einem bangen Schrei erblickte Hildegund zuerst den verwundeten Jüngling, Hadubrand jedoch rief ihrer Mutter nur wenige Worte zu, um ohne Zeitverlust wieder von dannen zu eilen und seinen Arm mit den Gegnern zu messen.

Da beugte sich Livia zu dem Tapferen nieder; mit lindernder Hand wusch sie die Wunde seines Kopfes und umwand, von der bebenden Tochter unterstützt, seine Stirn mit kühlendem Linnen. Im Angesicht des Hilfsbedürftigen hatte sie selbst den Gedanken an den Tod vergessen, und ihr Sinnen und Denken ging selbstlos in der Pflege des Verwundeten auf. Sie und Hildegund hörten das Toben und Waffenklirren, aber sie lauschten ihm nicht mehr so ängstlich wie zuvor; es kam näher und wurde immer lauter, gellende Hilfeschreie, wildes Wutgebrüll und dröhnende Befehlsrufe erschallten. Die beiden vernahmen sie, doch forschten sie nicht, was diese bedeuteten, dann schlug Lucilius plötzlich, aus tiefer Ohnmacht erwachend, die Augen wieder auf.

Ein mattes Lächeln überflog sein Antlitz, als er Livia und Hildegund neben sich erblickte — da stürmte es die Treppen hinauf; brausender, unendlicher Jubel erschallte und als Livia sich fragend umwandte, hörte sie eine bekannte Stimme ihren Namen rufen, fühlte sie sich im nächsten Augenblick von den starken Armen ihres Gatten umschlungen. „Livia, mein Weib, Hildegund, Gaudentius!" erschallte es von seinen Lippen, während diese unter Freudentränen an ihm hingen, die Begleiter ehrfurchtsvoll am Eingang stehen blieben und Hadubrand allein sich zu dem Freund niederbeugte und ihm die frohe Botschaft verkündete.

Überraschend, wenn auch von den seinen mit Ungeduld erwartet, war das Nahen des Feldherrn beiden kämpfenden Parteien gewesen. In höchster Eile hatte er die letzte Wegstrecke zurückgelegt und mit dem aufgehenden

Tag, von dem Nebel begünstigt, der die heranziehenden Legionen den Späherblicken entzog, Ravenna erreicht.

Seine Ankunft brachte der Kohorte Optilas an der Porta Bononia die dringend nötig gewordene Unterstützung. Von den Trabanten Valentinians bis an den Torbogen, teilweise schon bis auf die Brücke gedrängt, hatte es fast geschienen, als sollte das von Sempronius gewonnene Tor ihm gewaltsam wieder entrissen werden. Schon jubelten die Gegner, da warf der wuchtige Anprall der neuen Streitkräfte jene über den Haufen; ihre Führer wurden erschlagen, sie selbst nach allen Richtungen zersprengt. Schnell entschlossen sandte Aetius die ihn begleitenden Scharen unter dem Befehl zuverlässiger Tribunen aus, um sich rasch der wichtigsten Tore und Plätze, sowie der festen Gebäude, zu bemächtigen; er selbst war dorthin geeilt, wo er Weib und Kinder in höchster Gefahr wusste.

In wilder Flucht hatten die auf der Gasse befindlichen Prätorianer samt Valentinian und Heraklius sich vor den Feinden zu retten gesucht; doch alle diejenigen, die sich innerhalb des erstürmten Gebäudes befanden, mussten die Hand des Mösiers fühlen. Ein kurzer, blutiger Kampf hatte über ihr Los und das der letzten Tapferen entschieden, die an der Seite Hadubrands die obersten Treppenstufen noch verteidigten; dann sah Aetius sein nächstes, höchstes Ziel erreicht, die Seinen in bangem Zagen, doch unversehrt, wieder!

Welch eine Fülle langentbehrten Glückes schloss dieser Augenblick in sich; welch eine Fülle von Ereignissen, Erstrebtem und Erduldetem, Hoffen und Verzagen fand nun ihre Lösung! —

Aber die Vergangenheit musste vor den gebieterischen Forderungen der Gegenwart zurücktreten, die nächste Stunde nahm die Tätigkeit des Siegers ganz in Anspruch. Er wollte, nachdem er den Seinen einen starken Schutz bestellt hatte, die Gunst des Tages benutzen und seinen Sieg mit Kraft und Entschlossenheit verfolgen.

An der Spitze seiner germanischen und römischen Söldner zog der Mösier gegen die kaiserliche Burg, in deren Räumen er Valentinian vermutete. Keine feindliche Kohorte versperrte dem Sieger den Weg und erst als er dem Kaiserpalast nahte, fand er jeglichen Zugang verschlossen.

Die Tatsache überraschte den Feldherrn; er hatte dem Sohn Placidias nicht so viel Mut zugetraut. Doch ihm sollte bald unerwartete Aufklärung gegeben werden.

Während er noch seine Anordnungen traf, um den letzten Rückhalt des Gegners mit Macht anzugreifen, empfing er von allen Seiten die Meldung, dass die Besatzung Ravennas die Waffen gestreckt hat und sich sämtliche Tore und Türme nun im Besitz seiner Legionen befinden. Mit erhöhter Freudigkeit erfüllte die Nachricht Aetius; aber sein Sieg war nicht vollkommen, so lange Valentinian des Siegers spotten konnte. Der Person des Augustus musste Aetius sich umso mehr versichern, da Placidia, in deren Namen Lucilius unterhandelt hatte, machtlos im fernen Rom saß.

Der Feldherr wollte eben an die Besatzung des kaiserlichen Palastes die Aufforderung zu gütlicher Übergabe richten, als eine Gruppe seiner Männer ihm mit lauten Jubelrufen nahte. In ihrer Mitte führten diese einen Trupp Gefangener, und als Aetius näher hinsah, erkannte er keinen Geringeren, als Valentinian selbst, mit einer Schar seiner Höflinge, von welchen freilich Heraklius fehlte. Unter beißenden Spottreden stießen die Übermütigen den würdelosen Augustus vorwärts, der mit verstörtem Antlitz und wankenden Knien, das Schlimmste fürchtend, seine Blicke nicht zu dem Sieger zu erheben wagte.

Das Gefühl einer Verachtung, die mit unsäglicher Bitterkeit gepaart war, überkam Aetius. Er dachte an das Böse, das sein edles Weib und seine Kinder hatten erdulden müssen, und mächtig regte sich in ihm der Trieb nach Vergeltung. Aber der mösische Held musste dem Würdelosen aus Klugheit Schonung angedeihen lassen, musste, wenn er nicht selbst nach dem Thron und Stirnreif der Cäsaren greifen wollte, dem Augustus die äußeren Zeichen einer Macht gönnen, welche längst schon in die Hände kühnerer und größerer Männer übergegangen war. Um die wirkliche Macht warb und rang auch Aetius, — nach dem prunkenden Titel aber trug er kein Verlangen.

So gebot der Feldherr den Seinen von Valentinian zu lassen; den Letzteren selbst redete er mit den Worten an: „Placidia sandte mir ihren Boten; seinem Ruf folgend, bin ich dieser Stadt genaht. Das Schwert sollte ruhen und kein Blut mehr vergossen werden. Anders hast du es gewollt, keinem zum Heil, dir selbst zum Leid! Doch in deiner Hand ruht das Zepter, du hast zu gebieten. Jetzt aber lass das Tor deines Palastes öffnen! Wenn Placidia fern ist, mag ihr Sohn hören, um welchen Preis König Attila und ich Frieden schließen wollen!"

Valentinian atmete auf; er hatte für sein Leben gezittert und glaubte nun aus den Worten des siegreichen Feindes neue Hoffnung schöpfen zu dürfen. Tief empfand er die Schmach, welche für ihn darin lag, als ein Besiegter vor einem Gegner stehen zu müssen, dessen Blick deutlich ausdrückte, was seine Worte noch verschwiegen.

Der Sohn Placidias sann nur darauf, die peinliche Szene zu ändern; er gebot deshalb einem seiner Begleiter, den Befehl zur Öffnung der Burg an das Haupttor derselben zu bringen.

Nach kurzer Frist öffneten sich die Torflügel, und zur Seite des Besiegten betrat der Mösier stolz erhobenen Hauptes die ihm wohlbekannten Hallen. Die germanischen und römischen Kohorten des Siegers besetzten die Hauptteile des Palastes; Aetius aber führte Valentinian in den Thronsaal, wohin kein Dritter ihnen folgen durfte.

Hier lieh der mösische Held seiner Empfindung ohne Rückhalt die rechten Worte. Mit einer Stimme, die wie dumpfer Donner grollte, begann er: „Nicht aus Achtung vor dir, sondern um der Ehrfurcht willen, die meine Söldner selbst dem Schatten jener großen Kaiser, welche einst die Welt regierten, schuldig sind, schonte ich dich, den feigen Wüstling, der die Krone des abendländischen Reiches trägt! Hier aber, an der Stätte, wo dein bübischer Hass sich in wütenden Schmähungen über die Häupter meines Weibes und meiner Kinder ergoss, — hier sollst du vernehmen, dass du fortan nur noch als Geschöpf meiner Gnade durch das Leben schreiten wirst! Dank es der wagemutigen Tatkraft des Lucilius, dass ich im Angesicht des Sieges Gnade walten lasse. Denn, beim Andenken des großen Trajan, hätte ich Livia und die Meinen nicht mehr vorgefunden, so wäre dein Blut ihnen zur Sühne zuerst geflossen. Aber Mannesmut siegte über die Ränke der Ehrlosen und Feigen; und ich, den du jüngst nach Deinem Willen lenken zu können glaubtest, ich rufe dir jetzt zu: Löse dich und das Reich von der Gier der Hunnen, öffne deine Schatzkammer und gib, gib reichlich, denn es wird reichlich gefordert werden! Dann aber schwöre, mir als Augustus alles zu bestätigen, das ich anordne, alles zu unterstützen, das ich beginne. Alles zu gewähren, das ich verlange. Auf den Knien vor dem Bildnis des Gekreuzigten, in Deinem und im Namen deiner Mutter, schwöre es!"

Vom Gefühl seiner Hilflosigkeit erdrückt, vor den gebieterischen Worten des zürnenden Helden in Furcht erschauernd, hatte Valentinian keine Wahl, als unbedingtes Erfüllen des Geforderten. Auch wenn sich in ihm auch jetzt noch der furchtbar gebrochene Stolz aufbäumte und die Dämonen des Hasses und der Bosheit in ihm zischten, mussten sie aber verstummen, wo die Not unerbittlich Demütigung erforderte.

Stockend, in abgebrochenen Sätzen, erschallten von den Lippen Valentinians die Worte, die Aetius ihm befahl. Als dieser beendet hatte, sprach der Feldherr weiter: „Der Grund, auf welchem die Geschicke des abendländischen Reiches fortan von mir geleitet werden, ist nun bestimmt; lass es deine Sorge sein, dass kein Dritter anzutasten wagt, was unter uns besiegelt worden ist. Die Ämter des Patricius Generalissimus und des Heermeisters wirst du mir in öffentlicher Versammlung verleihen, sobald die hunnischen Geschwader über den Grenzstrom zurückgezogen sind; als Patricius und Heermeister werde ich dir und Placidia in öffentlicher Versammlung die Ehren erweisen, welche der Tochter und dem Enkel des großen Theodosius gebühren. Den Abgesandten des Steppenfürsten stelle dreihundert Pfund Gold bereit; das ist der Preis, um welchen diese auf ihrem Siegeszug Halt machen und Ravenna mit Raub und Plünderung verschonen wollen!"

Valentinian zuckte zusammen, als er die Höhe der Summe nennen hörte; aber mechanisch nickte er mit dem Kopf und verbissen murmelte seine Lippe nur: „Attila wird zum Krösus und ich zum Bettler; wir werden das römische Gold binnen Kurzem nur noch am Gestade der Donau finden!"

Aetius achtete nicht auf den Einwand; er kannte die Hilfsquellen des Westreiches zur Genüge, um überzeugt zu sein, dass die Summe, so hoch sie schien, nicht unerschwinglich war. Ohne Mitleid überließ er Valentinian seinem sich selbst verzehrenden, machtlosen Grimm und eilte in die Arme der Seinen, die mit liebender Sehnsucht des Gatten und Vaters harrten.

Neuntes Kapitel

Eine Frist von wenigen Wochen war verronnen. Nicht nur in Ravenna, sondern weit über dessen Grenzgebiet hinaus, gebot der Wille des mösischen Helden, dessen siegreiche Rückkehr zugleich der Anfang einer neuen, glorreichen Periode seines Lebens sein sollte. Auf sein energisches Betreiben hin wurde das von Oneges geforderte Lösegeld demselben rasch eingehändigt und Aetius hatte die Genugtuung, die hunnischen Geschwader abziehen zu sehen, ohne ihrer ferneren Hilfe bedurft zu haben.

In gutem Einvernehmen mit Oneges, fürchtete, er den tief gekränkten Stolz des Orestes und die barbarische Rachsucht Scottas weder für sich selbst, noch für Carpilion, dessen Wohl er dem einflussreichen Griechen warm und vertrauensvoll empfahl. Noch schien der Tag, an welchem römische und hunnische Kraft sich zum entscheidenden Ringen begegnen mussten, fern zu sein; noch gab es für Attila wichtigere Dinge, als die Ausführung seines Zuges gen Westen.

Dem neuen Patricius galt es, mit gewaltiger Hand im Innern des Reiches Ordnung zu schaffen, dem Riesenbau, an welchem manche stolze Säule morsch geworden war, starke Stützen zu verleihen. Ihm stand eine Augias-Arbeit bevor; allein er musste sie mit eben so viel Vorsicht wie Kraft unternehmen und sich selbst dabei in unerschütterliches Ansehen setzen.

Groß war der Anhang des Mösiers schon vor seinem Sieg gewesen; mit der Einnahme Ravennas war er bedeutend gewachsen und dennoch genügte er Aetius nicht! Die Achtung und Bewunderung auch der Widerstrebenden zu gewinnen, das war sein Bestreben, das erschien ihm notwendig, wenn er sein hohes Ziel erreichen und nicht auf halbem Weg erlahmen sollte.

Mochten Valentinian und Placidia für den Augenblick auch aller Stützen gegen ihren Überwinder beraubt scheinen, — Dieser wusste doch gut genug, dass mit jedem neuen Stundenschlag durch die von Furcht oder Neid Erfüllten ein offenes oder heimliches Spiel gegen ihn beginnen konnte. Gegen die Furcht bedurfte er keiner Waffen, als derjenigen des Stolzes und der Verachtung; die ehrlichen Feinde durfte er durch seine Taten und Schöpfungen zu gewinnen hoffen; nur gegen Neid und Missgunst, Ränkesucht und Arglist gab es keine Schutzwehr, als unnahbare Hoheit oder rücksichtslose Verfolgungssucht.

Derjenige seiner Feinde, gegen den er mit vollstem Recht unversöhnlichen Grimm hegen durfte, hatte sich durch die Flucht der Strafe entzogen; aber selbst wenn er dem Sieger in die Hände gefallen wäre, hätte dieser vor der Anwendung blutiger Gewalttat schwere Bedenken getragen.

Aetius hegte andere Wünsche! Zuallererst musste er darauf bedacht sein, sich mit Placidia ins Einvernehmen zu setzen. Ihr Aufenthalt in Rom hatte ihm vor Wochen verhängnisvoll zu werden gedroht; jetzt war er ihm willkommen, denn er gab ihm Gelegenheit, die Kaiserin an jenem Ort, der ihm selbst und jedem echten Römer als die wahre Hauptstadt des abendländischen Reiches galt, aufzusuchen.

Während er gegen den unwürdigen Sohn des Konstantius unbezwinglichen Abscheu empfand, vertraute er der Weibesklugheit Placidias, welche sich mit besserer Wahrung ihrer Würde in das Unabänderliche fügen wird. Mochte er zu Rom auch im Bereich des Diakonus Leo sein, Aetius wusste doch, obgleich er nicht zu den Strenggläubigen zählte, in dem hochstrebenden Kleriker die schöpferische Tätigkeit und geistige Kraft zu schätzen. Er hielt deshalb die Möglichkeit einträchtigen Zusammenwirkens mit diesen nicht für ausgeschlossen.

Dem Adlerblick des Mösiers war nicht entgangen, dass sich in Rom, an der Stätte der alten Kaiserherrlichkeit, im Stillen eine neue Macht mit zäher Ausdauer und unbeugsamer Konsequenz festzusetzen versuchte. Diese Macht war die Kirche! In ihren Anfängen nur eine heimliche und verfolgte Gemeinschaft Gleichgesinnter, nach langem Dulden und Kämpfen immer siegreicher heranwachsend, war sie endlich zur unbestrittenen Herrschaft gelangt. Aber ihre hohen Ideale schwanden, als sich ihrer rein geistigen Macht die weltliche zugesellte, als sie immer größere Ansprüche erhob, immer größere Reichtümer an sich raffte und prunkend und herrschsüchtig zugleich ihre materielle Gestaltung suchte.

Der unaufhaltsame Niedergang des Kaisertums beförderte den Aufschwung der Kirche; die Quiriten Roms sahen seit der Verlegung des kaiserlichen Hofes nach Ravenna in dem von ihnen selbst erwählten Bischof von Rom nicht nur den obersten Priester, sondern zugleich den eigentlichen Schirmherrn und Berater ihrer Stadt. Seine hohe Würde ließ ihn bald größeres Ansehen genießen, als Präfekten und Senatoren, die bürgerlichen Beherrscher Roms; vor der Heiligkeit seines Amtes beugten sich selbst die Auguste und Cäsaren. So war es kein Wunder, wenn auch die Persönlichkeit des Pontifex außergewöhnlicher Verehrung teilhaft wurde.

In unendlichen, erbitterten Kämpfen hatten die Bischöfe Roms um den Primat gerungen; noch wurde er ihnen nur von den Bischöfen des Abendlandes zugestanden, während die Oströmer ihre Unabhängigkeit von Rom eifersüchtig zu bewahren trachteten. Dafür verdammte sie Rom, die Pflegerin der starren Orthodoxie, und erhob gegen sie und alle, die in Glaubenssätzen abweichender Ansicht waren, den Vorwurf der Ketzerei. Dem alternden Sixtus, seines Namens der Dritte, stand der eifrige Leo zur Seite, von der Gunst Placidias und Valentinians getragen. Mit Leo musste

Aetius Fühlung gewinnen, wenn er dauernden Frieden mit Placidia wünschte.

Diese Erkenntnis bestimmte den mösischen Helden, sich ohne Zeitverzug selbst nach Rom zu begeben. Nicht an der Spitze eines drohenden Heeres, denn das war nicht mehr notwendig! Dem neuen Heermeister hatten die Duces und Präfekten, Legaten, Tribunen und Centurionen, Prätorianer und Legionäre alle Gehorsam geschworen. Nur ein stattliches Gefolge gotischer Auxiliären und römischer Söldner unter dem Befehl des zum Tribunen ernannten, tapferen Sempronius sollte den Feldherrn geleiten; ihrem Schutz wollte er Livia und seine Kinder überantworten, während an seiner Statt Hadubrand und Optila, gleichfalls zur Tribunenwürde erhoben, in Ravenna die Ausführung seiner Gebote überwachten. Lucilius, dessen Stirnwunde unter der sorgsamsten Pflege geheilt war, sollte dem Mann, der ihm so viel verdankte, nach Rom folgen und ihm bei seinen Verhandlungen mit der Kaiserin als Vorläufer und Zeuge dienen.

Rom! — Wie mächtig und doch wie verschiedenartig ergriff das Wort alle diejenigen, welche sich zum Aufbruch dorthin rüsteten!

Für Aetius war es die Krönung seines Beginnens, der Ort, wo all sein Tun erst die rechte Weihe und Bedeutung empfangen sollte. Er liebte Rom mit der ganzen Kraft seines Mannesherzens und für Rom hatte er mit Gefährdung seiner Ehre, seines Lebens und der Seinen das verhängnisvolle Werk unternommen. Nun war es die Pflicht der Römer, ihn zu begreifen und ihm durch treue Hingabe die Erreichung des großen Zieles zu ermöglichen!

Wie anders Lucilius! — Auch er liebte Rom mit jener unversieglichen Liebe, welche den Menschen nach der Stätte zieht, wo er das Licht der Welt erblickt, seine Kindes und Jugendjahre erlebt hat. Auch zu ihm redete jeder

Tempel, jede Säule und Statue Roms eine andere Sprache, als die Prachtbauten Ravennas. Er fühlte sich durch das Vertrauen, mit welchem Aetius ihn auszeichnete, hochgeehrt; aber mit einer Beklommenheit, welcher sich ein seltsames Grauen mischte, sah er der Begegnung mit Placidia entgegen.

In sinnberückender Schönheit, voll hinreißender Liebesglut hatte sie sich ihm zum letzten Mal gezeigt, bevor er Ravenna verließ; er hatte ihr Versprechen, ihre Lockung nicht vergessen, nicht vergessen, was sie von ihm erwartete. Doch zwischen ihn und Placidia war das Bild einer anderen getreten, makellos und unentweiht, nicht in feurigem Werben, sondern in jungfräulicher Befangenheit. Lucilius wagte nicht, sich zu gestehen, was er für die Tochter Livias empfand; er gab sich dem Zauber, den ihre Nähe, ihr Anblick auf ihn ausübten, freudenvoll hin.

Und zwischen ihm und Placidia hatten die herben Äußerungen des mösischen Helden, die rohen Schmähreden der Söldner am bononischen Tor einen Abgrund aufgerissen, dessen grausige Tiefe ihn mit Schaudern erfüllte. —

Aber die Stunde des Aufbruchs kam, wie gern Lucilius dieselbe auch bis in die Unendlichkeit verschoben hätte!

Ein Gefühl großen, freudigen Stolzes schwellte die Brust des Mösiers, als er, von den etrurischen Bergen niedersteigend, die zyklopischen Türme der aurelianischen Mauer im Licht eines klaren Wintermorgens vor seinen Blicken auftauchen sah. Ihm kam es vor als würde ihm aus der Ferne das Capitol grüßen, dessen Säulen und Dächer, ihrer reichen Goldbekleidung zum Teil beraubt, aber dafür mit feinkörnigem Reif bedeckt, im Sonnenlicht glitzerten, war es nicht, als lade ihn der verfallende Kaiserpalast auf dem

Mons Palatinus zu festlichem Verweilen in seinen unermesslichen Räumen ein.

Näher und immer näher kam der Zug der Siebenhügelstadt, immer klarer und deutlicher unterschied Aetius ihre einzelnen Teile. Triumphbögen wurden jetzt auf seiner Straße sichtbar und bald hielt er vor der Porta Flaminia. Eine schnell zusammenströmende Menge schaulustigen Volkes empfing ihn mit lärmendem Jubel; seine Anhänger eilten ihm zu herzlicher Begrüßung entgegen, mit ernster Zurückhaltung sahen ihn andere nahen. Aber keine bewaffnete Hand erhob sich feindselig gegen ihn und unter dem wachsenden Zusammenlauf der Römer setzte er ungehindert seinen Weg fort.

Ein edles Schlachtross trug den Feldherrn; gleich ihm waren seine vornehmsten Begleiter beritten. In einem reich verzierten, bedeckten Wagen befand sich Livia mit ihren Kindern und diesem nahe, hoch zu Ross und Seite an Seite, Lucilius mit Sempronius. Dem Letzteren musste sein Freund und Kampfgenosse als Erklärer alles Wunderbaren, das bei ihrem langsamen Weiterzug die Blicke auf sich lenkte, dienen.

Trotz der Schrecknisse, welche eine dreitägige Plünderung durch die Scharen Alarichs vor Decennien über die unglückliche Stadt gebracht hatte, war Sempronius von ihrer märchenhaften Pracht überrascht und entzückt. Noch standen die meisten der majestätischen Tempelbauten äußerlich unversehrt, wenn auch die Altäre der alten Götter zerstört waren und an mancher Stätte des alten Kultus zu dem neuen Gott gebetet wurde. Noch strömten durch kolossale Aquädukte die Wogen des feuchten Elementes in die Stadt, um in unermesslichen Thermen dem öffentlichen Wohl zu dienen. Auch erfüllte und zierte ein Heer von Statuen die Tempelhallen und freien Plätze, forderten die prunkvollen Triumphbogen zur Bewunderung heraus, reckten sich die gewaltigen Säulen, welche von den Taten der

Vorfahren erzählen sollten, in die Lüfte. Die Gier der gotischen und hunnischen Söldner hatte dem Mausoleum Augusts nichts von seiner wundervollen Pracht rauben können und das Pantheon Agrippas leuchtete noch wie zu den Zeiten Octavians mit seinem vergoldeten Dach über seine Umgebung hinaus. Ungebrochen stand das Reiterbild des edlen Marc Aurel, ungebrochen der von dem kaiserlichen Philosophen erbaute Sonnentempel, der alle Wunder des Orients in sich vereinigte.

Am Campus Agrippae, einem mit Hallen und Gartenanlagen geschmückten Platz, zogen die Begleiter des mösischen Helden vorüber. Dann breiteten sich vor den bewundernden Blicken der Nahenden die Kaiserfora aus, von der Burg und den Tempeln, den Felsen und Lorbeerhainen des kapitolinischen Hügels überragt.

Sempronius hatte für unmöglich gehalten, dass es etwas Erhabeneres und Vollendeteres, als die Dinge, welche ihm bisher begegnet waren, geben könne. Aber als er nun an dem Forum Trojans vorüberzog, zügelte er, von Bewunderung hingerissen, sein Ross. Die Säule, welche, mit Trophäen geschmückt, die Stege des großen spanischen Imperators über die Dacier feierte, überragte eine Anlage, wie sie großartiger an Ausdehnung und unvergleichlicher Schönheit kaum zu denken war. Soweit der Blick reichte, boten sich dem trunkenen Auge neue wundervolle Bilder dar. Hinter dem Jüngling befand sich die Basilica Ulpia mit ihren doppelten Säulengängen und ihrer berühmten Bibliothek; ihm zur Seite lagen fries- und skulpturengezierte Atrien, in denen die steinernen und erhabenen Bildsäulen der Denker, Dichter und Redner vergangener Zeiten eine stummberedte Sprache führten.

Neue Triumphbögen folgten, neue Plätze, dem August, dem Cäsar, dem Nerva gewidmet, neue Standbilder, Tempel und Hallen in entzückender Mannigfaltigkeit, unsäglicher Pracht und Majestät. Weiter nach Südwest streifte der Blick über das Forum des Friedens. In Trümmern lag hier der von Vespasian erbaute Tempel; aber unangetastet erhob sich hinter ihm die Basilica Konstantins, neben welcher die korinthischen Säulen und das goldschimmernde Dach des Doppeltempels der Roma und Venus, jenes herrlichsten Bauwerkes Hadrians, sichtbar wurden.

Doch nicht bis hierher führte Aetius seine Schar; er nahm den Weg über das Forum Romanum. Mit tiefer Bewegung weilte der Blick des Feldherrn auf der Statue, welche der römische Senat dem großen Stilicho errichtet hatte, demselben, der wenige Jahre später in Ravenna verräterisch durch das Schwert des Henkers getötet wurde. So belohnte die wankelmütige und undankbare Mitwelt die Taten der größten Männer; und dennoch fanden sich immer wieder Kühne und Furchtlose, die, vor einem ähnlichen Schicksal nicht bangend, den Kampf für die Größe Roms unerschrocken aufnahmen!

Der Mösier versank in tiefes Grübeln, ihm war, als ob ihm die Bildsäule ein leises Mahnwort zugerufen habe, ein Wort, dessen Echo mächtig in ihm widerhallte.

Aber seine jugendlichen Begleiter überschauten mit hoher Teilnahme den langgestreckten Platz, den eigentlichen Mittelpunkt der Geschichte Roms. Hier stand die Reiterstatue Konstantins neben dem Bogen des Septimius Severus; den goldenen Meilenstein Augusts hatten die Plünderer seiner kostbaren Bekleidung beraubt, doch der berühmte Tempel des Janus Geminus war in seinen Grundfesten unerschüttert geblieben. In nordöstlicher Richtung begrenzte die herrliche, mit Säulen aus phrygischem Marmor geschmückte Basilica des Aemilius Paulus, ihr schräg gegenüber die nicht minder schöne Basilica Julia den Platz. In dessen Mitte prangte das Standbild Domitians; Tempel und Statuen vervollständigten die reiche Mannigfaltigkeit. Noch legten drei Rednerbühnen, die kaiserliche, die julische und die Nostra des Volkes vor dem geschlossenen Castortempel Zeugnis ab von der ungeheuren Bedeutung des öffentlichen Lebens an dieser Stätte in vergangenen Zeiten.

In vergangenen Zeiten! Halblaut hatte es Lucilius geflüstert, aber mächtig hallte es in Sempronius wieder. Die wenigen Worte enthielten den Schlüssel zu dem bei aller Herrlichkeit beklemmenden Eindruck des Geschauten. Denn das vormals so üppig strömende Leben war entwichen, Rom nichts mehr, als eine auch im Verscheiden noch schöne Hülle.

Wo vor Jahrhunderten die Geister der großen Ahnen gewandelt, gerungen und triumphiert hatten, da vegetierte jetzt ein entmanntes Geschlecht, das unter dem Fluch seiner eigenen Verderbnis seufzte. Wo sonst Philosophen und Dichter ihre Lehren und Gesänge vortrugen, lauschte die blöde Menge den zweideutigen Witzen der Possenreißer und ihrer Konsorten. Der Hauch des Todes, der Verödung und Entweihung lastete ringsum. Fast allem, das der Geist des Heidentums geschaffen, stand die neue Religion fremd und feindselig gegenüber, unvermögend, sich den zuckenden Torso ganz zu eigen zu machen.

Denn das Wesen dieser beiden war so grundverschieden, dass selbst ihre spärlichen Berührungspunkte den Stempel des Zwitterhaften an sich trugen. Ruinen sah das Christentum um sich her entstehen, aus Ruinen baute es sich die neuen Tempel. Geistesträgheit und Lasterhaftigkeit hatte die Großen ergriffen und es fehlte das kräftige Gegengewicht eines gesunden, tüchtigen Volkes. Leer stand das Forum, leer Nostra und Basilica; nur bei den Spielen, Rennen und Tierhetzen im Circus Flaminius oder Maximus, nur bei den Darstellungen einer gesunkenen Kunst in den Theatern fand das Volk von Rom sich zahlreich, wie vormals, ein. ‚Brot und Spiele' war seine Losung geworden; die Wettkämpfe der Cirkus-Faktionen, die Wahl eines neuen Bischofs regte es mehr auf, als das Wohl und Weh des

Reiches. Nur wenn die Horden feindlicher Barbaren anstürmten, raffte es sich aus seinem Stumpfsinn auf; aber nicht um mannhaft zu kämpfen, sondern nur um in feiger Flucht das Leben und so viel seiner Habseligkeiten wie möglich zu retten!

Und diejenigen, die, in ihrer Selbstschätzung hoch über dem Volk stehend, bis zu den Stufen des Thrones emporreichten? — In prächtigen, spoliengeschmückten Palästen, dem Erbteil ihrer Väter, hausten sie, verächtliche Schlemmer oder mönchische Asketen. Was menschlicher Erfindungsgeist und eine in den Dienst der Sinneslust getretene Kunst in raffinierten Genüssen zu bieten vermochte, musste sie kitzeln und ergötzen. Von den Schwärmen ihrer nichtsnutzigen Klienten umgeben, suchten sie ihre innere Hohlheit unter einem lärmendprunkvollen Auftreten zu verbergen. Ihnen glichen ihre Weiber, hochmütige Betschwestern und heuchlerische Buhlerinnen, Spielball und Beute der Kleriker, die nur Priester geworden zu sein scheinen, um all' ihren Begierden umso ungestrafter frönen zu können.

Aus der Umarmung solcher Eltern konnte kein neues, starkes und sittlich makelloses Geschlecht entstehen. Tief war Rom gesunken, tiefer noch sank es von Tag zu Tag, bis es in späteren Jahrhunderten und in anderer Weise aufs Neue zum Sitz einer weltbeherrschenden Macht werden sollte.

Der Zug des Mösiers hatte inzwischen die auf das Forum mündende Via Sacra durchmessen, an den Trümmern der Regia, dem ehemaligen Palast des Ruma Pompilius, vorüberschreitend. Vor dem Triumphbogen des Titus bog der Feldherr in den Clivus Palatii, die auf die Höhe des palatinischen Hügels führende Straße ein, um durch das alte Tor seinen Eingang zu wählen.

Hier dehnte sich die Residenz der Cäsaren, ein Heer von Palästen, Tempeln und mythischen Heiligtümern des römischen Volkes aus. In der Domus Flavia, dem von Domitian erbauten herrlichen Palast, hatte die aus Ravenna vertriebene Kaiserin ihren Aufenthalt genommen; Aetius ließ sich mit seinen Begleitern in der nördlich von jener gelegenen Domus Gaji nieder. Während er hier den Präfekten und die Senatoren Roms empfing, wurde Lucilius beauftragt, sich zu Placidia zu begeben.

Mit einem Bangen, dem sich ein Zug weiblichen Trotzes mischte, hatte die Augusta den siegreichen Gegner an der Spitze seiner kleinen Schar heranziehen sehen. Da regte sich wohl auf einen Augenblick in ihrer stolzen Brust das Verlangen nach Widerstand, der tollkühne Gedanke, in die Stadt hinabzueilen und die bewaffnete Hilfe der Römer gegen Aetius aufzurufen.

Aber schnell, wie er entstanden, verflüchtigte sich der Einfall! Wie durfte sie von den Römern jetzt tatkräftige Hilfe erwarten, sie, die nur durch die Not gezwungen, in die alte Hauptstadt des Reiches zurückgekehrt und samt ihrem Sohne den Quiriten längst gleichgültig geworden war!?

Die stolze, rücksichtslos gebeugte Frau fühlte zum ersten Mal eindringlich einen Teil der Schuld, deren man die Kaiserin mit Recht bemaß. Nun nahte der Rächer und doch hatte sie den Frieden gewollt, Lucilius konnte es bezeugen! Ob er wohl bis vor das Angesicht des Mösiers gelangt, ob er glücklich zurückgekehrt und in den Kämpfen zu Ravenna unversehrt geblieben war?

Placidia zermarterte sich das Haupt vergeblich mit Mutmaßungen; nur verworrene Gerüchte waren bis auf das Palatium gedrungen, nur eins ergriff sie wieder mit der alten Glut: die Sehnsucht nach dem Ebenbild Ataulfs, dem jugendlichen Helden, durch dessen Beredsamkeit sie bei Aetius Schonung zu erlangen hoffte.

Und wie sie so, halb Büßerin, halb Circe, in einem der Prachtgemächer des Palatiums einsam weilte, während die Neugier Diener und Schmeichler dorthin getrieben hatte, wo der Einzug des neuen Gewalthabers die Schaulust der Menge befriedigte, erschien der Ersehnte plötzlich vor ihr.

Mit stummem Gruß war er eingetreten; noch trug sein blasser gewordenes Antlitz die Spuren der Schmerzen, welche seine Wunde ihm bereitet hatte, und sein Blick ruhte mehr voll Mitleid, als Verachtung, auf der Gestalt der Kaiserin. Sie aber sprang mit dem freudigen Ausruf: „Lucilius, mein Bote, mein Retter!" auf; sie sah nicht, wie ihr Liebling vor ihrer Umarmung zurückwich, leidenschaftlich zog sie ihn an sich und überhäufte ihn mit einer Fülle der zärtlichsten Namen.

Nun erst entdeckte sie die Narbe und mit ungeheuchelter Bestürzung und inniger Teilnahme sprach sie: „Du warst verwundet? O, so hat mein banges Ahnen mich nicht betrogen, für mich, für mich hast du dein Blut vergossen!"

Kühl und lindernd streichelte ihre Hand ihm die Stirn; Lucilius aber entgegnete tiefernst und mit kaum verhohlener Bitterkeit: „Im Kampf gegen die Leibwächter Valentinians traf mich das Schwert eines Ravennaten. Den Willen der Kaiserin hat ihr Sohn zu vereiteln versucht, aber Valentinian unterlag der Tapferkeit des Mösiers und seiner Scharen. Sein intrigantes Verhalten beraubte ihn des besten Schutzmittels; Livia und ihre Kinder wurden durch den Gatten und Vater befreit und nur der weisen Mäßigung des großen Aetius verdankt Valentinian sein Leben!"

„Der Rasende, der Entartete!" fuhr Placidia auf. „Ins Verderben reißt er auch mich und ich muss wohl von Aetius das Schlimmste erwarten!" Wie von einer plötzlichen Angst ergriffen, umschlang sie den Jüngling stürmischer und rief in flehendem Ton: „O hilf mir, Lucilius, rette mich, rette vor dem Grimm des Siegers das Weib, das dich liebt, wie kein anderes! Du warst mein Bote an ihn, du hast die Verstoßene und Verlassene furchtlos wieder aufgesucht; du sollst dem Feind Placidias sagen, dass ich an der Tücke des Augustus keinen Anteil hatte, du sollst seine Milde für mich erbeten! Ich aber will dir danken, wie noch keine meinesgleichen einem Mann gedankt hat; ich will —"

Lucilius ließ sie nicht zu Ende reden. Die kosenden Worte der Kaiserin hatten ihn den sumpfigen Boden, auf dem er sich befand, deutlich erkennen lassen; ihm graute vor dem Irrlicht, das ihn so glühend angezogen hatte und er entwand sich dem Arm Placidias, indem er ihr kühl entgegnete: „Aetius ist edler als Valentinian! Er trägt kein Verlangen nach dem goldenen Stirnreif, er will auch an dir, einem Weib, keine unedle Rache üben!"

Befremdet blickte ihn die Kaiserin an, mit leisem Vorwurf erwiderte sie: „Wie kalt lauten deine Worte, Lucilius! So sprach vielleicht Aetius zu dir, der furchtbare, seiner neugewonnenen Kraft bewusste Mann. Du aber sollst nicht so zu mir sprechen, die deiner Wiederkehr voll Sehnsucht und Bangen harrte, deren Leid verronnen ist, da sie dich wiedersieht. Ein Knecht Valentinians schlug dir die Wunde, meine Hand soll dir sie kühlen, aus unerschöpflichem Liebesborn will ich dir den Trunk reichen, welcher dich mit seligen Wonnen erfüllen soll!"

Doch wie verlockend ihr die Worte auch von den Lippen quollen, der junge Recke schien ihren Sinn nicht mehr zu verstehen. Und als sie nun die Rechte nach ihm ausstreckte, sprach er ernst und gemessen: „Als dein Bote habe ich Aetius aufgesucht, als der Seine bin ich dir genaht! Er lässt dir mitteilen, dass er dir nicht minder, wie Deinem Sohn, den ungeschmälerten Besitz Eurer kaiserlichen Würden gewährleistet, dass er dagegen von dir, wie von Deinem Sohn, die bedingungslose Zustimmung zu all' seinen

Unternehmungen fordert. Bist du geneigt, auf dieser Grundlage mit ihm ehrlichen Frieden zu schließen und ihn als Patricius und Heermeister anzuerkennen, so wird er heute noch vor dein Angesicht treten!"

Die Kaiserin atmete auf; sie hatte sich so vieler Klugheit und Milde nicht versehen. Ihre kaiserliche Macht war ihr in den letzten Tagen erschreckend genug, wie eine glänzende Schale ohne gesunden Kern erschienen; wenn ihr Aetius jetzt auch nur den äußeren Schein der Herrschaft ließ, so wusste sie als Weib doch gut genug die ungeheure Bedeutung des blendenden Schimmers zu würdigen.

In dieser Beziehung war Placidia mit Aetius und Lucilius zufrieden; aber verletzt und voll quälender Zweifel stand sie dem herben Wesen ihres Lieblings gegenüber. Seiner Fürsprache glaubte sie für die Abwehr drohenden Geschicks Dank zu schulden, und doch Lucilius begegnete ihr abstoßender, denn je! War es nur edle Bescheidenheit, die den Schein, als rechne sie auf Dank, allzu ängstlich mied, oder war es ein treuloses Verlassen der Unterlegenen, hatte eine andere, vielleicht jene Hildegund, der Augusta das Herz des Jünglings abwendig gemacht? Das Erstere hätte sie hoffen mögen und ach, das Letztere musste sie fürchten!

Noch überlegte sie, wie es ihr gelingen könne, sich Gewissheit zu verschaffen, als Lucilius sich mit der Frage an sie wandte: „Was soll ich dem Patricius im Namen der Kaiserin antworten?"

Bestürzt sah Placidia ihm ins Antlitz und fast drohend lautete ihre Entgegnung: „So bist du nur gekommen, um dich von mir zu lösen?"

Luctlius fühlte tief, was sich in der Frage barg; aber er fühlte auch, dass die Stunde richtig war, in welcher er sich von der Kaiserin entschlossen losreißen musste. Kein Wort der Kränkung sollte über seine Lippen kommen und so erwiderte er gefasst und ernst: „Mein Amt am Hof der Kaiserin ist zu Ende; nach mein Arm gelüstet es nach Taten, Taten kann ich nur fern von Rom vollbringen. Aetius nahm mich unter seine Legionen auf. In deine Hände lege ich die Würde zurück, welche du mir huldvoll verliehen hattest; gestatte mir, nach eigener Wahl fortan auf meinen Bahnen zu gehen!"

Placidias Antlitz entfärbte sich; sie kämpfte mit ihren Tränen und antwortete mit bebender Stimme: „Der Stern der Kaiserin ist gesunken, die Schmeichler und Höflinge wenden sich von mir zu jenem Gewaltigeren hin, der in Zukunft über Ehren und Belohnungen allein zu verfügen hat. Mögen sie mich verlassen, ich verachte sie alle! Nur von einem schmerzt es mich — von Dir! Vor allen habe ich dich ausgezeichnet, mehr als allen gab ich Dir: mein Vertrauen, meine Liebe, mich selbst! Was ich in tiefster Brust verschloss, dir habe ich es gebeichtet, dir, dem Jüngling, in welchem ich die starke Säule sah, deren Kraft mein sinkendes Reich stützen sollte. Du hast das fühlende Herz des Weibes in der Kaiserin verehrt, deine Ergebenheit und Treue schien mir allein ungeheuchelt; und nun bist du einer der Ersten, welche die Treue brechen. Dein besseres Selbst verleugnest du in der Stunde, in welcher du Placidia preisgibst, um dich unter den Schild des Mösiers zu flüchten!"

Lucilius hatte sich zwar vorgenommen, auf die Klagen der Kaiserin nichts zu erwidern, aber der unverdiente Vorwurf der Treulosigkeit und Selbstsucht verletzte ihn zu tief, als dass er auch zu ihm hätte schweigen können; ihn ergriff nicht minder der wahre Schmerz, welcher aus den Worten Placidias sprach, und er wünschte den Bruch so schonend, wie möglich, zu gestalten.

Während Placidia die Hand auf die Augen presste, um die hervorquellenden Tropfen zu verbergen, hob Lucilius bewegt an: „Wüsstest du, was mich vor Zeiten nach Ravenna getrieben hat, du würdest mich milder beurteilen!" Und als ihn Placidia mit tränenumflorten Augen fragend ansah, verkündete er ihr der Wahrheit gemäß, wie ihn allein die Verehrung für Aetius damals bewogen habe, sich dem verräterischen Eunuchen anzuschließen.

Seine Enthüllung verfehlte ihres Eindrucks auf die Augusta nicht, doch war die Wirkung eine andere, als Lucilius erwartete. Die Blässe wich aus dem Antlitz der Überraschten und mit einer Stimme, die vor Zorn und gekränktem Stolz feindselig klang, entgegnete sie: „So war dein Nahen eine Lüge, mit einer Lüge hast du dich eingeschlichen, durch eine Lüge hast du mein Vertrauen gewonnen, hast du Livia und ihre Kinder geschützt; mit einer Lüge auf den Lippen hast du dich von mir verabschiedet, der entsetzlich Betrogenen, um mich an Aetius zu verraten! O, nicht um dich brauch' ich mehr zu trauern, denn weniger, als dem geringsten meiner Diener, galt dir mein Wohl! Vergeudet hab' ich die Fülle meiner Gunst an einen Unwürdigen, mit schnödem Spott bin ich missbraucht worden, mit Füßen hast du mich getreten —"

Aber den maßlos gesteigerten, Anschuldigungen hielt die erzwungene Ruhe des Jünglings nicht Stand und mit steigender Erregung rief er jetzt: „Halt ein! Du klagst dich selbst an, indem du mich lästerst! Um Aetius willen bin ich dir einst genaht; Aetius wollte ich gegen die Feinde an Deinem Hof schützen, aber auch dir zum Vorteil den Willen des siegreichen Feldherrn zu lenken suchen. Mächtig und überwältigend wirkte deine Anziehungskraft auf mich, so glühend, dass ich fast meiner Aufgabe vergessen hätte. Da warf Valentinian den Argwohn in deine Seele —"

„Ist vielleicht der Verworfene der Grund unseres Scheidens?" — unterbrach Placidia den jungen Recken. Sie hatte seine Worte mit heimlicher Befriedigung vernommen und weicher fuhr sie fort: „O Lucilius, könntest du vergessen, was ich in jener letzten Stunde unseres Beisammenseins zu dir sprach? Gilt dir, du stolzer, harter Mann, so wenig die hingebende Liebe eines Weibes, das du sie trotzig zurückstoßen kannst, weil ein Dritter dich zu verleumden wagte! Sieh," — und wieder schimmerte ihr Auge in jenem zauberischen Glanz, dem er vor Zeiten nicht hatte widerstehen können, — „sieh, um Deinetwillen ließ mich Valentinian in dunkler Nacht durch seine Schergen ergreifen und aus Ravenna schleppen; auf meine Liebe zu dir eifersüchtig, wollte er mich und dich verderben. O Lucilius, Schweres habe ich erduldet, aber das Schwerste tust du mir an! Fühllos und kalt riefst du mir das Scheidewort zu, unbekümmert, ob Placidia dich vergisst, oder sich in Gram um dich verzehrt!"

Der leidenschaftliche Gefühlsausbruch der Kaiserin ergriff den Jüngling stark; sie hatte ja ein Recht, ihn des Undanks anzuklagen und seine Hilfe, seine innige Teilnahme anzurufen. Er fühlte das starke Wehen ihrer mühsam gedämpften Sinnlichkeit, aber er wollte, er durfte ihm nicht mehr erliegen. Und dumpf rang es sich aus seinem Mund: „Herrin, ich fürchte deine Liebe! Lass mich sie loslassen, ehe sie dir und mir weiteres Unheil schafft!"

Doch wenn Lucilius die Augusta damit gewollt hatte sie abzuschrecken, deutete sie seine Worte ganz anders. Sie war von dem Lectus aufgestanden; in voller Größe und Schönheit stand sie vor ihm, des Diadems entbehrend, aber von dem Schwall ihrer dunklen Locken herrlich umrahmt. Ihre Rechte hatte seine Linke erfasst und mit dem Feuer hinreißender Beredsamkeit strömte es von ihren Lippen: „Dem wird nie des Daseins höchste Freude zu Teil, der sich feige vor ihrer Flamme scheut! Der ist nicht des Lebens wert, der es nicht für eine Stunde zauberischer Entrückung einzusetzen wagt, und nicht der Liebe wert, wer sie leugnet und verachtet! Lass die kleinlichen Bedenken, lass Aetius seinen blutigen Ruhm! Es kommt der Tag, an welchem er zerrinnen wird, aber meine Liebe soll ewig dauern, — ewig Lucilius! Dem Mösier und Valentinian zum Trotz will ich uns beiden eine Stätte bereiten, unerreichbar für Menschenneid und Spott, wo die Sonne nur uns leuchtet, Rosen und Myrthen nur für uns blühen und duften. Dorthin sollst du mir folgen, dort, Lucilius, sollst du genesen von Deinen Wunden und dem schweren Grübeln, das dich hier umfängt!"

Tief atmend, in beklommenem Ringen mit sich selbst, versuchte der Blick des Jünglings demjenigen Placidias auszuweichen; lockender und inniger als je war der Ton, mit welchem die Augusta gesprochen hatte. Aber in Lucilius hallten jene Schmähreden der ravennatischen Söldner wider, jene geringschätzigen Äußerungen des mösischen Helden. Und als Placidia dem Verwirrten nun dicht vor Augen trat und schmelzendsehnsüchtig mit dem Ausruf: „Was zögerst du noch, mein Geliebter!" die Arme ausbreitete, da war es ihm, als trete mahnend eine jungfräulich keusche Gestalt zwischen ihn und Placidia. Und die wilde Flamme der auflodernden Leidenschaft erlosch und in Hast stieß er die Worte aus: „So sprachst du zu Bonifatius, so locktest du Aspar, so buhltest du mit Felix! Lass mich, lass von mir ab, ich kann jetzt keine Gemeinschaft mehr mit dir haben!"

Da entrang sich den Lippen Placidias ein gellender Schrei; ihr Auge funkelte, wie das einer Tigerin, wie mit eisernen Klammern umfasste sie den Arm des jungen Recken und zischend schallte es von ihren Lippen: „Wer hat dir das gesagt, wer war so wahnwitzig und verwesen? Er soll eines zehnfachen Todes sterben, er und du mit ihm!"

Doch Lucilius gab ihr keine Antwort mehr; stark riss er sich von der Rasenden los und schritt an den Ausgang.

Die Kaiserin wollte ihm folgen; Zorn, Schmerz und Scham übermannten sie, die Knie versagten ihr den Dienst und mit wildem Schluchzen sank sie auf dem Lectus nieder.

In einem Zustand halber Betäubung hatte Lucilius die Augusta verlassen, — in einem Zustand der Verwirrung traf er bei Aetius ein. Erst als dieser ihn über die Antwort Placidias befragte, entsann sich der Jüngling, dass er keinen endgültigen Bescheid erhalten hatte.

Befremdet vernahm es der Patricius; er suchte im Antlitz des Befangenen zu lesen und bedurfte wahrlich nicht langer Zeit, um die Aufregung zu entdecken, welche er umsonst zu verbergen versuchte.

Und der Feldherr gedachte der geheimen Beziehungen seines Anhängers zu Placidia, deren Beweis jener Botengang aus dem verschlossenen Ravenna gewesen war. Niemals hatte er von Lucilius zwischenzeitlich die versprochene Aufklärung erbeten; heute schien ihm der Augenblick gekommen, sie zu fordern. Mit ernstem Blick richtete er deshalb an den jungen Recken die Worte: „Schon vor Mondesfrist wolltest du mir sagen, warum die Augusta gerade dich als Boten an mich auserwählt hatte. Heute sollst du mir offen bekennen, was sie dir war und noch ist! Wenn du fortan an meiner Seite wandeln willst, darf kein doppeldeutiges Band dich mit Placidia vereinen!"

Die ernste Mahnung fand bei Lucilius eine gute Stätte; und wenn sie auch auf einen Augenblick seine Verwirrung steigerte, so fand er doch bald den Mut zu einem offenen Geständnis, das ihn wie von einer schweren Last befreite.

Schweigend hörte Aetius zu; erst als er zu Ende gesprochen hatte, sprach der Vater Cornelias: „Oft birgt die am herrlichsten schillernde Blume das ätzendste Gift. Einer solchen gleicht Placidia; das sollst du wissen, wenn es dich auch verletzt. Arglos hast du dich ihr genähert, die Deinen Ehrgeiz nur weckte, um dich immer fester an sich zu ketten. Und wenn du selbst ihrem Herzen teuer geworden sein magst, und wenn ihre Glut mehr als eine unlautere Flamme wäre, — sie hätte dich früher oder später doch mit kaltem Hohn einem anderen geopfert, wenn diese dich nicht bereits vorher ins Verderben gestürzt hätte. Dies alles solltest du wohl bedenken, wenn du zwischen der Gunst der Kaiserin und meiner Achtung wählst! Ich gönne dir Zeit bis morgen; dann sollst du mir sagen, wohin dein Herz, wohin deine Erkenntnis dich zieht!"

Doch Lucilius rief voll Eifer: „Wie könnt ihr zweifeln? — Nicht bis morgen bedarf es der Überlegung; mein Herz, meine Erkenntnis war bereits zuvor entschieden! Darum, wenn ihr mir verzeihen könnt, dass ich eine Zeitlang im Bann dieses Weibes stand —"

Er konnte nicht zu Ende reden, denn Aetius umarmte ihn und unterbrach seine Worte mit der Entgegnung: „Wie kann ich dir zürnen, weil dein hoher Wuchs, dein offenes Antlitz das Wohlgefallen jener verlockenden Frau weckten? Könnte ich vergessen, wie sehr dein rasches Steigen in ihrer Gunst mir im Kampf gegen Placidia den Weg ebnete?! — O Lucilius, tief hätte es mich geschmerzt, dich andere Wege einschlagen zu sehen, als ich sie gehen will. Aber freudig heiße ich dich heute wieder willkommen; denn das Bündnis, das wir heute schließen, wird, ich fühle es, kein Gegner und kein Missgeschick mehr zerreißen!"

„Kein Gegner und kein Missgeschick!" wiederholte Lucilius in freudigster Erregung. „Von dem höchsten und lautersten Streben ist meine Brust erfüllt; helft mir das Ziel erringen, lasst mich an Eurem Geist den meinen bilden, an Eurer Kraft die meine stärken. Und wenn ich jemals straucheln sollte, erinnert mich an das Gelöbnis dieser Stunde!"

„Der Geist, welcher dich nach Ravenna trieb, der Mut, welcher das Leben der Meinen rettete, und deine sittliche Kraft, welche keiner Lüge gestattet, sich zwischen uns zu drängen, bürgen mir dafür, dass eine Mahnung nie von

Nöten sein wird! Suche jetzt Sempronius auf und bring' ihm meine Befehle für den nächsten Tag; ich will, da Placidia mir die Antwort schuldig blieb, den Mann sprechen, der ihren schwankenden Willen in Rom am stärksten beherrscht, den Diakonus Leo!" —

Lucilius ging und Aetius befahl einem seiner Untergebenen den Aufenthalt Leos zu erkunden und dem Genannten den Besuch des neuen Patricius in nahe Aussicht zu stellen. Doch bevor der Ausgesandte zurückkehrte, fand sich Leo selbst im Hause des Gajus ein.

Der Gruß den beide Männer tauschten war ernst. Sie waren sich keine Fremde, wenn ihre Wege auch bisher ohne wesentliche Berührungspunkte geblieben waren; jeder wusste die Kraft, die Ausdauer und das Selbstbewusstsein des anderen zu schätzen, jeder sah mit einer Achtung, der sich ein gewisses Misstrauen gesellte, auf sein Gegenüber.

Aetius eröffnete nach der förmlichen Begrüßung das Gespräch mit den Worten: „Groß ist die Freude, die mir euer Nahen bereitet, denn ich selbst war gesonnen, die Leuchte und Zier der römischen Kirche aufzusuchen!"

Zwar schüttelte Leo ablehnend das graue Haupt und erwiderte: „Die Leuchte der römischen Kirche heißt Sixtus der Dritte; ich bin nur sein Werkzeug und Mitstreiter im Kampf für die Reinheit unseres Glaubens und seiner Lehren!"

Vielsagend lächelte Aetius; aber nicht willens, die Zeit mit fruchtlosen Wortspielen zu vertändeln, fuhr er fort: „Euch sind die Ereignisse der letzten Monde bekannt. Wenn ihr die Geschicke Roms mit ebenso viel Eifer und Scharfsinn verfolgt habt, wie diejenigen Eurer Kirche, so wisst ihr, woran das Reich krankt. Ihr kennt meine Vergangenheit und werdet es nicht für eitles Großtun halten, wenn ich euch sage, dass meine Hand dem

Niedergang kräftig Einhalt gebieten wird. Die Macht zur Durchführung meines Willens habe ich errungen; aber ich giere nicht nach den Ehren, welche den Trägern der Krone vorbehalten sind. Wie ich Valentinian, seiner niedrigen und feindseligen Gesinnung ungeachtet, den äußeren Glanz seiner Kaiserwürde nicht raubte, bin ich bereit, auch die Stellung Placidias unangetastet zu lassen. Schon sandte ich ihr meinen Boten; aber die Kaiserin sah in ihm nur den Jüngling, nach dessen Umarmung sie in unbezähmbarer Lust Verlangen trug. So legt denn ihr euch ins Mittel! Ihr seid der geistliche Berater Placidias; sagt mir an ihrer statt, ob sie, gleich Valentinian, den Frieden will, oder in unbegreiflicher Verblendung wähnt, meinem Willen trotzen zu können!"

Aetius hatte langsam gesprochen, hin und wieder innehaltend, als erwarte er einen Einwand Leos. Doch Dieser hörte mit unerschütterlichem Schweigen zu; und erst, als der Patricius geendet hatte, begann der Priester: „Mit Ernst habe auch ich seit vielen Jahren meinen Blick auf das Wohl der Kirche, wie des Reiches, gerichtet und nichts ist geschehen, das mir verborgen geblieben wäre. Aber verschieden, wie unsere Gedanken und Hoffnungen, ist unsere Auffassung der Dinge! Wo ihr Niedergang seht, da entdeckt mein Auge die Keime einer neuen, herrlichen Macht; was ihr beklagt, ist mir nur ein notwendiges Glied in der Folge der Erscheinungen! Der Stolz und die Macht des Heidentums mussten vergehen und ausgerottet muss werden, was an jenes erinnert! Erst aus der Tiefe der Not, der Demütigung und Entsagung quillt der belebende Strom unserer Religion, welche die Herzen alle dem Kreuz zuwendet. — Auch ich lechze danach, der Schwäche und Zerfahrenheit unseres Volkes ein Ziel zu setzen; allein nicht, um mit dem Schwert ein neues Weltreich zu gründen, sondern um mit dem Wort ein Reich des Geistes, des allumfassenden Glaubens zu errichten, nicht minder mächtig, aber dauernder, als jenes!"

Aetius schien einen Zweifel äußern zu wollen, doch Leo kam ihm zuvor mit dem Ausruf: „Lasst mich zu Ende reden. Schon sehe ich das Ziel zur Hälfte erreicht; die Senatoren Roms gehen ins Kloster und die Enkel und Söhne der Consuln erröten nicht, sich vor ihresgleichen in der Kapuze zu zeigen. Ja, ich sehe den Tag kommen, an welchem die Mächtigsten dieser Erde nach Rom pilgern, um sich vor dem Haupt unserer Kirche bis in den Staub zu beugen. Denn so groß wird ihre Macht werden, dass keine weltliche Größe und Herrlichkeit ohne sie bestehen kann!"

Die Augen Leos hatten wie von prophetischem Feuer geleuchtet und er hielt einen Augenblick inne, um Aetius die Wirkung der Worte voll empfinden zu lassen. Dann fuhr er fort, mit einer Handbewegung Schweigen gebietend: „Du schmähst Valentinian und redest geringschätzig von seiner Mutter.

Ich weiß, dass ihnen die Fehler und Schwächen der sündigen Menschheit anhaften, dass der Trieb nach immer neuen Genüssen von der Möglichkeit seiner Befriedigung allzu üppig genährt wird. Aber ich weiß auch, dass die Tochter und der Enkel des großen Theodosius den Lehren unserer heiligen Kirche treu und ohne Wanken zugetan sind! Darum wird ihnen am Tag des Gerichts, wenn Hunderttausende in die Verdammung stürzen, vergeben werden, wie ihnen die Kirche durch meinen Mund vergibt. Wem aber der Himmel selbst ein milder Richter ist, über den sollen sterbliche Menschen den Stab nicht brechen wollen!"

Der mösische Held hatte nicht mit der Ruhe Leos den Erörterungen desselben gelauscht. Vieles reizte ihn mächtig zum Widerspruch; er vermochte nicht einzusehen, dass die ruhmreichen Errungenschaften des Heidentums unbedingt dem zur Staatsreligion gewordenen Christentum weichen mussten, — ihm blieb es unfasslich, dass aus Zerfall, Not und Entsagung eine Quelle neuer Kraft entspringen konnte. Verächtlich schienen ihm die Nachkommen der alten Heldengeschlechter, die zu selbstquälerischem Grübeln tatenlos die Einsamkeit suchten, oder als Priester ihrer Kirche voll List und Heuchelei den weltlichen Besitzstand dieser zu mehren suchten.

Aber am tiefsten empörte ihn die Beschönigung, mit welcher Leo der tiefen Gesunkenheit Valentinians und Placidias gedachte. Der tapfere Mann hielt eine Reue, die stets mit neuen Verbrechen abwechselte, nicht für tief und wahr; er fand in seiner Heldenbrust keine Übereinstimmung mit den Grundsätzen, welche Leo geltend machte, und verwerflich schien ihm die Lehre des Priesters, ein Acker, aus dem stets neues Unkraut üppig wuchern musste.

So schien denn kaum die Möglichkeit einer Verständigung zwischen ihm und Leo zu bestehen. Wenn Aetius seiner widerstrebenden Meinung so bestimmten Ausdruck gab, wie Leo der seinen, so war die Gegnerschaft offen erklärt; das aber wollte der neue Patricius vor allen Dingen vermeiden.

Er beschloss deshalb, jene Fragen, die ihn von dem einflussreichen Kleriker trennten, unberührt und dem Diakonus freie Hand in allen Dingen zu lassen, die nicht mit der Weiterentwickelung des Reiches unvereinbar schienen. Zur Durchführung der Gedanken war ein Zeitraum nötig, der weit über die Frist hinausging, welche dem Unermüdlichen zu gewaltigstem Wirken noch beschieden sein konnte. Was dieser Gutes plante und schuf, das wollte Aetius freudig anerkennen und fördern; aber ebenso fest war er entschlossen, alles Andersartige furchtlos zu bekämpfen.

Bisher hatte Leo die Stellung, welche Placidia dem Sieger gegenüber einnehmen wollte, nicht bezeichnet. In diesem Punkt aber kannte Aetius kein Nachgeben und deshalb sprach er jetzt zu seinem Gast: „Anders erscheinen Gegenwart, Vergangenheit und Zukunft dem Mann im Priesterkleid, als demjenigen, der sich mit dem Schwert umgürtet hat. Ich will mit euch darüber nicht richten! Führt die Sünderin Placidia der ewigen Seligkeit mit Fleiß entgegen; mich aber lasst nun wissen, ob ihr gesonnen seid, sie jene Klugheit zu lehren, welche ihr sagt, dass Unterordnung ihr alleiniger Gedanke sein kann!"

Einen Augenblick zögerte Leo, dann erwiderte er: „Wer die Macht in Händen hat, darf befehlen; doch hüte sich auch der Stärkste, dass er sich seiner Macht nicht überhebt! Aus tiefer Bedrängnis wurde Hiskia errettet und Sanherib, der sich zu hoch vermaß, fand ein Ende mit Schrecken. Deinem Willen wird sich die Augusta beugen; war sie es doch, die schon in Ravenna nach friedlicher Beilegung des Kampfes Verlangen trachtete. Dessen solltest du dir bewusst sein und ihr geben, was der Kaiserin zusteht!"

„Ihr wisst, was ich gewähren kann." wandte der Mösier ein. „Nährt in ihrer Brust kein Verlangen nach mehr, so werden wir in Frieden neben einander zurechtkommen!"

„Ich kenne meine Pflicht! — dir aber lass mich scheidend zurufen: Nur im Schatten des Kreuzes wird das Schwert in Zukunft glorreichen Sieg erringen. An das Kreuz lerne glauben und vor ihm dich beugen, wie Placidia; dann erst kann Leo dich glücklich preisen!"

Sprach der Diakonus und schritt von dannen. Nachdenklich sah Aetius ihm nach; das trotzige Schütteln seines Hauptes bewies, dass er mit dem Vernommenen nicht einverstanden war. Dann verließ auch er das Gemach und begab sich auf das Dach des Kaiserpalastes.

Von hier schweifte der Blick des Helden weithin über das majestätische Rom zu seinen Füßen und was seine Brust bewegte, rang sich in halblauten Worten über seine Lippen: „O du Königin der Welt, unsterbliche Roma, zu neuen Ehren erhebe dein ehrwürdiges Haupt! Mit dem Lorbeerreis und dem getürmten Diadem sollst du dich wieder schmücken und den strahlenden Schild aufs Neue ergreifen. Gleich den ewigen Gestirnen bist du verdunkelt gewesen; aber gleich ihnen wirst du in verjüngtem Licht leuchten. Dich besiegten Pyrrhus und Hannibal, aber Flucht und Untergang war dennoch ihr Los! Du prägtest die vergangenen Jahrhunderte, du wirst den Künftigen Gesetzgeberin sein. Und wenn die unerbittlichen Parzen die Dauer alles Lebenden bestimmen, — du allein brauchst sie nicht zu fürchten. Denn dir werden die Lande des Erdkreises wieder den Zoll entrichten und die Beute der Barbaren deine Häfen füllen. Ewig wird am Rhein für dich geschuftet werden, der Nil für dich emporschwellen, Afrika dir seine reichen Ernten spenden und der Tiber selbst, mit Schilf bekränzt, römische Flotten im Triumphzug auf seinem Rücken tragen!"

Ende von Teil 1 der Aetius-Trilogie.

Weiter geht es mit Teil 2:

Rom im Untergang Band 6 Aetius - Attilas Zorn

Weitere Bücher von Alexander Kronenheim:

Bücher aus der Reihe: ‚Rom im Untergang'

Band 1: Eine neue Macht	ISBN: 9783734787911
Band 2: Kampf in Germanien	ISBN: 9783734787928
Band 3: Die Rückkehr der Götter	ISBN: 9783734745560
Band 4: Entscheidungsschlacht am Frigidus	ISBN: 9783734791222
Band 5: Aetius – Roms letzter Adler	ISBN: 9783738635034
Band 6: Aetius - Attilas Zorn	ISBN: 9783738635874
Band 7: Aetius - Die Zerstörung Aquileias	ISBN: 9783738635904

Die Schlacht bei Fehrbellin

ISBN: 9783734784859

Historischer Roman um den Werdegang eines jungen Mannes aus der Zeit Friedrich Wilhelms (der Große Kurfürst) von seiner Einberufung bis zur Teilnahme an der Entscheidungsschlacht bei Fehrbellin.
Auszug:
Die Zündschnüre waren an die Pulverfässchen gelegt und angezündet, die Flämmchen fraßen sich knisternd die Fäden entlang.
„An die Pferde!" Im Laufschritt liefen die Dragoner an ihre im Schuh eines der kleinen Anwesen stehenden Gäule. Im Galopp ging es auf der Hakenberger Straße dahin; der erste und zweite Zug unter dem Rittmeister der Schwadron schlossen sich an.

„Wir wollen die Belegung von Hakenberg und Linum feststellen", sagte Oberstleutnant Henning. „Führe uns möglichst gegen Sicht gedeckt."
„Jawohl!" erwiderte Jörg.
In diesem Augenblick ertönte ein furchtbarer Knall, gleich darauf ein zweiter, noch schwererer. Eine grelle Stichflamme schlug jäh über dem Rhin hoch! Es war gelungen. Ein zufriedenes Lächeln spielte über die ernsten, strengen Züge des Oberstleutnants Henning.
Die Schwadron bog jetzt von der Straße ab; dicht am Rande des Rhinluches führte sie Jörg im Schutze dichter Rohrwälder hin.
Bald kam Hakenberg in Sicht. Eine rechts herausgegebene Streife unter dem zum Korporal beförderten Wiese stellte einen großen Geschützpark dort fest, der vor dem Dorf auf einem Kleeschlag aufgefahren war.
Weiter im scharfen Trab. Linum tauchte vor den Reitern auf. Der Oberstleutnant vermutete hier die Hauptstellung des Feindes. Der dritte Zug unter Wachtmeister Freese wurde zur Erkundung abgeordnet.

Bunker

Dies ist die Geschichte vom Schicksal eines Wehrmachtbunkers an der Front und seiner Besatzung, welche unter Führung eines entschlossenen Unteroffiziers tapfer die aussichtslose Stellung verteidigt und dabei um das Überleben kämpft. Auszug:
„'raus aus dem Bunker!... Wir besetzen den Laufgraben...
Am Knie vor dem Trichter, vierzig Meter nach rechts, Stellung! . . . Scharf ans Gewehr! . . . Biegler nimmt einen Munitionskasten .."
Den Stahlhelm noch in der Hand, kroch der Unteroffizier zuerst hinaus, hinter ihm der Schütze Scharf mit dem aufgebuckelten Maschinengewehr, und zuletzt Biegler, der den Munitionskasten an sich presste, als ginge er damit tanzen.
Gebückt rannten die drei Leute durch den schmalen Schlauch. An der Knickung warf sich der Unteroffizier hin und winkte Scharf an seine Seite.
Knapp dreihundert Meter vor ihnen, aber noch keine zwanzig Meter über ihnen, kurvte der Flieger, ein Habicht, der noch nicht recht entschlossen ist, von welcher Seite er auf das verdatterte Opfer stoßen muss.
Scharf hatte das Maschinengewehr in Stellung gebracht. Der Unteroffizier saß dahinter, Finger an der Auslösung, den Stahlhelm halb im Genick.
„Wenn der Sauhund bloß einmal wenden würde ...! Ich bekomm' ihn nicht richtig herein ... Ah! Endlich!..."
Das Maschinengewehr bellte los.

ISBN: 9783734784842

Weitere Historienromane von Alexander Kronenheim:

Der Dämon   ISBN: 9783734754241

Nephoris – Tochter des Cheops   ISBN: 9783734787553

Marienburg – Kampf und Schicksal ISBN: 9783734796340